Im Herbst verblüht das Mädesüß

Robert und Lieschen
Eine Geschichte, die das Leben schrieb

Rainer Mauelshagen

Bibliografische Information der Deutschen Nationalbibliothek:
Die Deutsche Nationalbibliothek verzeichnet diese Publikation in
der Deutschen Nationalbibliografie; detaillierte bibliografische Da-
ten sind im Internet über http://dnb.dnb.de abrufbar.

Impressum
© September 2021 Rainer Mauelshagen
ISBN: 9783754345122
Coverfoto: AdobeStock #39422446
Lektorat, Satz und Redaktion: Sabine Dreyer | www.tat-worte.de
Herstellung und Verlag: BoD – Books on Demand, Norderstedt
Alle Rechte vorbehalten.
Keine unerlaubte Vervielfältigung oder Verbreitung.

MIX
Papier aus verantwortungsvollen Quellen
Paper from responsible sources
FSC® C105338

Liebe eint

Der Tag hat sein Licht.
Die Nacht hat ihre Finsternis.
Der Tag hat sein Lachen
und die Nacht ihre Träume.
Der Tag weckt die Sehnsucht,
die in der Nacht verstirbt.
Freude und Leid
sind wie Tag und Nacht,
die dennoch aus Liebe geboren sind.

R.M

In Erinnerung an Helga & Kurt

Zum Buch

Spät am Abend erhalten Rosemarie und Frederik Schönenberg einen Anruf. Robert, Rosemaries dementer Vater, ist am Telefon.

Eine schlimme Vorahnung beschleicht die beiden, die sich schon bald bewahrheiten wird. Von diesem Augenblick an wird nichts mehr so sein, wie es einmal war.

Ab da erzählt Frederik die Lebensgeschichte der hochbetagten Eheleute Robert und Luise Reinartz, die das große Weltenschicksal kurz nach Ende des 2. Weltkrieges zusammengeführt hat. Gegenwärtiges sowie Rückblenden in die Vergangenheit runden das Bild zweier Menschen ab, die in den Hochs und Tiefs ihrer fast siebzigjährigen Ehe treu und in Liebe zueinander-standen ... bis dass der Tod euch scheidet.

Rainer Mauelshagen

Im Herbst verblüht das Mädesüß

Robert und Lieschen
Eine Geschichte, die das Leben schrieb

Roman

Vorwort

Wenn es heißt, *eine Geschichte, die das Leben schrieb,* könnte man logischerweise davon ausgehen, man brauche sich bloß hinzusetzen und all das, was geschehen ist, einfach aus dem Lebensbuch der hier handelnden Personen abschreiben. Nein, so einfach ist und war es nicht, vor allem nicht, wenn es sich dabei um Menschen handelt, die in der Welt der Fantasie geboren wurden. Sicherlich, das sei ehrlicherweise anzumerken, kommt die Fantasie nicht gänzlich ohne die Realität aus, weil Fantasie und Realität stets eine wechselseitige Symbiose eingehen. Demnach könnte es ohne Weiteres sein, das es irgendwo auf der Welt einen *Robert* und ein *Lieschen* gibt oder gab, deren Lebensweg ähnlich beschritten wurde wie bei jenem Paar, dessen Erlebnisse ich aufgeschrieben habe.

Aber warum sah ich mich überhaupt dazu veranlasst, und warum gehe ich davon aus, dass es von allgemeinem Interesse wäre, über das Schicksal fiktiver Menschen zu lesen?

Weil das Schicksal anderer, egal ob erdacht oder nicht, erfahrungsgemäß Mut und Kraft für die eigenen Sorgen und Nöte schenken kann, denn Schmerz, Kummer, Leid, Krankheit, Abschied und Tod sind ganz reale Begleiter in unser aller Leben.

Um das würdevoll zu überstehen, braucht man in der Tat Kraft und Mut, Lebensmut, vor allem auch, wenn all diese schmerzlichen Prüfungen nach einem langen, glücklichen Leben endgültig das zerstören, was man insgeheim für immer bewahren wollte, auch wenn jeder Einzelne ganz individuell damit umgeht, nein, umgehen muss.

Also möchte ich mit dieser kleinen Geschichte verdeutlichen, dass uns trotz der Schicksalsschläge, die das Leben für einen jeden von uns bereithält, ein großartiges Lebensgeschenk mitgegeben wurde, um in den Stunden der Verzweiflung Trost und Zuversicht zu finden. Und dieses Geschenk heißt *Liebe* und *Hoffnung*. In höherem Maße als die Hoffnung hat inzwischen die Liebe leider ihre tiefe Bedeutung verloren, da sie heutzutage leicht und leichtfertig mit schönen Gefühlen verwechselt wird, die sich bei Enttäuschung nicht selten in Wut und Hass wandeln.

Ja, Gefühle leiten, verleiten den Menschen, da sie schwankend sind. Und weil es so ist, zeigt sich oft kein Verlass auf all die gegenseitigen Schwüre und Liebesbekundungen in der Hochstimmung der Gefühle. Erst im Schmerz, Kummer, Leid, bei Krankheit, Abschied und Tod zeigt sich die eigentliche Bedeutung der wahrhaftigen Liebe, die zusammen mit der *Hoffnung* tröstet, auch dann nicht alleine zu sein, wenn man meint, keiner würde einem beistehen.

Robert und Lieschen haben den Beweis ihrer unerschütterlichen Liebe gelebt. In einer Zeit, wo Scheidungen an der Tagesordnung sind, konnten sie auf weit über sechzig Jahre Ehe zurückblicken, auch wenn über sie so mancher Sturm hinwegfegte.

Rainer Mauelshagen

Schreck in der Abendstunde

»Jetzt, um diese Zeit?« Fragend schaute ich Rosemarie an. »Es ist kurz nach zweiundzwanzig Uhr.«

»Wenn du an den Apparat gehst, weißt du, wer es ist!«

»Dieser Telefonterror geht allmählich zu weit. Da müsste doch die Politik eingreifen. Anscheinend können Betrüger in diesem Land schalten und walten, wie sie wollen, ohne dass es Folgen für sie hat.«

»Ach bitte, Frederik, nun geh schon, dieses schrille Geräusch ist wirklich nervend. Es muss ja nicht immer ein Fake-Anruf sein.« Ihr Gesichtsausdruck wurde bittend.

»Warum soll *ich* denn aufstehen, ich bin kaputt«, jammerte ich.

»Eine Männerstimme am Telefon zu dieser Stunde ist sicherlich wirkungsvoller«, beharrte sie, »falls es tatsächlich jemand von diesen Telefongaunern ist.«

Ich stöhnte auf. »Warum auch hast du das Mobilteil nicht mit ins Wohnzimmer genommen.« Umständlich erhob ich mich aus dem Sessel, um zur Station in den Flur zu gehen.

»Ach«, rief sie mir nach, »sage keinesfalls *ja* und lege sofort auf, wenn dir etwas komisch vorkommt!«

Sie stellte den Fernseher leiser. Sicherlich wollte sie lauschen, mit wem ich spreche.

Ich drückte auf Gesprächsannahme.

»Hallo ... hallo? Wer ist denn da? ... Was ist ... was? Ich komme sofort!« Als ich ins Wohnzimmer zurückkam, zuckte meine Frau zusammen. Mein erschrockenes Gesicht hatte sie wohl irritiert. »Warum bist du denn so aufgeregt?«, fragte sie mich, nun selbst nervös geworden.

»Ich muss sofort los, Vater hat angerufen, da stimmt was nicht.«

»Bitte?« Sie sprang hoch. »Vater hat angerufen? Er kann doch nicht anrufen!« Rasch folgte sie mir, während ich bei bereits geöffneter Haustüre dabei war, mir meine Schuhe anzuziehen.

In gebückter Haltung sagte ich stöhnend: »Anscheinend weiß er doch noch, wie das Telefon zu bedienen ist.«

»Warte«, bat sie, »ich hole nur noch meine Jacke. Ich lasse dich doch nicht alleine fahren.«

Bis zum Haus meiner Schwiegereltern war es mit dem Wagen nicht weit. Bereits nach zehn Minuten drückte Rosemarie den Klingelknopf. Leider hatten wir in der Aufregung vergessen, den Zweitschlüssel mitzunehmen. Als nicht gleich geöffnet wurde, rannte ich hinter das Haus, um nachzusehen, ob am großen Wohnzimmerfenster eventuell der Rollladen noch oben war. Er war unten, also wieder schnell zurück zur Tür, die sich genau in dem Moment öffnete, als Rosemarie mit der Faust auf die Tür einschlagen wollte.

Mit wirrem Haarschopf und ebensolchem Blick stand Robert im Türrahmen. »Wo brennt es denn?«, fragte er verwundert. Ohne ihm Antwort zu geben, hastete Rosemarie an ihm vorbei.

Ich nahm meinen Schwiegervater an die Hand. »Wir sind hier, weil du uns angerufen hast. Aber nun lass uns auch reingehen, du bist ja ganz wackelig auf den Beinen. Immer marschierst du ohne Stock los«, redete ich auf ihn ein. »Einen Stock? Quatsch, Frederik, wozu brauche ich einen Stock? Ich bin gut zu Fuß.« Und um mir das zu beweisen, trat er mehrmals, mit weit hochgezogenen Beinen demonstrativ auf der Stelle. Ich konnte ihn gerade noch am Ärmel festhalten, ehe er umfiel.

»Frederik, wo bleibst du denn?« Rosemaries Stimme schallte ungeduldig in die Diele.

Als ich ins Wohnzimmer geeilt kam, zeigte sich mir, warum sie so aufgeregt war. Hilflos kniete sie neben ihrer Mutter am Boden.

»Sie ist wohl über den blöden Teppichläufer gestolpert.«

»Es ist schon gut, macht euch keine Sorgen. Helft mir nur auf, dann geht es schon wieder«, verlangte Luise in ruhigem Tonfall. Behutsam versuchte ich, ihr aufzuhelfen.

Nein, es ging nicht, bei der kleinsten Bewegung jammerte sie vor Schmerzen auf.

Robert stellte sich neben mich und machte mir unmissverständlich klar, dass seine Frau und er um diese Uhrzeit nicht auf Besuch eingestellt wären.

»Vater«, bat Rosemarie, »warum setzt du dich nicht in den Sessel und schaust Fernsehen?« Während sie ihren sich halbherzig sträubenden Vater zum Sessel bugsierte, griff ich zum Mobilteil des Telefons, das auf dem Tisch lag, um den Notarzt anzurufen. In der Hoffnung auf schnelles

Eintreffen der professionellen Hilfe versuchte ich anschließend, mit etlichen Kissen Luises missliche Lage etwas bequemer zu gestalten. Inzwischen gab sich Rosemarie alle Mühe, Robert zu beruhigen. Trotz seiner Verwirrtheit spürte er natürlich die Hektik, die sich um ihn herum breitmachte. Einzig Luise schien die Ruhe selbst zu sein.

»Es tut mir leid, dass ich euch um diese Uhrzeit so viel Arbeit mache«, klagte sie. Dann schimpfte sie über den blöden Teppich, über dessen Kante sie tatsächlich gestolpert war, wie sie kleinlaut zugab. Die Worte, die mir dazu in den Sinn kamen, schluckte ich schnell hinunter.

Noch vor etwa vier Wochen feierte sie mit einigen Gästen den neunundachtzigsten Geburtstag in ihrem Haus. Ich sah ihr an, wie stolz sie war, als sie den Besuch durch die Räume führte. Und ebenfalls mit Stolz und auch ein wenig Eitelkeit nahm sie all die Bewunderungen für sich persönlich entgegen, die ihr gutes Aussehen und ihre Energie betrafen. Schon alleine den Haushalt in Ordnung zu halten wäre wegen der Situation ihres Mannes ja wohl auch nicht so einfach, wie zustimmend gesagt wurde.

Ganz so verhielt es sich freilich nicht. Natürlich hatte sie Hilfe für den Haushalt, auch wenn keine der Frauen lange bei ihr blieb. Denn Luise achtete mit Argusaugen darüber, wie diese ihre Arbeit verrichteten. Meist war sie schon vorab der Meinung, dass die Frauen ihre Arbeit nicht gründlich genug taten. Also kam es immer wieder vor, dass sie, ohne ihre Unzufriedenheit zu verbergen, ihnen mit Staubtuch oder Wischmopp folgte. Demnach blieben sie in der Regel nicht lange, sie verschwanden und kamen nicht mehr wieder.

Einmal beschwerte sich Luise über die korpulente Blonde, deren Namen ich vergessen habe, die wir ihr wiederum nach langem Suchen über zig Beziehungen engagierten. Wir waren so erleichtert gewesen, endlich wieder jemanden gefunden zu haben.

Über die empörte Luise sich:»Nun stellt euch bloß vor, anstatt zu putzen, hat sie mit Robert getanzt. Getanzt, hört ihr!« Dabei verzog sie abfällig das Gesicht.»Nicht zu glauben.« Jede Silbe betonte sie, als wäre sie aus Kaugummi.»Und diesem Filou hat das natürlich noch gefallen«, fügte sie kopfschüttelnd hinzu.

Ja, Luise war trotz ihres hohen Alters eine toughe Person, die zumindest geistig noch mitten im Leben stand und der man so schnell nichts vormachen konnte. Eine resolute kleine Frau. Früher hätte man wohl »klein, aber oho« dazu gesagt. Mit ihren stets rot gefärbten Haaren, dem nicht immer dezent geschminkten Gesicht und mit dem Chic, mit dem sie sich kleidete, wirkte sie keinesfalls wie eine Greisin. Vom Aussehen her verglich ich sie mit der Schauspielerin Brigitte Mira. Doch das Alter lässt sich nicht mit Äußerlichkeiten überlisten. Dass sie sich nicht schonte und nicht loslassen konnte, war ihr, wenn man es im Nachhinein so sehen will, nun zum Schaden geworden. Denn in ihrer sogenannten Alterssturheit hörte sie auch nicht auf unsere gut gemeinten Ratschläge. So hatte ich sie schon seit einigen Jahren förmlich angefleht, alle Teppiche zu entfernen, da sie gefährliche Stolperfallen waren. Die Antwort kam prompt und immer gleichlautend: »Die liegen schon immer da, ich bin noch nie darüber gestolpert.«

Noch kurz vor ihrem Sturz hatten wir ihr, ohne lange zu fragen, einen Rollator für die Wohnräume gekauft, um damit dieses Risiko möglichst auszuschalten. Doch der stand seitdem zusammengeklappt und mit einem hübschen Tuch abgedeckt in einer Nische neben dem Schlafzimmerschrank.

All diese Gedanken rasten mir nun durch den Kopf, während Rosemarie einige Dinge für Luise in die Reisetasche packte, die sie für ihren Krankenhausaufenthalt brauchen würde. Einer inneren Eingebung nach kontrollierte sie obendrein, ob ihre Eltern ihre Tabletten für den Abend eingenommen hatten. Die Tablettenspender machte ich ihnen für jeweils eine Woche fertig. Rosemarie zog vielsagend die Augenbrauen hoch, als sie aus der Küche kam und mir beinahe vorwurfsvoll die Tagesration von Robert vorhielt.

»Da, Vater hat heute nicht eine einzige Tablette eingenommen«, sagte sie unüberhörbar verärgert.

»Ich hab gesagt, er soll sie nehmen«, mischte sich Luise ein.

»Mutter, Vater vergisst es, du musst sie ihm schon geben, das weißt du doch. Vater ist krank.« Obwohl sie augenblicklich bestimmt andere Sorgen hatte, ließ sich Luise auf einen Wortwechsel ein. »Vater ist ebenso wenig krank, wie ich nicht krank bin. Vater hat schon immer seinen Kopf durchgesetzt. Wenn du das eine Krankheit nennen willst, bitte. Außerdem nimmt er die Tabletten nicht von mir an. Was soll ich denn machen? Zwingen kann ich ihn ja wohl schlecht.«

Rosemarie und ich sahen uns schulterzuckend an. Die alte Leier, mehr fiel mir dazu nicht ein. Nach etlichen Diskussionen, die meine Frau und ich an so manchem Tag mit Luise führten, hätten wir es gerne gehabt, wenn wir sie und Robert dazu hätten überreden können, das Haus aufzugeben und ins betreute Wohnen oder in ein ordentliches Heim umzuziehen. Aber auch dazu gab es von beiden einen Standardsatz:»Dieses Haus verlassen wir nur mit den Füßen zuerst!« Und dann war da noch abfällig vom *Siechenheim* die Rede, in das wir sie ihrer Meinung nach abschieben wollten. Von uns aus gesehen meinten wir es doch nur gut mit ihnen. Vor allem auch, weil Luise zeitlebens ein sehr geselliger Mensch gewesen war, der Unterhaltung und Leute um sich herum brauchte, um geistig fit und agil zu bleiben. In all den vergangenen Jahren nahm sie an beinahe jeder gesellschaftlichen Aktion und Feier im Dorf teil. Zudem besuchte sie bis vor noch gar nicht langer Zeit Strickkreise und Nachmittage, in denen gemeinschaftlich geturnt oder gesungen wurde. All diese Aktivitäten waren leider nicht nur wegen Robert unmöglich geworden, denn obwohl sie versuchte, sich selbst und uns etwas vorzumachen, nahmen ihre Altersbeschwerden zu.

Wir hofften so sehr, dass sich Luise endlich ihrer schwierigen Lage bewusst wurde. Vor allem in den letzten zwei Wochen hatte sie zusehends abgebaut. Es war ihre Gesichtsblässe, die uns auffiel. Darum bedauerten wir ihre rigorose Entscheidung zum absoluten NEIN.

In Rosemaries und meiner Vorstellung wäre eine Unterbringung in einer altersgerechten Einrichtung sicher die beste Lösung, wo beide in einer Gemeinschaft mit anderen Bewohnern Spaß und Unterhaltung haben könnten. Außerdem wären sie und Robert täglich unter medizinischer Kontrolle. Ganz davon abgesehen, welche schwere Aufgabe ihr wegen Robert abgenommen würde, der zusehends seine Persönlichkeit verlor. Er, ein großer, bisher kräftiger Mann, der es zeitlebens gewohnt war, hart zu arbeiten und es in der Lebensschule auch gelernt hatte, hart gegen sich selbst zu sein, wenn es darum ging, den Malaisen des Alltags zu trotzen. Dieser Mann, den in der Vergangenheit nichts erschüttern konnte, wurde täglich mehr zu einem hilflosen Kind, und das war furchtbar mit anzusehen.

Richtig aufregend wurde es, als die Rettungssanitäter in geschäftiger Manier ins Wohnzimmer traten. Robert begriff die Welt nicht mehr. In recht forderndem Ton befahl er seinem Lieschen, wie er sie stets liebevoll nannte, nun endlich aufzustehen. Und an die Helfer gewandt meinte er in einem für mich ebenso überraschend unhöflichen Tonfall, dass seine Frau nichts habe und sie ruhig verschwinden könnten, er wäre dieses Palaver endgültig leid. Woraufhin Rosemarie den sichtlich empörten jungen Männern ein unmissverständliches Zeichen gab, warum sie den Worten ihres Vaters keine allzu große Bedeutung zumessen sollten. Sie verstanden sofort und ließen sich somit nicht beirren, die nun wieder jammernde Verletzte auf einer Trage aus dem Haus zu transportieren. Mit gemischten Gefühlen schauten wir dem Krankenwagen nach. Aber wie sollte es jetzt weitergehen? Wenn ich ehrlich bin, war ich, unabhängig vom Mitleid mit Luise, auch persönlich ein wenig traurig darüber, dass dieser blöde Unfall ausgerechnet am Karfreitag geschehen war. Rosemarie und ich hatten uns so sehr auf Ostern gefreut, weil für uns schon Weihnachten ausgefallen war, da Luise an den Feiertagen ebenfalls wegen eines Sturzes im Krankenhaus gelegen hatte, wobei sie sich eine, wenn auch leichte, Kopfverletzung zugezogen hatte, als sie mit »ihren Damen« ein Café verließ und unachtsam über eine Bordsteinkante stolperte. So saßen wir an Weihnachten, anstatt bei festlicher Stimmung die Weihnachtstorte unter dem geschmückten Baum zu genießen, an den Nachmittagen mit einem Kaffee im Pappbecher aus dem Klinikautomaten und Gebäck, das wir uns ebenfalls aus dem Automaten gezogen hatten, in recht bedrückter Atmosphäre an ihrem Bett beisammen. Und nun dies. Tja, da gab es jetzt ja wohl nichts mehr dran zu ändern.

Robert hatte es sich wieder in seinem Sessel bequem gemacht. Ich setzte mich ihm gegenüber auf die Couch und blätterte in einem seiner Uhrenmagazine, die als Stapel auf dem Tisch lagen. Robert war zeitlebens nicht nur in Autos und Teppiche vernarrt gewesen, sondern ebenso in hochwertige Uhren. Bis zu seiner Demenz studierte er ständig in diesen Fachzeitschriften. Um ihn abzulenken, stellte ich ihm einige Fragen über dieses und jenes Markenfabrikat und war überrascht, wie er plötzlich interessiert und fundiert meine Fragen beantwortete.

Ich war froh, dass ich in diesem Augenblick einen Weg gefunden hatte, ihn ein wenig abzulenken.

Kurz darauf erschien Rosemarie mit einem Tablett im Wohnzimmer.

Kekse und Tee servierte sie uns. »Ich habe uns eine Stärkung aufgebrüht«, sagte sie lächelnd.

Robert drehte sich überrascht um. »Wie, du bist auch hier?«

»Ja, Vater, wir können dich doch jetzt nicht alleine lassen.«

»Warum nicht, und wieso alleine? Wo ist Lieschen denn?«

Genau in dem Moment, als Rosemarie diesen Satz sagte: »Wir können dich doch jetzt nicht alleine lassen«, wurde er mir in seiner ganzen Bedeutung bewusst. Natürlich konnten wir ihn nicht alleine lassen. Und mir wurde sofort klar, was in der nächsten Zeit an Unruhe auf uns zukommen würde.

Jeder seinen Gedanken nachgehend, nippten wir am heißen Tee, und ohne Interesse den Bildern im Fernseher folgend, hörte ich Rosemarie wie aus weiter Ferne sagen: »Ich werde heute Nacht hier schlafen, Vater, und morgen früh bereite ich uns ein leckeres Frühstück zu, ja?«

»Brauchst du nicht, Kind, Lieschen braucht keine Hilfe.«

»Mutter ist im Krankenhaus, Vater.«

»Im Krankenhaus? Warum?«

»Sie ist doch eben hier im Wohnzimmer gefallen.«

Zweifelnd schaute er sich um, als würde er sie suchen, und ich hatte den Eindruck, dass ihm Tränen in die Augen stiegen. Sicherlich war ihm eingefallen, was wirklich mit seinem Lieschen geschehen war. Er tat mir sehr leid.

»Ach«, klagte Robert, »immer dann, wenn ich nicht auf sie aufpasse, passiert ihr was, man kann sie einfach nicht alleine lassen.«

Ich schaute zu Rosemarie herüber, und trotz aller Tragik huschte ein Schmunzeln über unsere Gesichter. Schließlich beschlossen wir, dass ich wieder nach Hause fahre. Zum einen hatten wir das Haus überstürzt verlassen, ohne Türen und Fenster ordentlich zu verschließen, und außerdem wollte ich nicht im ungelüfteten Gästezimmer schlafen, das sich im Keller befand, in dem sich zudem allerhand Krimskrams stapelte. Nur gut, dass Rosemarie und ich schon Rentner waren und wir unseren Alltag so einteilen konnten, wie es die Umstände verlangten.

Als ich meine Frau zur Verabschiedung in die Arme nahm, spürte ich, wie sie zitterte.

Sie versuchte, stark zu sein, aber ihre Nerven sprachen eine andere Sprache.

Bevor ich mich ins Bett legte, telefonierten wir noch einmal miteinander.

»Soll ich die Nacht wirklich nicht zu dir kommen?«, fragte ich sie besorgt.

»Nein, nein, es wird schon gehen. Vater hat sich hingelegt und ich räume noch ein wenig auf. Vielleicht setze ich mich anschließend vor den Fernseher, um mir zur Ablenkung irgendeine Sendung anzuschauen. Ich glaube, ich kann momentan sowieso nicht einschlafen.«

Auch ich fand keinen Schlaf, zu viel ging mir durch den Kopf.

Hellwach knipste ich wieder die Nachttischlampe an. Luises Unfall hatte mir deutlich vor Augen gehalten, wie fragil das alles ist, was wir hinlänglich unser gewohntes Leben nennen. Das Bild von Marionetten kam mir in den Sinn, die, an den Fäden eines imaginären Spielers hängend, lebensfroh und unbedarft in irgendwelchen Kulissen herum hampeln, aber wehe, nur ein Faden wird abgeschnitten oder abgerissen, wie es bei Luise vor wenigen Stunden passierte. Ich ahnte sehr wohl, in welch kritischer Lage sie sich augenblicklich befand. Sollte sie sich wirklich den Oberschenkelhals gebrochen haben, wie ich vermutete, was meist die Folge bei solchen Stürzen im Alter war, dann wäre eine Operation unvermeidlich.

Ganz davon abgesehen, wie risikoreich sich eine Narkose in ihrem Alter darstellte, so waren schwerwiegende Folgeerkrankungen wie etwa eine Lungenentzündung oder eine Infektion mit Krankenhauskeimen nicht auszuschließen, davon hatte man doch schon gehört.

Meine Fantasie ging mit mir durch und versprach nichts Gutes.

»Armes Lieschen«, entfuhr es mir hörbar. Um nun doch positiv zu denken, sagte ich mir dann: »Abwarten, sie ist in guten Händen.« Aber wie sollte es mit Robert weitergehen? Der brauchte wegen seiner Demenz absolute Aufmerksamkeit, nicht nur am Tag, auch bei Nacht. Es war wirklich bewundernswert, welch schwere Aufgabe Luise bisher bewältigt hatte.

In diesem Moment erinnerte ich mich an jene Sonntagnachmittage in jüngster Zeit, an denen wir in ihrem Haus gemütlich beim Kaffeetrinken zusammensaßen und Robert plötzlich, und so gut es ihm gelang, aufsprang und zur Toilette eilte, um kurz darauf um Hilfe zu rufen, weil er sich über und über beschmutzt hatte. Weiter mochte ich mir gar nicht mehr vorstellen, wie das ablief, wenn wir nicht anwesend waren. *Das Alter kann schon grausam sein,* fuhr es mir durch den Kopf. Bei solchen Schicksalsschlägen wird man natürlich auch an seine eigene Endlichkeit erinnert. Rosemarie und ich, wir waren beide bereits Ende sechzig. Je mehr ich darüber nachdachte, umso mehr kam mir die Zeit wie ein ICE vor, der mit uns als Passagieren durch die Jahre raste, um nur kurz an verschiedenen Stationen anzuhalten.

Eine dieser Stationen war der Hausbau damals. Vor etwa 40 Jahren hatten wir kurz nach Robert und Luise im gleichen Ort gebaut, wo sie sich niedergelassen hatten.

Wir zogen damals für die Ewigkeit in unser Haus, wie wir freudig dachten. Aber das Alter ist ein Tribut an die Ewigkeit, auf Erden zumindest. Und dann geht doch alles ganz rasch!

Wobei wir bis zu Roberts Erkrankung wunderbare Jahre mit den beiden verbrachten, in denen wir viele gemeinsame Reisen unternahmen. Bis, ja, bis Robert sich veränderte, was bereits zu Beginn seiner Erkrankung oftmals zu skurrilen Situationen in Hotels oder Gaststätten und somit nicht selten zu Peinlichkeiten führte. So beschwerte er sich einmal während des Essens lautstark und gestikulierend über den angeblichen Lärm, den die Gäste im Speisesaal machten. Kerzengerade stand er da und fuchtelte wild mit den Armen in der Luft herum. Dabei unterhielten sich alle angemessen. Ein anderes Mal entzündete er mit kindischer Freude die Dekoration auf dem Tisch mit einer brennenden Kerze. Robert solle unbedingt einen Neurologen aufsuchen, drängte ich Luise besorgt. Der Arzt werde nach einigen Tests feststellen, was mit ihm los war. Doch sie winkte nur ab.

»Was soll denn schon mit ihm los sein? Robert war schon immer ein wenig eigenartig. Da wird er nie und nimmer hingehen. Er ist sein ganzes Leben nicht krank gewesen.«

Nein, dagegen kam ich nicht an. Und es stimmte wahrhaftig, in den über vierzig Jahren, in denen ich Robert kannte, hatte ich ihn noch nie krank erlebt. Keine Erkältung oder Grippe warf ihn nieder. Das heißt, er hatte einmal eine hochgradige Allergie nach dem Hantieren mit einer Chemie, mit der er auf seiner Arbeitsstelle in Berührung gekommen war. Seine Augen zeigten sich zugeschwollen, und überall auf seinem Körper hatten sich dicke, rote Quaddeln gebildet. Der Überweisung des Hausarztes ins Krankenhaus folgte er noch brav, doch bereits nach wenigen Stunden hatte er sich wieder selbst entlassen. Zu diesem Zeitpunkt unternahmen wir, Luise, Rosemarie und ich, nichts ahnend einen Ausflug auf dem Drachenfels. Als wir heimkamen, war Robert dabei, den Eingang zum Haus zu pflastern.

Es war erst sehr früh am Morgen, als ich aus unruhigem Schlaf plötzlich im Bett hochfuhr.
Meine Hand tastete nach links an die Stelle, wo ich Rosemarie vermutete. Da fiel es mir wieder ein, dass sie die Nacht nicht neben mir geschlafen hatte. Innerlich getrieben sprang ich aus dem Bett und machte mich im Bad frisch. Danach entschied ich mich, noch rasch beim Bäcker vorbeizufahren, um frische Brötchen und Croissants einzukaufen.
Nicht lange darauf schloss ich mit dem Ersatzschlüssel die Tür vom Haus der Schwiegereltern auf. »Huhu, ich bins!«, rief ich in den Flur.
In dem Moment kam Robert mit heruntergelassenen Hosenträgern aus der Gästetoilette, die er meist benutzte. »Wie bist du denn hier reingekommen, Frederik?« Er sah mich mit großen Augen an.
»Vater, du weißt doch, dass wir einen Schlüssel fürs Haus haben.«
»Aber warum hast du Rosemarie nicht mitgebracht? Lieschen hätte sich sicher gefreut, euch beide zu sehen.« Ohne meine Antwort abzuwarten, meinte er drängend: »Nun aber komm endlich ins Esszimmer, ich habe schon den Tisch gedeckt. Lieschen hat uns eine feine Bohnensuppe gekocht. Du kennst ja ihre grandiose weiße Bohnensuppe mit

viel Speck drin.« Mit der Hand rieb er sich den Bauch und lächelte mich spitzbübisch an. »Aber sei leise«, flüsterte er, »Lieschen schläft noch. Sie liegt im Wohnzimmer auf der Couch.«

Sofort warf ich die Tüte mit dem Brötchen auf die Flurkommode und eilte mit großen Schritten ins Wohnzimmer. Auf der Couch lag Rosemarie in reichlich unbequemer Haltung. Ihr ansonsten sorgfältig geflochtener Zopf hatte sich aufgelöst, und das Haar legte sich wirr um ihre geröteten Wangen. Sie schlief tief und fest. Als ich sie sanft an der Schulter berührte, zuckte sie zusammen. Erschrocken fuhr sie hoch.

Auch ihre Augen waren gerötet, und sie sah total übernächtigt aus.

»Guten Morgen, Liebling«, begrüßte ich sie.

Allmählich kam sie zu sich. »Frederik. Gut, dass du endlich da bist, ich habe eine fürchterliche Nacht hinter mir.«

Ich nahm sie tröstend in den Arm und küsste sie auf die Wange. »Schlimmer als befürchtet?«, fragte ich sie.

»Noch viel schlimmer.« Sie schaute an mir vorbei. »Wo ist Robert?«

Ihre Augen suchten das Wohnzimmer ab. Ich drehte mich um. »Eben war er noch da.«

Im gleichen Augenblick vernahmen wir aus der Küche ein Geräusch, das sich anhörte, als zerschlüge Porzellan auf den Fliesen. Jetzt war Rosemarie hellwach. Beide kamen wir gleichzeitig in der Küche an, wo Robert auf dem Boden kniete und mit blutigem Finger Scherben auflas. Bevor wir etwas sagen konnten, meinte er traurig schauend:

»Die schöne Suppenterrine, die haben Lieschen und ich zur Hochzeit bekommen. Hoffentlich ist sie nicht von dem Lärm wach geworden.« Rosemarie zog ihren Vater hoch und besah sich den blutenden Finger. »Komm Vater, ich klebe dir ein Pflaster auf die Wunde.«

Gehorsam ging er mit ihr ins Bad.

Als sie zurückkamen, hatte ich die Scherben beseitigt. Gerade wollte ich im Küchenschrank nach dem Geschirr greifen, um im Esszimmer den Frühstückstisch zu decken, da hörte ich Rosemaries erstaunte Stimme. »Frederik, komm mal bitte und sieh dir das hier an!«

Unverzüglich ging ich zu ihr. Einigermaßen überrascht sah nun auch ich, dass der Frühstückstisch perfekt eingedeckt war. Nichts fehlte.

»Gibt es was zu gucken?«, fragte Robert irritiert.

»Vater«, stutzte Rosemarie, »hast du das hier alles vorbereitet?«

»Wenn es nicht die Heinzelmännchen waren, tja– dann war ich es wohl«, lachte er.

Aufmunternd klatschte ich in die Hände. »Ich denke, wir sollten jetzt aber endlich frühstücken!«

Rosemarie schüttelte den Kopf. »Ich glaube, ich bekomme nichts runter.«

»Auch kein frisches, knuspriges Croissant?«, gab ich augenzwinkernd zu bedenken.

Schnell überzeugt nickte sie mir freudig zu.

Auch Robert bestätigte, großen Hunger zu haben. »Aber vorher will ich Lieschen wecken«, wandte er ein, »schließlich können wir nicht ohne sie frühstücken.«

»Vater …«Mit einer gewissen Ratlosigkeit versuchte Rosemarie ihm abermals zu verdeutlichen, dass sein Lieschen im Krankenhaus lag.

»Im Krankenhaus? Wollt ihr mich auf den Arm nehmen? Sie liegt im Wohnzimmer und schläft.«

Ohne darauf zu reagieren, nahm Rosemarie ihn an die Hand und führte ihn ins Wohnzimmer. Wortlos zeigte sie mit dem Finger auf die leere Couch.

Blass und zittrig geworden schlug sich Robert mit der flachen Hand vor die Stirn.

»Ich glaube, ich werde verrückt.« Und das wiederholte er so lange, bis er nur noch murmelte.

Turbulenzen

Gegen Mittag fuhren wir gemeinsam ins Krankenhaus. Robert verstand nicht sofort, wohin wir eigentlich wollten. Aber dann hatte er einen lichten Moment. Daraufhin richtete er sich für Lieschen chic her. Wie meist, wenn er das Haus verließ, trug er zur dunkelblauen Hose ein hellblaues Hemd. Er zog nur hellblaue Hemden an und darüber eine schwarze Lederjacke, feinstes Nappaleder, darauf legte er Wert. Die schwarzen Schuhe waren blank geputzt. Einige Mühe kostete es uns allerdings, ihn davon abzuhalten, selbst zufahren.

Erst vor knapp anderthalb Jahren kaufte Robert sich einen großen, schweren SUV. Natürlich war es der mit dem Stern. Ach, was gab es seinerzeit Debatten deswegen. Vor allem, weil Rosemarie und ich ihm schlichtweg die Fähigkeit absprachen, weiterhin dem Straßenverkehr gewachsen zu sein. Alleine sein Alter stellte diesbezüglich alle Vernunft infrage.

Entgegen unserem Unverständnis blieb als Fazit: Er konnte und durfte selbst entscheiden, was er zu tun und zu lassen habe. Ja, durfte, wie auch sein Hausarzt nach Rücksprache mit mir bestätigte. Jemandem die Fahrerlaubnis zu entziehen, wäre ein viel zu großer Eingriff in die persönlichen Freiheitsrechte, als dass man zu voreilig an die Sache herangehen sollte, wie er sich ausdrückte. Und was meine Vermutung wegen der Demenz beträfe, wäre es doch sinnvoller, er würde sich von einem Neurologen gründlich untersuchen lassen. Aber dazu war Robert eben nicht zu bewegen. Bei den kleinsten Andeutungen in diese Richtung bekamen wir von ihm zu hören, dass es ihm gute gehe. Er fühle sich wohl, und ob das ein Grund wäre, zum Arzt zu gehen? Wie schwer er sich wirklich beim Autofahren tat, erfuhren Rosemarie und ich erst viel später von Luise, die wohl allmählich begriff, dass etwas nicht mit ihm stimmte. So beichtete sie uns, dass es ihm mitunter schwerfallen würde, Wege zu finden, die er eigentlich gut kannte. Da kam es zum Beispiel vor, dass er auf der Fahrt ins Dorf nicht auf Anhieb die Apotheke fand. Oder einmal ließ er Luise ohne weitere Erklärung auf dem Supermarktparkplatz zurück. Sie wollte nach dem Einkauf nur noch den leeren Einkaufswagen wegstellen, da setzte er sich in den Wagen und fuhr los. Als er nach etwa einer dreiviertel Stunde wiederkam, in der Luise sich die größten Sorgen machte, meinte er wie selbstverständlich, er habe einfach nur Lust auf eine kleine Spazierfahrt gehabt. Ebenfalls viel später bekamen wir zu hören, dass er beim Ausfahren aus der Garage einen anderen Wagen gerammt hatte, der gegenüber seiner Ausfahrt parkte. Wohlweislich verschwiegen sie uns auch, dass er beim Reinfahren in die Garage nicht nur einmal die Einfahrt touchierte, weil er wohl die Ausmaße des Wagens nicht einschätzen konnte.

Wir fielen aus allen Wolken. So durfte es nicht weitergehen. Von da ab erfanden wir immer wieder neue Ausreden, warum er den Wagen besser stehen lassen sollte. Und er ließ ihn stehen, auch wenn wir, um ihn immer wieder neu zu überzeugen, mit Engelszungen auf ihn einredeten. Anderseits denke ich, dass er im Verlaufe der Zeit seine fahrerischen Einschränkungen selbst bemerkt hatte, da sein Widerstand gegen unsere Argumente allmählich abnahm. Obgleich es an einem ganz bestimmten Tag dann doch noch einmal zu einer heftigen Aussprache kam. Unter dem Vorwand, sein Auto zur Inspektion zu bringen, fuhr ich los, um den SUV beim Straßenverkehrsamt abzumelden. Nägel mit Köpfen wollten wir machen. Oh, was gab es für ein Theater, als er bereits am nächsten Tag die abgekratzten Plaketten auf den Nummernschildern entdeckte.

Da Robert seit 70 Jahren Autos und früher auch Motorräder gefahren hatte, er also ein richtiger Motornarr gewesen war, konnte ich sehr gut nachempfinden, welch ein Opfer wir ihm abverlangten. Von dem alten »Lappen« allerdings, von dem trennte er sich nicht, der blieb in seiner Brieftasche.

Die Fahrtstrecke zum Krankenhaus dauerte nicht mehr als zwanzig Minuten. Unterwegs stellte Robert mir mehrfach die Frage, warum ich sein Auto fahre und wohin man ihn eigentlich bringen würde. Auf dem Krankenhausparkplatz angekommen, dämmerte es ihm wohl wieder. Unbeholfener als sonst stieg er schweigsam aus. Nachdenklich besah er sich den Krankenhauskomplex. Gedankenverloren rückte er seine Krawatte zurecht. Als er wieder einsteigen wollte, drängte Rosemarie darauf, endlich loszugehen. Ebenso wie sie, war auch ich sehr gespannt darauf, was uns hinter diesen Mauern erwartete. Wie ich zuvor am Telefon erfahren hatte, wurden wegen der Notbesetzung an den Feiertagen bei Luise zunächst nur die notwendigsten Voruntersuchungen durchgeführt. »Nach Ostern können wir Ihnen mehr sagen.« Luise war wach und den Umständen entsprechend in guter Verfassung.

Staunend besah sich Robert die Infusionsflaschen, die an einem Metallständer hingen. Auch die Schläuche, die im Ärmel von Luises Nachthemd verschwanden, inspizierte er mit kritischem Blick. Doch dann trat er mit erfreutem Gesichtsausdruck an ihr Bett, umarmte und küsste sie, als hätten sie sich eine lange, lange Zeit nicht gesehen. Rosemarie schaute mich tief berührt an. Ich denke, es war eine Ausrede, als sie sagte, sie wolle in der Cafeteria Kuchen und Kaffee besorgen. Sicherlich war sie kurz davor, in Tränen auszubrechen.

Überhaupt wirkte sie nach den letzten Stunden der Anspannung sehr zerbrechlich. Ich schlug ihr vor, beim Tragen zu helfen. Doch sie bat mich, zu bleiben, falls der Arzt käme, schließlich gab es noch einiges zu fragen und zu besprechen.

Tatsächlich vernahm ich kurz nach ihrer Abwesenheit Stimmen hinter der Tür, die ich als ein Gespräch zwischen der Stationsschwester und dem Arzt deutete. Mit den Worten »Ich komm gleich wieder« ließ ich Robert und Luise alleine.

Ja, ich hatte richtig vermutet. Dennoch war ich überrascht. Vor mir stand ein kräftiger, dunkelhäutiger Mann mit gewaltigem Bauch, dem man, so sah es jedenfalls für mich aus, einen viel zu knappen Arztkittel ausgehändigt hatte. Zuerst wirkte er sichtlich genervt, als ich ihn von der Seite ansprach. Er ließ das Krankenblatt, in dem er gerade las, sinken. Prüfend schaute er mich über seine goldumrandete Brille hinweg an, um sich gleich darauf wieder dem Krankenblatt zu widmen. Zufällig handelte es sich dabei um Luises Aufzeichnungen. Ich ließ ihn gewähren und hielt mich vorerst zurück. Schließlich gab er mir dann doch gefällig Auskunft. Und so erfuhr ich von ihm, dass sich Luise, wie ich schon vermutet hatte, bei ihrem Sturz eine Oberschenkelhalsfraktur zugezogen hat.

»Das muss natürlich operiert werden. Zunächst haben wir das Bein mechanisch stabilisiert«, klärte er mich auf. Für mich klang es, als würde er so etwas quasi nebenbei machen.

Was folgte, waren hauptsächlich Anweisungen für die Schwester. Wie sagte er noch: »Vorrangig steht eine Magenspiegelung an, da die Blutwerte bei der Patientin Hinweise auf einen innerlichen Blutverlust geben. Eventuell folgt nach einem negativen Befund des Magens noch eine Darmspiegelung.«

Bevor ich wegen dieser unvorhergesehenen Nachricht erschrocken nachhaken konnte, wandte er ein: »Wir werden Ihre Schwiegermutter ordentlich auf den Kopf stellen. Machen Sie sich mal keine Sorgen.«

Beiläufig nickte er der Schwester zu, die ihm aufmerksam und zuvorkommend die Tür ins Krankenzimmer öffnete.

Wenn ich ehrlich bin, fürchtete ich mich in diesem Moment ein wenig über Roberts und Luises Reaktion, wenn sie sahen, dass der behandelnde Arzt auf dieser Station anders aussah als die Ärzte, mit denen sie bisher in ihrem Leben zu tun hatten. Ich kannte doch ihre nicht immer spruchreifen Bemerkungen beim Fernsehen, wenn etwas gezeigt wurde, das nicht ihrem Weltbild entsprach. Auf mich machte er durchaus einen vertrauenserweckenden Eindruck. Irgendwie fand ich sogar seine ein wenig flapsige Bemerkung *sie auf den Kopf stellen zu wollen*, beruhigend. Trotzdem war ich froh, dass Rosemarie bei dem Gespräch nicht anwesend war, denn die Nachricht, das Luise möglicherweise wieder das Gleiche durchzumachen hatte wie vor zwei Jahren, als sie auch wegen einer Magenblutung auf der Intensivstation lag, hätte sie nur noch mehr beunruhigt. Mehrere Tage und Nächte hatte Luise auf der Intensivstation um ihr Leben gerungen. Es stand damals wirklich schlimm um sie. Sie nahm es mit der Einnahme ihres Blutverdünners nie so genau und deshalb war es wohl zu dieser inneren Blutung gekommen. Aber zur Verwunderung des gesamten Teams, aber auch zu unserer, erholte sie sich dann nach umfangreicher Therapie wieder rasch. Ihr starker Lebenswille hatte, wie schon so oft in ihrem Leben, sie wieder einmal nicht im Stich gelassen. Als Kind einer Generation, die einen Krieg überstanden hat, war dieser Lebenswille wohl nicht abzusprechen, wie ich aus ihrer Vergangenheit wusste.

Gab sich Luises Kindheit in Landsberg an der Warthe noch rosig, dann sah es schon bald ganz danach aus, als wolle ihr der Krieg unter Schmerzen, Entbehrung und Krankheit sogar die schönen Erinnerungen an diese unbeschwerte Zeit mit dem guten Vater, der lieben Mutter und den Geschwistern Gudrun, Elli und Erwin rauben und restlos vernichten. Denn bereits mit dem Beginn des Krieges kündigte sich allgemeine Endzeitstimmung an. Vorbei die unbeschwerten, vor Hitze flirrenden, nach Jugend und Zukunft duftenden Sommertage, in denen sie und die Geschwister unbekümmert und ausgelassen in der Warthe schwammen oder sie mit ihren Schwestern in luftigen Kleidern lachend und kichernd die Straßen an den Schaufenstern entlangflanierten, die offenen Blicke stets auf die jungen Herren gerichtet, die ihrerseits freundlich lachend die Strohhüte zogen. Vorbei! Von da ab ließ man sie und viele andere für etwas büßen, was sie persönlich nicht zu verantworten hatten. Ihre Schuld bestand alleine darin, zur falschen Zeit am falschen Ort geboren worden zu sein. Erwin, gerade mal neunzehn Jahre alt, wurde gezwungenermaßen in eine Uniform gesteckt. Und an einem düsteren, nebeligen Morgen, im November 1944, an dem wegen seines Abschieds alle sehr bedrückt waren, verließ er für den Krieg gerüstet das Haus. Im Torweg stehend drehte er sich noch einmal um. Ein halbes Jahr später kam die Nachricht, das Erwin in Russland gefallen war.

Gudrun war, wie Luise mir erzählte, ein Menschenkind, das überall gerne half und jedem gut sein wollte. In ihrem jugendlichen Überschwang war sie überzeugt davon, dass die, die Hilfe brauchten und denen sie uneigennützig Hilfe gab, wieder an eine bessere Welt glauben würden. Als die Rote-Kreuz-Helferin Gudrun am 30. Januar 1945 in Gotenhafen an Bord der Wilhelm Gustloff ging, ertrank sie schon bald darauf mit vielen Tausenden Menschen – vor allem Frauen, Kinder und Alte, die unter unglaublichen Strapazen, aber hoffnungsvoll, vor der schlechten Welt geflüchtet waren – in der kalten Ostsee. Denn gegen 13:10 Uhr wurde das Schiff vom Torpedo eines sowjetischen U-Bootes getroffen. Der Krieg war ganz nahe gerückt.

Aus Angst vor den sowjetischen Truppen machten sich bald darauf auch Luise, Elli und ihre nicht mehr ganz gesunden Eltern Friedrich und Erna auf die Flucht. Bereits ab da begann Luises Kampf gegen den größten Feind des Lebens: den Tod.

Wie grausam die Erlebnisse nicht nur für sie waren, kann ich mir heute nur vage vorstellen, aber nie in dieser Intensität fühlen, wie es all denen widerfuhr, die es dann doch geschafft hatten, dem Tod ein »Schnippchen« zu schlagen, obwohl er mit seinen grausamen Waffenarsenal, Krankheit, Dreck, Ungeziefer, Hunger, Vergewaltigung, Kälte, Nässe und Schlägen ein harter und unerbittlicher Gegner war. Ich habe von Gräueltaten gehört, die mir in meiner Fantasie bis zur Stunde nachgehen und ich habe mich gleichzeitig auch gefragt, warum der Wunsch weiterzuleben, dennoch so groß gewesen war.

In dem Moment, als ich mit dem Doktor und der Schwester ins Krankenzimmer kam, stand Robert am Kopfteil von Luises Bett. In der erhobenen Hand hielt er ein Wasserglas und sang dabei vergnügt:»Komm mein Schatz, wir trinken ein Likörchen, und dann flüstere ich dir was ins Öhrchen.« Luise lächelte verständnisvoll.

Der Arzt schaute mich fragend an.

»Mein Schwiegervater hat Demenz«, flüsterte ich ihm zu.»Es ist ein Lied, das er immer wieder und bei jeder Gelegenheit singt. Soweit ich weiß, verbindet er damit schöne Erinnerungen an eine lang zurückliegende Zeit.«

Mit einem knappen»Ach so« wendeten sich der Arzt und die Schwester Luise zu, die sich sogleich über das Essen beschwerte.

»Das trifft sich gut«, meinte der Arzt. Er teilte ihr mit, dass sie wegen der anstehenden Magenspiegelung ab morgen sowieso nüchtern bleiben müsse. Woraufhin Luise sehr bestimmend eine Magenspiegelung ablehnte, da sie wegen ihres Beines im Krankenhaus läge, an dem, wie sie sich ausdrückte, seltsamerweise nichts gemacht würde. Und der Magen sei übrigens vollkommen in Ordnung.

Der Arzt schien für derartig unqualifizierte Argumente taub zu sein, denn ohne darauf einzugehen gab er der Schwester eine Medikamentenanordnung, und mit einem kaum vernehmbaren»Auf Wiedersehen« verschwand er aus dem Kranken-zimmer.

Die hübsche Schwester mit den niedlichen Grübchen am Kinn und den drallen Formen unter dem ebenfalls zu engen Kittel, auf deren

Namensschildchen *Babette* zu lesen war, tätschelte flüchtig Luises Hand und eilte dem Arzt mit dem Ruf »Ich komme schon« hinterher.

»Hat die vielleicht einen dicken Hintern«, kommentierte Robert ihren Rückzug, woraufhin ich ein »Pst« verlauten ließ. Aber so war Robert, er nahm in seinem Zustand kein Blatt vor den Mund. Scham oder Scheu waren seiner Krankheit fremd. Deshalb war ich auch erstaunt, dass er sich während der Visite nicht über den farbigen Arzt geäußert hatte.

Ich war es dann, der zu Luise sagte: »Der Doktor kann aber gut deutsch sprechen.«

Luise fuhr sich mit den Fingern durch ihr rot gefärbtes Haar.

»Ach Frederik, reich mir doch den Taschenspiegel aus dem Nachtschrank!«, bat sie.

Ich gab ihn ihr. Aufmerksam betrachtete sie ihr Gesicht.

»Du bist hübsch genug«, scherzte ich. War da etwa eine Spur von Verlegenheit bei ihr zu entdecken gewesen? Sie legte den Spiegel beiseite und kam auf den Arzt zu sprechen.

»Doktor Awolowo ist übrigens in Berlin geboren. Er ist sehr nett. Wir haben uns schon einige Male unterhalten. Ich habe ihm erzählt, dass ich 1946 auch eine Zeit lang in Berlin gewohnt habe.«

»Ich habe als Kind den ersten Neger im Zirkus gesehen«, mischte sich Robert ein. »Den hatte man in einen Käfig gesperrt, und der Neger hat zähnefletschend an den Gitterstäben gerüttelt.«

Puh, war ich froh, dass das nicht zur Sprache gekommen war.

Bevor wir uns von Luise verabschiedeten, zog Rosemarie ihr Handy aus der Tasche und machte ein Bild von ihr, wie sie da im Krankenbett lag. »Wink doch mal!«

Nach dem Krankenhausbesuch hielten wir an einer nahe gelegenen Imbissbude, schließlich meldete sich trotz aller Aufregung der Hunger bei uns, und nach Kochen stand Rosemarie nun wirklich nicht der Sinn. Robert wünschte sich Currywurst mit Fritten, das mochte er für gewöhnlich. Wir wählten das Gleiche. Zu Hause angekommen, richtete Rosemarie alles rasch auf den *guten* Tellern zurecht. Robert legte großen Wert auf einen ordentlich gedeckten Tisch. Und schon kurz darauf saßen wir zusammen am Esstisch. Die Frage, ob es ihm schmecke, beantwortete er mit den Worten: »Wie Knüppel aufm Kopp.« Diesen abfälligen Kommentar äußerte er in letzter Zeit zu allem, was nicht von seinem Lieschen zubereitet wurde. Egal, ob es sich dabei um Essen auf Rädern oder um Fertiggerichte namhafter Tiefkühllieferanten handelte, zu unserem Leidwesen bezeichnete er alles durch die Bank, als *ungenießbar*. Rosemarie stöhnte hörbar auf. Und ich wollte gerade sagen: »Dir schmeckt die Currywurst doch sonst immer gut«, da schlug sich Robert mit der Faust auf den Brustkorb. Schmerzverzerrt war sein Gesicht. Wir kannten dieses sich auf die Brust schlagen von ihm, doch diesmal lief es alleine schon wegen seiner augenscheinlichen Schmerzen anders ab. Sonst sagte er verschmitzt guckend:

»Mein Herz schnattert!« Nun sagte er nichts. Scheinbar war er nicht mehr dazu fähig, etwas zu sagen, denn mehr als ein Röcheln kam nicht aus seinem Mund. Erschrocken sprang ich auf. Dabei riss ich an der Tischdecke. Die Cola-Flasche fiel um, und das Getränk ergoss sich quer über den Tisch. »Vater!«, schrie Rosemarie. Jetzt sprang auch sie auf. Polternd fiel der Stuhl um.

Sie rüttelte Robert heftig an der Schulter. Der war inzwischen mit verdrehten Augen seitlich auf der Eckbank weggeknickt. »Ich ruf den Notarzt!« Schon rannte ich zum Telefon. »Nun geh bloß einer ran!«, rief ich verzweifelt. »Wie lange dauert das denn?«

Sehr nervös geworden kehrte ich mit dem Mobilteil ins Esszimmer zurück, wo Rosemarie schreckbleich auf Robert einredete. Da! Endlich meldete sich jemand!

»Kommen Sie schnell! Mein Schwiegervater hat einen Herzinfarkt. Wie? Nein, ich bin kein Arzt. Aber nun machen Sie schon. Was? Ach so ja.«

Ich nannte der Stimme, die meiner Meinung nach viel zu lahmarschig war, die Adresse. Aufgelegt. Für einen kurzen Moment überlegte ich, was man Sinnvolles tun könnte, da fiel mir ein, dass ich schon einmal gehört hatte, dass bei Herzbeschwerden Wärme guttäte.

Ich eilte in die Küche und drehte den Wasserhahn auf und ließ das Wasser so lange aus der Leitung laufen, bis es dampfte. Wo die Geschirrhandtücher lagen, wusste ich. Ich nahm eins und hielt es unter das heiße Wasser. Wrang es ein wenig aus und hastete zurück zu Robert. Zitternd beobachtete

Rosemarie, wie ich sein Hemd öffnete und ihm das Handtuch in der Nähe des Herzens auf die Brust legte. Wieder stöhnte er. Trotz seiner offensichtlich erschwerten Atmung sah sein Gesicht inzwischen ein wenig entspannter aus.

»Es war wohl zu viel Aufregung für ihn«, flüsterte ich Rosemarie zu. Sie nickte nur.

Mit der Hand wischte sie ihrem Vater über die schweißige Stirn.

»Sie ist ganz kalt«, meinte sie besorgt. Da fiel mir ein, dass im Wohnzimmerschrank ein Blutdruckmessgerät lag. Wir hatten es vor etlicher Zeit besorgt, aber Robert lehnte eine Messung grundsätzlich ab.

»Weißt du, in welche Schublade Luise das Blutdruckmessgerät hingelegt hat?«, fragte ich.

Sie überlegte. »Ach«, winkte ich ab, »ich sehe schon nach.«

Gleich in der ersten Lade, die ich aufzog, fand ich es.

Robert versuchte, sich zu wehren, als ich ihm die Manschette um das Handgelenk befestigte.

»Lass doch den Blödsinn!«, ächzte er schwach. Und schon pumpte die Luft in die Manschette. Neugierig warteten wir auf den Signalton, der sich in der Erwartungsstille wie unrhythmische Hammerschläge anhörte. Dann war die Messung beendet.

Als ich nicht gleich das Ergebnis bekannt gab, drängte mich Rosemarie: »Nun sag doch was!«

Ich zögerte kurz, ihr den Messwert zu nennen, weil er auch mich ängstigte. »230 zu 135«, seufzte ich. »Und der Puls wird mit 128 angegeben.«

Junge, Junge, was für beschissene Werte, dachte ich mir.

»Nun könnten sie aber wirklich langsam kommen«, klagte Rosemarie.

»Besser wäre schnell.« Ich eilte zum Fenster. Hektisch warf ich die Gardinen zur Seite. Kaum hatte ich das Fenster gekippt, da hörte ich in der Ferne das ersehnte *Tatütata*.

»Ich hör sie, jetzt werden sie gleich da sein«, rief ich meiner Frau zu. Doch die wartete bereits bei geöffneter Haustür. Richtig, das *Tatütata* wurde lauter, und über die Hecke hinweg konnte man bereits das Blaulicht erkennen.

Der Notarzt erfasste sofort die Situation. Routiniert und ohne viele Worte verrichtete er seine Handgriffe. Schneller als erwartet wurde Robert samt Rosemarie in den Krankenwagen verfrachtet, der wiederum mit *Tatütata* und Blaulicht in das gleiche Krankenhaus losbrauste, wo auch Luise lag. Ich raste mit dem Auto hinterher.

Da ich erst einmal einen Parkplatz suchen musste, hastete ich etwa eine viertel Stunde später an die Rezeption, um mich nach Robert zu erkundigen. Als eigenartig empfand ich es, dass die freundliche Dame, die dort saß, obwohl es doch um Leben und Tod ging, mir total entspannt und gelassen den Weg zum Untersuchungszimmer wies.

Was ich dort allerdings antraf, überstieg alle meine Erwartungen.

Bereits durch die geschlossene Tür vernahm ich aufgeregte Stimmen, die von Rosemaries energischen Worten noch übertroffen wurden. Nachdem ich mehrmals anklopfte und vergeblich auf ein

Herein wartete, öffnete ich zaghaft die Tür. Von einer noch sehr jugendlich aussehenden Ärztin, einer resolut hantierenden Schwester und von Rosemarie lautstark in Schach gehalten, zeigte sich Robert auf der Untersuchungsliege ausgesprochen renitent. Wild ruderte er mit den Armen. Gleichzeitig machte er Anstalten, aufzustehen. Dass er ein freier Mann sei und keiner das Recht habe, ihn hier gefangen zu halten, brüllte er in gleichbleibend schrillem Tonfall. Zwischendurch versuchte er, die Schwester zu küssen, die sich über ihn gebeugt mühte, seine Arme festzuhalten. Endlich schaffte es die Ärztin, Robert ein Medikament zu spritzen.

In all dem Durcheinander bemerkte Rosemarie gar nicht, dass ich hinter ihr stand. Als ich ihr die Hand auf die Schulter legte, fuhr sie herum. »Frederik«, stöhnte sie erleichtert auf, »endlich. Wie gut, dass du da bist. Wir wissen hier nicht mehr weiter. Vater dreht durch und bei mir fehlt auch nicht mehr viel. Stell dir vor, kaum hat man ihn hier auf die Liege gelegt, wurde er putzmunter, und nun macht er uns diese Szenen.«

Mit einem Blick auf Robert bemerkte ich, dass die Spritze bereits wirkte. Sein Widerstand ließ merklich nach. Die Schwester wischte sich den Schweiß von der Stirn. Und die Ärztin bekam nun endlich die Gelegenheit, auf ihren Piepser zu schauen, der ununterbrochen Signale sendete, die nicht minder nervten.

Rosemarie schien eine schwere Last abgefallen zu sein. Sichtlich erschöpft ging sie zu Robert und küsste ihn innig auf die Wange, dabei strich sie ihm liebevoll über das schüttere Haar. »Vater, was machst du denn für Sachen?« Seine Antwort war ein schwaches Lächeln.

Jetzt endlich konnte in Media Res gegangen werden. Roberts Knock-out setzte unverzüglich das diagnostische Räderwerk in Gang. Röntgen, EKG, Bettzuweisung, Sauerstoffgabe, Monitoring, Blutuntersuchungen, Krankenakte anlegen und so weiter und so fort. Wobei Letzteres, also *fort*, noch eine unschöne Bedeutung finden sollte. Aber darüber später.

Da ich grundsätzlich eine Abneigung gegen Krankenhäuser habe, erklärte ich mich bereit, von zu Hause alles Nötige für Roberts Aufenthalt herbeizuholen. Mehrmals zählte mir Rosemarie an ihren Fingern auf, was ich vor allem auch für die Körperpflege keinesfalls vergessen dürfe. Sie werde so lange die Stellung halten, und außerdem wolle sie zwischendurch Luise einen Besuch abstatten, um ihr möglichst schonend zu berichten, was vorgefallen war.

Kurz darauf stand ich im Flur meiner Schwiegereltern. Ich fühlte in diesem Moment bereits die Bedeutsamkeit des Augenblicks, die aus der Stille der Räume wie ein Abschied für immer auf mich wirkte. Mich überfiel Traurigkeit. Traurigkeit, die man spürt, wenn das, was man liebt, für immer Adieu sagt. Denn der Gedanke, dass Luise und Robert nie mehr in ihr Haus zurückkehren könnten, ließ sich nicht verdrängen.

Um der Stille die Kraft zu nehmen, hätte ich beinahe laut »Ich bin es« gerufen. Dennoch hatte ich keine allzu große Eile mit meinen Besorgungen. Ich nahm mir vor allem die Zeit, meine Gedanken zu ordnen. Zunächst ging ich durch alle Räume. Nicht nur, um zu lüften, öffnete ich überall die Fenster. Ich hatte dabei die irrwitzige Vorstellung, mit der frischen Luft die Erinnerungen an die letzten aufregenden Stunden zu vertreiben. Doch so einfach geht es nicht.

Mir schnürte es den Hals zu, als ich im Wohnzimmer die beiden hölzernen Osterhasen betrachtete, die ich Robert noch vor Tagen als österliche Deko auf den Tisch gestellt hatte. Sein zufriedenes Lächeln war mehr als jedes Dankeswort für mich gewesen. Er holte sich die Fernbedienung für den Fernseher, legte, wie er es immer tat, ein Bein auf den Tisch, rückte sich bequem im Sessel zurecht und schaltete den Fernseher ein. Ich war sehr erstaunt darüber gewesen, dass er die Fernbedienung perfekt bedienen konnte, da er sonst jedes Mal die Programme verstellte, bis nichts mehr funktionierte.

Als ich darüber sinnierte, erschrak ich plötzlich, weil ich für den Bruchteil einer Sekunde glaubte, ihn dort sitzen zu sehen. Darüber war ich sehr verwirrt. Ich setzte mich auf die Couch und stierte auf den leeren Sessel. Die Vorstellung, dass Robert nie mehr dort sitzen würde, wollte mir einfach nicht in den Kopf. All das, wofür er viele Jahre seines Lebens als Handformer in einem Stahlbetrieb hart gearbeitet hatte, wäre von jetzt auf gleich wertlos für ihn geworden. Und dass er hart gearbeitet hatte, wusste ich. Ich kannte seine Lebensgeschichte inzwischen beinahe so gut, wie er sie selbst kannte.

Unzählige Male erzählte er mir aus seinem Leben. Vor allem an den Sonntagen nach dem gemeinsamen Kaffeetrinken. Luise backte übrigens die feinsten Kuchen, die mit jeder guten Konditorei konkurrieren konnten. Wenn also Rosemarie und Luise im Esszimmer Rommé spielten, saß ich mit Robert im Wintergarten, der einen herrlichen Blick in den gepflegten Garten freigab, und lauschte seinen Worten. In Anbetracht seines schwindenden Kurzzeitgedächtnisses bekam ich zuletzt immer wieder die gleichen Geschichten aus der Vergangenheit zu hören, die für mich aber das Bild eines Menschen abrundeten, das ich mir genauso von ihm gemacht hatte. Robert war ein starker Charakter, der ganz genau wusste, was er wollte, und es auch auf seine freundliche, aber bestimmte Art durchsetzte. Er war kein Mann, zu dem man sagen konnte, tu dieses oder jenes. Er ging seinen Lebensweg stets mit festen, ausladenden Schritten, als gehöre die Welt unter seinen Füßen ihm, ohne dabei den Anschein zu erwecken egoistisch zu sein. In gewisser Weise war er sich zwar der Nächste, aber nicht auf Kosten anderer. Er nahm, was ihm in seinen Augen zustand, und er gab, was andere in seinen Augen benötigten – und manchmal auch mehr. Leider hatte seine fortschreitende Demenz seine charakterliche Einstellung *mir gehört die Welt* insofern verstärkt, dass er mehr und mehr die Kontrolle über seine Handlungen verlor. In Unwissenheit seines wahren Gesundheitszustandes quittierten Rosemarie und ich seine Entscheidungen anfangs häufig mit einem Kopfschütteln. So kaufte er sich mehr edle Kleidung, als er benötigte, nebst Schuhen, die sich schließlich im Schrank und in den Regalen stapelten, ohne dass er sie anzog. Zudem war er ja total vernarrt in kostbare Uhren. In der Regel trug er an jedem Handgelenk zwei davon. Auf meine Frage, warum er das täte, bekam ich zur Antwort, dass die Uhrwerke so optimal in Gang gehalten würden. Und in der Garage standen mittlerweile zwei hochwertige Autos. Wenn wir Luise daraufhin ansprachen, dann schien sie mit allem einverstanden zu sein und ließ keinen Widerspruch gelten. Luise liebte ihren Robert von ganzem Herzen und, wie bereits erwähnt, erkannte sie auch nicht sein verändertes Verhalten, das, wenn ich es mir im Nachhinein überlege, schon viele Jahre vorher begann. Natürlich sprachen Rosemarie und ich darüber, woher das viele Geld kam. Sicherlich, die beiden erhielten eine recht stattliche Rente und das Haus war abbezahlt, dennoch. Weil wir nicht nachfragen wollten, einigten wir uns bar jeder plausiblen Erklärung auf einen Lottogewinn, den sie uns aus welchen Gründen auch immer verheimlichten.

Um mir den Verdacht mit dem Lottogewinn zu bestätigen, schaute ich mich im Wohnzimmer um, als wäre es das erste Mal. An den Wänden klebten die hochwertigsten Tapeten, die wie Brokatstoff wirkten. Die Zimmerdecke hatte Robert sich nachträglich in Stuck gestalten lassen. Auf handgewebten, orientalischen Teppichen standen neben den altdeutschen Möbeln chinesische Vasen als Sammlerobjekte. Wollte man das gesamte Interieur in Kurzform beschreiben, dann gäbe es dafür wohl nur eine Bezeichnung: Gelsenkirchener Barock. Alles in allem mochte diese Ansammlung von

Stilbrüchen und Kuriositäten dem innigen Wunsch eines Menschen entsprungen sein, der 1929 geboren worden war und der durch Krieg – und dementsprechende Lebensumstände geschuldet– irgendwann einmal seine Träume wahr machen wollte, die, so nehme ich an, vom Ausbrechen aus der Armseligkeit handelten. Obwohl, immer wenn ich ihn auf früher ansprach, ihn an die »schlimme Zeit« erinnerte oder er von sich aus davon begann, er nie von Armut redete. Im Gegenteil, ihm wäre es im und nach dem Krieg gut gegangen. Hitler, über den er an anderer Stelle wie ein Rohrspatz schimpfte, habe andererseits dafür gesorgt, dass sich sein Vater, der ein einfacher Arbeiter gewesen war, ein Haus bauen konnte.

Ein hübsches Siedlungshaus mit riesigem Garten abseits der Stadt am Nordrand des Harzes besaßen sie. »Aus diesem Garten haben wir alle sehr gut gelebt«, begeisterte sich Robert mir gegenüber. Zudem gab es noch Nutzvieh. Ein Schwein stand im Stall, das ordentlich gemästet wurde, bevor es das Messer sah. Hühner wurden gehalten, die nicht nur bei festlichen Anlässen im Kochtopf landeten, ebenso überlebte das ein oder andere Kaninchen die Pfanne nicht, auch wenn Hans, Roberts Vater, seine Blauen Riesen hobbymäßig züchtete und sie anderseits so etwas wie ein Heiligtum für ihn waren. Für Vater Hans gab es neben seiner vielen Arbeit nur eine Ablenkung vom damals gewohnt rauen Alltag: den Kaninchenverein. Mit hochgekrempelten Hemdsärmeln, blauer Latzhose und qualmender Pfeife zwischen den Zähnen zog es ihn, wenn es hochkam, einmal die Woche ins Vereinshaus, wo er meist nicht mehr als ein Bier trank. Wenn Robert *wir* sagte, dann meinte er seinen Vater Hans, seine Mutter Johanna und Hans, den ältesten Sohn, der, wie es früher üblich war, den gleichen Vornamen wie sein Vater bekam und aus dem Grund und wegen der möglichen Verwechslung nur Häns genannt wurde. Nach Häns kam Ludwig, der zweitälteste, dem schließlich Robert und zuletzt Rebekka folgten, der Liebling von Johanna, die trotz der bescheidenen Lebensumstände Klavierunterricht bekam. Zuerst bestand Hans auf einen anderen Namen für seine Tochter, weil er ihn als zu jüdisch betrachtete. Aber gegen Johanna kam er nicht an. Johanna war eine fromme Frau, die zwar nie oder nur sehr selten in die Kirche ging, aber viel in der Bibel las. Darin gefiel ihr die Geschichte von Rebekka, deren Name auch die Umschreibung für »die Liebe« war. Folglich bekam ihr Liebling den Namen Rebekka. Außerdem setzte Johanna alles daran, Rebekka die beste Bildung angedeihen zu lassen. Das Nesthäkchen studierte und wurde später eine erfolgreiche Ärztin. Wie Robert behauptete, hatte er als jüngster Sohn einen schwereren Stand als seine Brüder im Elternhaus. Vor allem, als diese in den Krieg zogen und er deren Arbeiten mit verrichten musste. Häns wurde nach Afrika abkommandiert und Ludwig nach Russland. Robert betonte, dass seine Mutter in dieser Zeit oft sehr ungerecht zu ihm war. Zum Beispiel kam er häufig darauf zu sprechen, dass er eigenhändig die Weidenruten schneiden musste, mit denen er anschließend von ihr eine übergezogen bekam, obwohl er, aus seiner Sicht heraus, nichts Böses getan hatte. Da genügte schon der kleinste Anlass. In seiner Not behauptete er nicht selten: »Rebekka war es, die dumme Gans.« Dann tanzte die Rute umso schlimmer auf seinem Hintern, und Rebekka schaute vergnügt zu. Na ja, beschwichtigte er sogleich, für Mutter war das sicherlich auch alles nicht einfach – die Söhne im Krieg und überhaupt. Ihre große Sorge, die beiden würden fallen, hatte sich Gott sei Dank nicht bewahrheitet. Und als zwei Jahre vor Kriegsende eine Granate Ludwig das rechte Bein abriss und er somit für den Krieg untauglich wurde, war sie trotz ihres Seelenleids darüber innerlich wohl doch erleichtert gewesen, dass er wenigstens lebte und wieder bei ihr war.

Spätestens an dieser Stelle fing Robert an, über diesen wahnsinnigen Österreicher Hitler, wie er ihn betitelte, zu fluchen. Dann gab es für ihn kein Halten mehr. »Scheiß Hitler, scheiß Nazis«, legte er los und versicherte mir, dass er der Einzige in seiner Schule gewesen wäre, der nicht in die Hitlerjugend eingetreten war. Wahrscheinlich deutete er meinen skeptischen Blick.

Nein, nein, winkte er dann ab, da brauchte man nicht hin, auch wenn die Schweine das immer wieder versucht hätten. Wo das alles hingeführt hat, wissen wir heute nur zu gut.

Was folgte, war die Geschichte von den Bombenangriffen auf die Junkerswerke, die seinerzeit Flugzeugteile für die Bomber bauten, wo Vater Hans Mitte der 1930er-Jahre eine gut bezahlte Anstellung fand. »Ich weiß es noch wie heute«, begann Robert, »es war Februar vierundvierzig, um die Mittagszeit. Ich kam gerade aus der Schule, da sah ich die Royal Air Force heranfliegen. Das heißt, zuerst hörte ich nur das tiefe Brummen der Motoren. Es dauerte aber nicht lange, da lösten sie die Bomben aus, die bald darauf mit ohrenbetäubenden Lärm ganz in meiner Nähe in die Junkerswerke einschlugen. Mit den Händen über dem Kopf habe ich mich in den Straßengraben geworfen und geweint. Ja, geweint, weil ich davon überzeugt war, dass ich meinen Vater nie mehr wiedersehen würde. Das konnte doch nicht gut gehen bei diesem Getöse. Ich habe ja mit eigenen Augen gesehen, wie die Trümmer durch die Luft flogen. Und wenn ich mich recht erinnere, gab es bei diesem Angriff, dem an anderen Tagen weitere folgen sollten, tatsächlich an die fünfzig Tote.«

An dieser Stelle seufzte Robert laut auf. Nein, sein Vater war nicht unter ihnen gewesen. Vater überlebte. Und seitdem glaubte Robert an eine Vorsehung. »Stell dir vor, Frederik, kurz bevor der Angriff hereinbrach, sagte ein Arbeitskollege zu meinem Vater: *Komm Hans, wir gehen nach hinten und spielen Karten.* Sie hatten Mittagspause und verschwanden in dem Teil des Werkes, wo die Bomben keinen allzu großen Schaden angerichtet hatten.« Allerdings litt Hans seitdem an einem Knalltrauma und konnte kaum noch etwas hören. Nicht nur das Gehör, sondern auch die Arbeit war ihm sozusagen weggebombt worden. Hörgeschädigt und nicht mehr der Jüngste, blieb er von da ab zu Hause. Folglich verbrachte er jede freie Minute zwischen seinen Rabatten, Sträuchern und Obstgehölzen. Zur Erntezeit gab es zur Belohnung dann alles, was sich Herz und Magen wünschten. Und schon bald darauf war für die langen, kalten Wintermonate der Keller mit Eingemachtem, Gepökeltem und Geräuchertem gefüllt. Für das Einmachen in Gläser und Tiegel war Johanna zuständig. Sie stand am Ende des Sommers den ganzen Tag in der Küche, putzte, wusch, säuberte, entkernte und kochte ein. Und später, wenn draußen die Schneeflocken vor den Fenstern stoben, gab es bei Kerzenlicht und bollerndem Ofen in der guten Stube, in der man sich nur an den Sonntagen oder Feiertagen aufhielt, selbst gemachten Holunderbeerenwein.

Mit dem Finger auf mich zeigend fragte Robert zwischendurch:»Weißt du überhaupt, wie lecker selbst eingelegte Salzgurken und selbst gemachtes Schmalz auf selbst gebackenem Brot schmecken? Glaub mir, Frederik, Schmalzbrot und dazu Salzgurken, das ist wahrhaft eine Delikatesse!

Durch die Schilderungen aus seiner Kinder- und Jugendzeit wurde mir klar, dass Armut nicht gleich Armut bedeutete. Im Grunde definiert sich Armut doch aus dem Vergleich zu anderen. Da es aber den meisten Menschen damals ebenso wie Roberts Familie erging, ließ man den Begriff Armut nur im Vergleich mit Bonzen oder Unternehmern gelten.

War das sein Antrieb gewesen, sich Besitz anzuschaffen? Das könnte durchaus so gewesen sein. Nachdem er sich als Arbeiter jahrelang den Buckel krumm gerackert hatte, wollte er sich möglicherweise auch einmal den Bonzen und Unternehmern zugehörig fühlen? Und rein äußerlich gab es da tatsächlich kaum Unterschied. Mein Haus, mein Auto usw.

Bereits nach einigen Jahren im Westen lebend, also etwa Anfang der 1970er-Jahre, konnte man ihn, der erst wenige Jahre zuvor den Arbeiter- und Bauernstaat hinter sich gelassen hatte, glatt für einen Bonzen halten, wenn er im feinen Zwirn aus seinen Mercedes SL Cabrio stieg. Robert war weiß Gott kein Prahler oder Angeber, nein, dafür brauchte er ein solches Auto nicht, aber er war ein Autonarr, vor allem, wenn ein Stern vorne am Kühler montiert war. Und sein Lieschen ließ ihn aus lauter Liebe gewähren, auch wenn sie in den Anfangsjahren ihrer Ehe alleine deswegen auf vieles verzichtete.

Und nun das! Alles umsonst!

Ich war so tief in meine Gedanken abgerutscht, dass ich gar nicht bemerkt hatte, wie krumm ich in den Polstern hing. Ich setzte mich gerade und reckte ich mich verspannt. Die innerliche Rückschau auf die Vergangenheit meiner Schwiegereltern war mir direkt körperlich nahe gegangen. Warum war das so, fragte ich mich, denn es ging doch eigentlich nur sie etwas an. Ich denke, es ist wohl die Empathie, die uns Menschen mit der Geburt mitgegeben wird, damit uns die Empfindungen füreinander wie ein unsichtbares Band verbinden. *Ich spüre, was du fühlst.*

Luise nahm die Botschaft von Roberts Herzattacke ziemlich gelassen auf. Etwas voreilig meinte sie sogar, dass Robert mal wieder etwas vorgespielt habe.

»Mutter«, widersprachen Rosemarie und ich wie aus einem Munde, »den entgleisten Blutdruck kann man ja wohl schlecht vorspielen.«

Sie schüttelte den Kopf. »Kein Wunder, wenn er seine Tabletten nicht nimmt.«

»Ich habe sie ihm gegeben«, mokierte sich Rosemarie.

Luise lächelte breit. »Hast du auch darauf geachtet, ob er sie nicht wieder ausgespuckt hat?«

Nein, das hatte Rosemarie nicht.

»Das macht er nämlich gerne, wenn man nicht aufpasst«, bestätigte Luise immer noch lächelnd. »Und was das Schlagen auf seine Brust und das Verdrehen der Augen angeht, damit hat er mich nicht nur einmal ärgern wollen. Anscheinend macht es ihm Freude, wenn man sich um ihn sorgt.« Nun wich ihr Lächeln einer sorgenvollen Miene.

Sie war eine sehr gute Verdrängungskünstlerin, aber auch für sie gab es sicher Momente, in denen sie an ihre eigene Zuversicht zweifelte. Und dies mochte einer dieser Momente gewesen sein.

»Na ja, wir werden sehen«, gab ich zu bedenken. »Jetzt bietet sich wenigstens mal die Möglichkeit, dass er gründlich untersucht wird. Und dass ihr wieder nah beieinander seid, ist ja auch ...« Beinahe hätte ich *praktisch* gesagt. »Nun, ich denke, man sollte eben allem das Beste abgewinnen.« Da wir gerade über Robert sprachen und ich absolut den Eindruck hatte, Luise wäre trotz ihres eingeschränkten Zustandes stark genug, sich dennoch ein ernstes Wort über ihrer beider Zukunft anzuhören, fragte ich sie geradeheraus, ob sie sich schon einmal Gedanken darüber gemacht hat, wo Robert bleibt, wenn ihr Aufenthalt im Krankenhaus länger dauern sollte. Rosemarie erschien meine Frage unangebracht, denn sie verzog missmutig ihr Gesicht. Ich ignorierte das, schließlich war es aus meiner Sicht nötig, endlich auf den Punkt zu kommen. Darum ergänzte ich meine Frage mit der Bemerkung: »Ich kann mir sehr gut vorstellen, dass du zur vollständigen Rekonvaleszenz von hier aus gleich anschließend zur Reha kommst.«

Jetzt machte Luise ein provokant erstauntes Gesicht. »Ich verstehe deine Frage nicht, Frederik. Wo soll er schon bleiben, zu Hause natürlich.«

Postwendend ärgerte ich mich darüber, dieses heikle Thema angesprochen zu haben, denn mir war sofort klar, dass daraus eine Diskussion entstehen würde, an deren Ende mehr Fragen offenblieben, als die gewünschte Antwort zu erfahren. Dennoch reizte es mich, nachzuhaken. »Mutter«, entfuhr es mir vielleicht ein wenig zu vorwurfsvoll, »nein, Robert kann nicht alleine bleiben, das weiß du genauso gut wie ich und Rosemarie.« Um von meiner Frau die Bestätigung zu bekommen, blickte ich sie herausfordernd an. Natürlich blieb ihr nichts übrig, als mir beizustehen. Aber leider nicht wie von mir erwartet. Denn dass Robert nicht alleinbleiben konnte, formulierte sie auf ihre Weise. »Frederik und ich werden das schon irgendwie hinbekommen. Die erste Zeit werde ich vor allem nachts bei Vater bleiben.«

Das war nicht in meinem Sinn gewesen. Aber bevor ich die passenden Worte fand, kam mir Luise zuvor. »Ach Kind, das brauchst du nun wirklich nicht. Vater ist kein kleines Kind!« Ihr Lächeln kehrte zurück. »Sicher, er vergisst ab und zu etwas, aber das passiert doch jedem einmal. Wie oft steh ich im Keller und weiß nicht mehr, was ich holen wollte.«

Diese offensichtliche Unvernunft forderte mich wiederum heraus. »Es ist nicht nur, dass er vergesslich ist, Mutter. Wir haben schlichtweg Angst um ihn. Hörst du? Angst! Er braucht nur den Herd anzulassen. Und was sonst noch alles passieren kann, will ich mir gar nicht ausmalen. Alleine, wenn ich an die steinerne Kellertreppe denke, an der er immer knapp vorbeiwankt, wenn er die Haustüre öffnet. Vater ist nicht nur hochgradig dement, er ist zugleich körperlich eingeschränkt! Und mir ist es wirklich ein Rätsel, wie du es bisher hinbekommen hast, ihn vor Schlimmerem zu bewahren. Anderseits möchte ich auch nicht verschweigen, dass du in manchen Dingen recht blauäugig bist. Wenn ich dich nur an den letzten Winter erinnern darf, als wir ihn draußen bei Schnee und Eis mit Pantoffeln an den Füßen antrafen, während er, vor Kälte zitternd, den Gehweg der Nachbarn freigeräumt hat. Den Hals hätte er sich bei der Glätte obendrein brechen können. Oder im letzten Sommer, als dieser sintflutartige Regen war und das Wasser knöcheltief im Keller stand. Wer weiß, was da passiert wäre, wären wir nicht schnellstens gekommen. Schneeweiß und mit vor Anstrengung blauen Lippen stand er mit nackten Füßen im Wasser. Ich habe Mühe gehabt, ihm die Schaufel aus der Hand zu nehmen, mit der er das Wasser vergeblich hinausschippen wollte. Für Rosemarie und mich war es ja schon eine Plage, die Räume wieder einigermaßen klar Schiff zu bekommen. Alleine die schweren, nassen Teppiche von der Einfahrt hoch bis nach oben über das Geländer zum Trocknen zu legen war eine Strapaze für sich. Und was hat Robert anschließend gemacht, als wir weg waren? Er hat sie, ich kann mir gar nicht vorstellen, wie – bei seinem Zustand –, wieder in den Keller geschleppt aus Angst, man würde sie ihm klauen. Die klitschnassen Dinger waren doch kaum zu handhaben gewesen, wie Rosemarie und ich feststellten, als wir sie wieder hochgetragen haben. Oder ein anderes Mal, keine Minute zu spät waren wir an jenem Abend gekommen, als wir ihn in der Garage auf dem Boden liegend vorfanden, während du in der Küche hantiert hast, ohne zu wissen, was er da unten anstellt. Erinnerst du dich? Tage später war das ganze Bein von oben bis unten blitzeblau und er konnte kaum noch laufen. Schlimm sah das aus. Dessen ungeachtet sollten wir uns unterstehen, einen Arzt zu holen. Ich könnte dir noch mehr solcher Eskapaden aufzählen, aber ich will jetzt nicht.«

Ich hatte längst bemerkt, wie sich ihre Miene verfinsterte. Wenn ich mich recht erinnere, war es das erste Mal, dass sie mich so böse anschaute. Davon milder gestimmt räumte ich ein: »Ich wünsche euch doch von Herzen, das ihr noch sehr lange euer altes Leben führen könnt ...«, ich stockte, »... aber es wird nicht so weitergehen. Es *kann* nicht so weitergehen!«

Nun war es raus. Ich bekam ein schlechtes Gewissen und erinnerte mich sofort an ein Gespräch, das wir alle gemeinsam vor einigen Jahren führten, als es darum ging, wie es eines Tages sein würde, wenn ... Zum Beispiel deutete ich damals die immensen Kosten an, die bei einem Heimaufenthalt anfallen würden, und dass dann ein beträchtlicher Teil vom Verkauf des Hauses dafür verwendet werden müsste. Ganz davon abgesehen, dass ich nicht wusste, wie viel Geld sie tatsächlich im Rücken hatten. Zunächst blieben Luise und Robert ruhig. Ohne einen Einwand vorzubringen, ließen sie mich kommentarlos reden. Einen Disput gab es dann allerdings, als ich vorsichtig anklingen ließ, Rosemarie rechtzeitig das Haus zu überschreiben, dann könne, soweit ich darüber richtig informiert wäre, das Haus in der Familie bleiben. Mit zwiespältigem Gefühl im Magen sah ich Robert an. Wie würde er darauf reagieren? Da ich immer großen Respekt vor ihm hatte, vermied ich es bisher, ihm mit einem derartigen Vorschlag zu nahe zu treten. Es war wohl seine angeborene Gelassenheit, die sich darin ausdrückte, dass er mit einer wegwerfenden Handbewegung meinte: »Und dann fliegt man ruckzuck aus dem Haus.« Das hätte er schon im Fernsehen gesehen. Und als hätten die beiden es einstudiert, sagten sie gleichzeitig: »Nur mit den Füßen zuerst gehen wir aus unserem Haus!«

Eigentlich hätte ich ja über seine Bemerkung beleidigt sein müssen. Es war ein Unding, so etwas über uns zu denken, wir würden sie *ruckzuck* aus dem Haus werfen. Anderseits konnte ich nicht dafür garantieren, dass Rosemarie und ich anders reagiert hätten, wenn es sie und mich beträfe. Aber in dieser Richtung gab es bisher keinerlei Überlegungen. Unsere Kinder Susanna und Christian wohnen weit von uns entfernt an verschiedenen Orten, wir sehen uns leider nur sporadisch, und da liegen andere Themen näher, als über das Alter oder gar über den Tod zu reden. Aber auch wir werden diesbezüglich einmal gefordert sein. Wer weiß schon, was die Zeit noch alles mit einem vorhat? Man will sich gar nicht ausmalen, was einem im Leben noch alles passieren kann. Aber wenn ich ehrlich bin, hat mir Robert die große Angst vor der Demenz ein wenig genommen. Nach reiflicher Überlegung bin ich zu der Einsicht gekommen, dass die Demenz, je nachdem, wie sie verläuft, doch auch etwas Gnädiges hat. In keiner Minute konnte ich bei Robert Traurigkeit oder Verzweiflung über seine Vergesslichkeit bemerken. Im Gegenteil. Ganz im Augenblick lebte er jede Minute des Tages in Zufriedenheit. Es sah für mich sogar so aus, als fühle er sich in seinen Erinnerungen sicher und geborgen. Alles, was im Alltag ansonsten Bedenken, Zweifel, Ärgernis oder Zukunftsangst erregte, blieb fern von ihm, da er, so wie ich vermute, keine Zusammenhänge darin sah, die ihn ganz persönlich betrafen.

Die Feiertage plänkelten so dahin. Luise freute sich über unsere Besuche und über die vielen Illustrierten, die wir ihr besorgten. Obendrein über das Gebäck und den Kaffee aus dem Automaten. Ständig lief Rosemarie zwischen Bett und dem Apparat hin und her.

Auch wir *genossen* wieder einmal, wie schon an Weihnachten, die trocknen Kekse und den *Feiertagskaffee* aus Pappbechern. Dabei schauten wir der Blutkonserve zu, wie die rote Flüssigkeit tröpfchenweise in Luises Armvene verschwand. Und mir war es kaum möglich, nicht zu dem Urinbeutel zu schauen, der am Bettgestell hing. Ehrlich? Am liebsten wäre ich davongelaufen. Deshalb kam es mir sehr gelegen, zwischendurch eine Etage höher zu steigen, um bei Robert vorbeizuschauen, obwohl er immer noch auf der Intensivstation überwacht wurde. Die rundliche Schwester, die dort ihren Dienst verrichtete, teilte uns mit, dass er keinen Herzinfarkt gehabt hatte und es ihm wesentlich besser ging. Allerdings müsse er wegen der geänderten Medikation noch am Monitor angeschlossen bleiben.

»Das ist doch ein Grund sich zu freuen, nicht wahr«, strahlte sie uns an. Im Weggehen meinte sie noch, dass der Herr Reinartz aber unbedingt mehr essen sollte, wenn er wieder zu Hause wäre, dem würde ja schon der Wind durch die Rippen blasen. Woraufhin sie ihre speckigen Backen demonstrativ aufblies.

An Rosemaries Gesichtsausdruck erkannte ich, wie pikiert sie über diese ziemlich unqualifizierte Ausdrucksweise war. Das klang ja schon wie ein Vorwurf, man würde nicht genügend auf ihn achtgeben.

»Mein Vater war schon immer schlank und rank, weil *er* sich disziplinieren kann«, konterte sie mit der Betonung auf *er*. Womit sie recht hatte, was die Sache insofern nicht besser machte, weil Robert in der letzten Zeit tatsächlich zusehends an Gewicht verlor. Was, wie wir inzwischen wussten, in erster Linie mit seiner Demenz zusammenhing. Ihm fehlte einfach das Hungergefühl. Wenn Luise ihn zum Essen an den Tisch bat, behauptete er, dass er schon reichlich gegessen habe. Aber auf die Nachfrage, was er denn gegessen hätte, wusste er keine Antwort.

Leider gab sich Luise damit zu schnell zufrieden, wie mir schien. Auch sie selbst aß wegen ihrer Magenbeschwerden meist wie ein Spatz.

Uns war es natürlich nicht entgangen, wie beide immer mehr abnahmen. Aber was sollten wir tun? Zwingen konnten wir sie zu nichts! Sie sperrten sich auch hier gegen unsere gut gemeinten Ratschläge und Angebote, dies und das für sie zu tun. Es bedurfte ja schon eines zähen Ringens, das wir wenigstens für sie einkaufen durften. »Das braucht ihr nicht, wir sind doch noch nicht alt«, waren Roberts Worte, wenn wir schwer bepackt die Einkäufe ins Haus trugen. Sie benötigten zwar nicht so viel zum täglichen Leben, aber Luise gab uns jedes Mal einen Zettel mit, auf dem sie alles sauber und in Schönschrift notierte, was sie *unbedingt* haben wollte. Es entlockte mir stets aufs Neue ein Schmunzeln, wenn Robert mir auf der Treppe stehend zusah, wie ich die Getränkekisten schleppte. »Stell die mal hier ab«, befahl er mir mit dem Finger zu seinen Füßen zeigend, »die trage ich selbst in den Keller. Die sind zu schwer für dich.«

»Geht schon, Robert«, lehnte ich dann dankend ab, »ich will doch auch fit bleiben!«

Auf eines bestanden sie, nämlich mit ihnen durch die Gegend zu fahren. Sie waren es nicht anders gewohnt. In den letzten Jahren sind wir jedes Jahr gemeinsam mit ihnen in den Urlaub gefahren, was ja nun seit drei Jahren nicht mehr ging. Dafür aber beharrten sie auf die wöchentlichen Spazierfahrten an den Mittwochnachmittagen, denen sich regelmäßig die Einkehr in ein Café anschloss. Brachte die Bedienung uns dann das Gewünschte an den Tisch, meinte Robert nur: »Dafür so eine lange Fahrt? Das hätten wir auch zu Hause haben können!«

Wir machten es trotz allem gerne, und oft ging es auch noch lustig dabei zu.

Die Schwester hatte recht. Robert war wie verwandelt. Kaum standen wir an seinem Bett, löcherte er uns mit Fragen. »Wie komme ich hierher? Was soll ich hier? Wo ist Lieschen? Ich will nach Hause!« Gleichzeitig schmiss er energisch die Bettdecke beiseite, und eilends machte er sich daran, aufzustehen. Wir konnten gar nicht so schnell reagieren. Sofort geriet das Überwachungsgerät mit lautem Piepsen in den Alarmmodus. Im letzten Moment konnte ich gerade noch den Infusionsständer festhalten, bevor er Robert samt Flaschen auf den Kopf gefallen wäre. Zudem hätte er sich beinahe den Venenzugang herausgerissen.

Innerhalb weniger Sekunden geriet die bestandene Ordnung in Gefahr. Nun war es wohl der

Schreck, der ihn wie von imaginärer Hand zurück-
riss. Rücklings ließ er sich mit geschlossenen Augen stöhnend aufs Bett fallen. Kurz darauf sah er
uns erstaunt an, als habe er bis gerade geschlafen.
»Ihr?«, stellte er verdutzt fest. »Seid ihr auch auf
Urlaub hier? Habt ihr ein schönes Zimmer bekommen? Wo ist Lieschen?«

Bevor wir ihm antworten konnten, eilte, vom
Alarm herbeigerufen, überraschend leichtfüßig die
Schwester herein. Sie erkannte natürlich sofort,
dass ihr Patient *ungehorsam* gewesen war. »Oh, oh,
Herr Reinartz, wie oft habe ich Sie schon gebeten,
ruhig liegen zu bleiben. Warum machen Sie das?
Warum tun Sie mir das an? Sie sind doch nicht alleine auf Station! Das ist ja schlimmer, als einen
Schwarm Mücken zu hüten.« Während sie ungeniert auf Robert einredete, traf auch uns ihr strafen-
der Blick. Geschult drückte sie die Tasten auf dem
Monitor und überprüfte das EKG. Richtete mit einer Hand flott die Zudecke, um mit der anderen an
dem Rädchen zu drehen, damit der Inhalt der Infusionsflasche schneller in den Schlauch lief. Ich
zuckte mit den Schultern, um ihr, warum auch immer, anzudeuten, dass uns keine Schuld träfe.
»Mein Schwiegervater wollte aufstehen. Wir konnten nicht … alles ging ganz schnell«, schob ich si-
cherheitshalber nach.

Robert musste es wie ein Sonnenaufgang nach
einem Gewitter vorgekommen sein, als sich das
runde, rotwangige Gesicht dicht über ihn beugte.
»Warum wollten Sie denn aufstehen, Herr Reinartz?« Milde gestimmt hörten sich ihre Worte an.
Als Robert sie breit angrinste, glätteten sich auch

ihre vor Unmut zusammengezogenen Brauen. »Sie sind mir ein richtiger Schlingel, Herr Reinartz. Versprechen Sie mir, dass Sie endlich liegen bleiben?« Augenblicklich wollte sie sich weiteren Schutzbefohlenen zuwenden, da schickte Robert ihr resolut die Aufforderung nach: »Ich muss aufs Klo, mich drückt die Blase!«

Auf dem Absatz kehrtmachend verfiel ihr Äußeres wieder in Verbitterung. »Herr Reinartz, auch das habe ich ihnen schon oft gesagt, Sie dürfen und Sie brauchen nicht aufs Klo gehen. Sie haben einen Katheter, und wenn Sie Stuhlgang haben, bringe ich ihnen einen Klostuhl. Sie müssen sich erst an die neuen Tabletten gewöhnen, bis Ihnen nicht mehr so schwindelig ist.«

Roberts Antwort darauf war: »Ich brauche keine Tabletten. Ich habe noch nie Tabletten gebraucht.«

Schweigsam saßen wir am Küchentisch, stierten erschöpft in die dampfenden Kaffeetassen und sehnten den Dienstag herbei. Dann würde das medizinische Räderwerk endlich in Gang kommen. Von unserer Seite her sollte der Ostermontag möglichst schnell vorübergehen, damit endlich Klarheit geschaffen werden konnte. Nägel mit Köpfen machen sagt man wohl dazu. Mir fielen Rosemaries dunkle Ränder unter den müden Augen auf. Auch ich versuchte, mich gegen die zunehmende Müdigkeit zu wehren, die umso größer wurde, je eingeschränkter mir das eigene Handeln bewusst wurde und mir diese blöde Warterei somit unnötige Kraft raubte. Wir ahnten doch beide, dass unser ansonsten geruhsames Rentnerdasein nun für längere Zeit zu Ende war. Mit Luises Unfall hatte sich eine imaginäre Sorgenlawine von dem hohen, brüchigen Gipfel des Lebens gelöst, der bisher gnädigerweise, von Alltagswolken verdeckt, jeglichem äußeren Druck widerstanden hatte. Jetzt rauschte all das Geröll aus Problemen auf uns hernieder, von dem wir uns in den düsteren Vorstellungen der letzten Zeit insgeheim erhofften, es bliebe oben oder rausche wenigstens an uns vorbei, wenn es denn wirklich kommt. Und dass es eines Tages kommen würde, war ja eigentlich so sicher wie das Amen in der Kirche. Wie ein nicht anzuhaltendes Karussell drehte sich in einem atemberaubenden Tempo der Satz durch unsere Köpfe: *Was ist, wenn?*

Ich nahm mir vor, die Sorgen in einem guten Wein zu ertränken.

Wortlos stand ich auf und ging in den Keller. Rosemarie schaute mir schweigend nach. Als ich mit einer Flasche Rotwein zurückkam, hellte sich ihr Gesicht ein wenig auf.

»Gute Idee«, meinte sie. Wir ließen den Rest vom Kaffee stehen und setzten uns im Wohnzimmer in die bequeme Sitzgruppe mit Blick in den Garten, in dem die Forsythien ihr grelles Gelb aufleuchten ließen, als wollte es damit unsere Seelen erhellen. Der Wein tat gut, weil er beruhigte. Und tatsächlich versanken die dunklen Vorahnungen schon bald als Sediment in dem zur Ruhe kommenden Blut.

»Wir schaffen das!«, sagte ich Rosemarie zuprostend. Sie lächelte mich an, und ich wusste, sie tat es, weil dieser Satz schon an anderer Stelle zu einem Synonym dafür geworden war, dass man es nicht wirklich schafft. »Tja, so ist das Leben«, schickte ich hinterher, »alles geht einmal zu Ende.« Und ich hätte mich für diese unpassende Äußerung ohrfeigen können. Natürlich weiß jeder, dass einmal alles zu Ende geht, aber man muss sich doch, mit Verlaub gesagt, nicht selbst mit der Nase in die Scheiße stoßen.

Überraschenderweise reagierte Rosemarie anders als erwartet. »Sie hatten ein schönes und langes gemeinsames Leben miteinander«, seufzte sie.

»In der Tat, das hatten sie«, bestätigte ich. »Und doch kommt es mir so vor, als wäre alles erst gestern gewesen. Als wären sie gerade erst in ihr Haus eingezogen, für das sie so eisern gespart haben.«

»Wie wir«, gab Rosemarie zu bedenken. »Wir hatten es auch nicht immer einfach.«

»Schon«, bestätigte ich ihren Einwand, »aber im Großen und Ganzen war einiges schwieriger für sie gewesen. Wenn ich da an die kleine Stube unter dem Dach in der Villa bei der alten Frau Schlingensiepen in Wuppertal denke, wo sie damals behelfsweise unterkamen, weil sie wegen ihrer verfrühten Kündigung vorzeitig aus der Mietwohnung ausziehen mussten und das Haus noch nicht bezugsfertig war. Kein Kochherd in der armseligen Behausung, und als Waschgelegenheit nur den kleinen Spülstein. Das war bestimmt kein Zuckerschlecken für die beiden. Und dann die erste Zeit nach dem Umzug wegen der Arbeit jeden Tag mit dem Auto bei Wind und Wetter hundert Kilometer hin und hundert Kilometer zurück. Das hat mit Sicherheit auch geschlaucht.«

Während sie einen Schluck vom Wein trank, nickte sie mir zu.

Dann meinte sie:»Daran festigt sich eine Ehe oder sie kann daran kaputt gehen.«

»Ja«, grübelte ich weiter. »Robert hat seinem Lieschen ein schönes Haus bauen lassen. Auch den Garten legte er ihr liebevoll an. Als ich, es ist noch gar nicht so lange her, gemeinsam mit ihm durch den Garten bummelte, sagte er zu mir: *Frederik, die Blumen, die du hier siehst, sind alles Blumen, die Lieschen liebt. Vor allem die Rosen. Schau dir bloß diese herrlichen Rosen an!*«

In dem Moment, als ich abwesend guckend an eine andere Szene dachte, bekam ich einen Kloß im Hals. Rasch trank ich einen Schluck und spürte die wohltuende Wärme, die sich in mir ausbreitete.

»Was ist?«, fragte mich Rosemarie, »woran denkst du?«

»Ach, mir fiel nur gerade der Satz ein, den Robert noch sagte.«

»Was sagte er denn?«

»Mit dem Blick auf die Rosen sagte er: *Nur das Mädesüß, Frederik, das gedeiht hier nicht. Das hätte ich meinem Lieschen so gerne gepflanzt.*«

Rosemarie und ich kannten beide die Geschichte, die sich um das Mädesüß rankte.

Sie stellte ihr Glas auf dem Tisch ab und rückte nah an mich heran. Der Kuss, den sie mir auf die Wange gab, zeigte mir, dass sie verstand, was ich damit meinte.

»Manches blüht eben nur in der Erinnerung weiter«, äußerte sie. »Und egal was im Leben kommen mag, da, wo die Liebe einmal ihren Anfang hat, wird sie auch kein Ende finden, auch wenn alles um einen herum zerstört wird.«

Ich sah ihre feuchten Augen und die geröteten Wangen. Um sie ein wenig abzulenken, sagte ich spontan: »Ich sehe Robert direkt vor mir, wie er anfangs draußen um die Fenster schlich, wenn wir im Wohnzimmer saßen und er durch die Scheiben guckte, ob wir es auch recht gemütlich da drinnen hätten.« Da freute ich mich, als Rosemarie auflachte.

»Ja«, amüsierte sie sich, »und Luise sagte zu uns: *Da schaut, Johanna guckt durch die Scheiben herein.*«

Schließlich fassten wir uns an die Hände, um uns für die kommenden Schritte in die Zukunft gegenseitig Kraft zu geben.

Robert und seine Mutter hatten dem Äußeren nach eine wirklich nicht zu übersehende Ähnlichkeit miteinander, die sich, je älter Robert wurde, noch verstärkte. Überhaupt gab es nach seinem Fortgehen zwischen Johanna und ihm eine tiefe Zuneigung, die sich von seiner Seite her möglicherweise all die Jahre mit einem schlechten Gewissen paarte, weil er sie damals für immer, quasi sang- und klanglos, verließ, als er mit Luise Hals über Kopf in den Westen rüber machte. Das war jedenfalls mein Eindruck, wenn er über die Vergangenheit sprach. Vielleicht machte er sich auch Selbstvorwürfe, weil sie, wie Häns ihm schrieb, sehr unter der Trennung litt. Hinzu kam, dass sie sich nach dem Tod ihres Mannes sehr einsam in dem leeren Haus fühlte. Häns und Ludwig kümmerten sich um ihre eigenen Familien und kamen nur sporadisch zu ihrer Mutter.

Rebekka praktizierte als Ärztin in einer anderen Stadt. Häns war es schließlich, der Johanna einige Zeit später fand, als sie bereits ein oder zwei Tage tot war. Ihr Herz hatte einfach aufgehört zu schlagen, diagnostizierte der herbeigerufene Hausarzt. Sie saß in der guten Stube an das Fenster gelehnt, an dem sie über die Jahre hinweg in den Vollmondnächten bei gelöschtem Licht in den schwarzen Himmel schaute, bis ihr nach Stunden der Rücken schmerzte. Rosemarie erzählte mir des Öfteren davon, wie sie, als sie seinerzeit noch bei ihrer Oma wohnte, in diesen schummrigen Abendstunden sich hinter ihr stellen musste, um ihr mit einer weichen Bürste ausdauernd das lange graue Haar zu bürsten. Darauf bestand Johanna. Doch in der Einsamkeit schenkten ihr der strahlende Mond und die glänzenden Sterne wohl keinen Trost mehr.

Am Ende des Tunnels brennt noch kein Licht

Es klingelte an der Haustür. Dieses Geräusch wurde für uns zum Weckruf. Rosemarie setzte sich ruckartig im Bett auf und schaute auf die phosphoreszierenden Ziffern der Uhr.

Durch die Ritzen der Jalousien zwängten sich bereits Sonnenstrahlen.

Sie beugte sich zum Nachtschrank hinüber, um die Uhrzeit besser ablesen zu können.

Ich tat so, als würde ich noch schlafen.

»Frederik, wach auf! Hörst du nicht das Klingeln? Es ist neun Uhr, wir haben verschlafen.«

»Als Rentner kann man nicht verschlafen«, murmelte ich.

Da schellte es erneut.

Sie rüttelte mich am Arm. »Geh doch bitte nachsehen, wer es ist.«

»Immer ich«, moserte ich.

Den Bademantel nachlässig übergeworfen, hatte ich es nicht besonders eilig, dem Störenfried da draußen zu begegnen. Durch die Türscheibe erkannte ich den Postboten, der gerade im Begriff war zu gehen. Ich glaube, er freute sich mehr darüber, sein Paket doch noch loszuwerden, als ich mich eigentlich darüber freuen sollte, es entgegenzunehmen. Aber das abrupte Aufstehen, war für mich wie ein dicker Wermutstropfen in Morpheus Morgentrunk.

Nachdem ich den Empfang halbherzig mit meiner Unterschrift abgezeichnet hatte, bedankte er sich mit einem »Okay, tschüss und gute Besserung«, wobei seine Miene etwas Mitleidiges ausdrückte. Ich überlegte, was er mit seiner Bemerkung *gute Besserung* gemeint haben könnte. Sicherlich dachte er, dass ich krank wäre, weil es ja wegen meiner legeren Kleidung nicht zu übersehen war, dass ich gerade aus dem Bett gestiegen war. Es konnte aber auch sein, dass ich elend genug aussah, um darauf zu schließen, denn elend fühlte ich mich nach dem gestrigen Wein und der unruhigen, traumvollen Nacht. Elend und gerädert.

»Wer war es denn?«, hörte ich Rosemarie rufen.

»Es war der Postbote, er hat ein ziemlich großes Paket gebracht.«

»Was ist es denn?«

»Ich denke, es ist der Badewannensitz, den wir für Robert und Luise bestellt haben.«

Rosemarie kam in den Flur, stellte sich vor das Paket und zuckte ratlos mit den Schultern. »Den werden wir ja wohl nicht mehr benötigen.«

Damit wir das Ding schnell aus den Augen bekamen, sagte ich: »Ich werde es auf dem Dachboden deponieren.« Und mit einem verkniffenen Lächeln meinte ich noch: »Vielleicht werden wir ihn einmal für uns brauchen.«

Sie nickte beiläufig und ging in die Küche. »So, jetzt mache ich erst einmal unser Frühstück!«

Kurz darauf saßen wir in der sonnendurchfluteten Küche gemütlich bei heißem, schwarzen, sehr schwarzen Kaffee und aufgebackenen, knusprigen Brötchen. Auf den zaghaft begrünten Ästen dicht vor dem Fenster schwatzten Spatzen, und hin und wieder suchte eine Meise den Nistkasten ab, der dort hing. »Genau so idyllisch und behaglich habe ich mir eigentlich unser gemeinsames Ostern vorgestellt«, ließ ich in einem Anflug von Enttäuschung verlauten. »Nur ein paar bunte Eier fehlen noch.«

»Arme Luise«, entgegnete mir Rosemarie nachdenklich, »sie muss heute auf ihren geliebten Kaffee verzichten. Hoffentlich geht alles gut aus. Bloß keine Darmspiegelung mehr.«

»Ach, ich denke, sie wird es bald überstanden haben.« Ich schaute zur Wanduhr, um mich zu vergewissern. »Oh, es ist ja gleich schon halb elf.«

Rosemarie fuhr sich mit den Fingern durch das zerwühlte Haar und schüttelte den Kopf. »Ich schäme mich richtig, weil ich noch nicht gewaschen und angezogen bin.«

Ich winkte ab. »Denke an die beiden, wie oft sind wir in letzter Zeit mittags bei ihnen erschienen und sie saßen noch im Nachtzeug beim schmutzigen Frühstücksgeschirr. Warum sollten wir das nicht dürfen? Wir haben schließlich im Beruf auch unseren Lebensdienst geleistet. Jetzt sind andre dran.« Ich wollte meine Gedanken noch weiter ausführen, da erklang die Telefonmelodie aus dem Flur. Wir sahen uns an, als würden wir im Gesichtsausdruck vom jeweils anderen erfahren, wer da anruft. Denn außer diesen Telefonbetrügern bekamen wir nicht so häufig Anrufe um diese Zeit, da wir mit den Kindern vereinbart hatten, dass sie sich in der Regel am frühen Abend melden sollten.

»Das kann eigentlich nur die Klinik sein«, sagte ich.

Gerade wollte ich aufstehen, da drückte mich Rosemarie sanft in den Stuhl zurück.

»Bleib ruhig sitzen, ich gehe schon.«

Aus dem, was ich bruchstückhaft zu hören bekam, wurde ich nicht ganz schlau. Aber dass es tatsächlich das Krankenhaus war, bestätigte sich in dem Moment, als Rosemarie mit verzweifeltem Gesicht vor mir stand.

Erschrocken fragte ich sie:»Ist was mit Luise? Nun rede schon!«

Ohne mir gleich zu antworten, setzte sie sich auf ihren Platz zurück, stützte die Ellbogen auf den Tisch ab und vergrub ihr Gesicht in die Hände. Ein wenig ratlos blickte ich neben ihr stehend auf sie runter. So lange tat ich das, bis ich ihre Schulter fasste und in ruhigem Ton sagte:»Was ist, Liebling? Nun rede doch.«

Es dauerte eine Weile, bis sie nach meinen Händen griff und mich flehend ansah.»Es war nicht wegen Luise.« Sie stockte.

»Nicht?«, hakte ich nach.

»Nein, es war wegen Robert.«

»Wegen Robert?«

»Ja, die Stationsschwester hat darauf bestanden, dass wir sofort auf die Station kommen, weil Robert nicht mehr zu bändigen wäre, wie sie sich ausdrückte.«

»Du lieber Himmel!« Ich schlug mir mit der flachen Hand vor die Stirn.»Auch das noch!«

Als Rosemarie ins Bad eilte, bestand ich darauf alleine, ins Krankenhaus zu fahren.»Das kommt überhaupt nicht infrage«, widersprach ich ihrer Bitte, unbedingt dabei sein zu wollen.»Du ruhst dich aus!«

Unterwegs dachte ich darüber nach, was man im Krankenhaus von mir erwartete. Diesmal fand ich ganz in der Nähe vom Eingang einen Parkplatz. Zwei Stufen auf einmal nehmend hastete ich die Treppe zum ersten Stock hoch. Auf dem Flur angekommen, verharrte ich, um mich kurz zu orientieren, auf welcher Station Robert lag. Die Frage wurde recht schnell beantwortet, weil rechts von mir der Gesuchte erschien. Sein dünnes Haar hing ihm wegen des gelösten Scheitels strähnig in die Stirn, und seine blassen Wangen kamen mir hohler als sonst vor. Auch hielt er sich etwas gebeugt, wodurch er trotz seiner ein Meter zweiundneunzig kleiner wirkte. Ich taxierte ihn erstaunt von oben bis unten, da seine Aufmachung es herausforderte. Das Hemd und die Jacke waren mir nicht nur völlig unbekannt, sondern sie waren ihm auch um einiges zu klein. Untenrum allerdings trug er seine Schlafanzughose und an den Füßen seine Lieblingspantoffeln.

»Ah, Frederik, gut, dass du da bist, dann können wir ja endlich losfahren«, begrüßte er mich. Ich hatte den Eindruck, dass er auf mich gewartet hat. Breitbeinig stand er da, als würde ihn ansonsten der kleinste Luftzug umblasen. Ich erkannte seine Unsicherheit und hakte mich schnell bei ihm unter. Mit seinen dunkel geränderten Augen sah er mich groß an.

»Willst du mit mir tanzen?«, fragte er mich gequält lächelnd.

»Nein, Robert, aber wir werden jetzt zurück auf dein Zimmer gehen.«

»Das brauchen wir nicht. Ich suche den Ausgang. Lieschen wartet zu Hause auf mich. Was soll ich hier?«

»Und was ist mit deinen Sachen, willst du sie hierlassen? Ich bitte dich, Robert, komm jetzt erst einmal mit.« Ich sah ihm direkt in die Augen. »Du weißt doch, Luise ist nicht zu Hause, Luise ist hier, auf einer anderen Station. Außerdem will der Arzt noch mit mir sprechen.«

»Sie ist hier? Warum weiß ich nichts davon? Was macht sie hier?« Er versuchte sich, von mir loszumachen. »Wo ist sie? Ich will zu ihr!«

»Wir können sie gleich besuchen, aber lass uns erst auf dein Zimmer gehen.«

Sanft zog ich ihn mit mir und er gehorchte. Ich blickte den langen Gang hinunter, an dessen Ende die Sonne freundlich ihre Strahlen über den blank gewienerten Boden schickte. Wäre der abstoßende Geruch aus allerhand undefinierbaren Ingredienzien nicht gewesen, dann wäre es mir wesentlich besser gegangen. Soweit ich mich erinnerte, lag Robert auf Zimmer 8. Die Zimmernummern neben den Türen waren sehr klein geschrieben. In dem Moment, wo ich dicht an eines der Schildchen herantrat und feststellte, dass ich vor Zimmer 6 stand, öffnete sich die Tür. Heraus kam eine schon etwas ältere, schmalbrüstige Schwester, deren ergrautes Haar grotesk nach oben abstand. Auch wegen ihres spitzen Gesichts kam mir die frappierende Ähnlichkeit mit einem Haubenvogel in den Sinn.

Noch bevor ich weiter darüber nachdenken konnte, keifte sie los: »Herr Reinartz, ich habe Sie schon wieder gesucht. Warum laufen Sie immer weg? Das Mittagessen haben Sie auch noch nicht angerührt. Wo wollten Sie denn schon wieder hin? Ich kann mich doch nicht vierteilen, Herr Gott noch einmal.«

Scheinbar war es ihr völlig egal, dass ich neben ihm stand, denn sie beachtete mich nicht. Erst als ich zweimal laut *Hallo* rief, hielt sie inne. Sie legte den Kopf schief, und die Gläser auf dem Tablett, das sie in ihren Händen hielt, klirrten aneinander.

Mit seitlich geneigtem Kopf las ich ihren Namen, der auf dem Schildchen stand, das in Brusthöhe etwas zu schräg auf dem Kittel befestigt war.

»Schwester Gabi«, sagte ich, »mein Name ist Schöneberger, Frederik Schöneberger. Man hat mich angerufen. So wie ich das verstanden habe, möchte mich der behandelnde Arzt sprechen, der meinem Schwiegervater behandelt.«

Schwester Gabi legte ihren Kopf auf die andere Seite.

»Ja, ich habe angerufen, aber ich habe mit einer Frau gesprochen.«

»Richtig, das war meine Frau, sie konnte leider nicht mitkommen«, sagte ich nicht ganz wahrheitsgemäß.

»Ich will nach Hause!«, drängelte Robert dazwischen.

»Moment, Robert, wenn ich mit dem Arzt gesprochen habe.«

»Bist du krank?«, fragte er mich erstaunt.

»Nein, nein, *ich* bin nicht krank.«

Schwester Gabi hörte uns aufmerksam zu, und in diesem Augenblick rutschten ihr die Gläser vom Tablett, dass es nun richtig klirrte.

»Scherben bringen Glück«, meinte Robert süffisant lächelnd, und ich sah Schwester Gabi an, das sie sehr, sehr weit vom Glück entfernt war. Hinzu kam, dass irgendwo der Notruf gedrückt wurde. Ein aufdringlicher Signalton ertönte über den Flur. Gleichzeitig rief eine klägliche Stimme genau aus dem Zimmer, aus dem sie soeben gekommen war, um Hilfe. Ihrem verzerrten Vogelgesicht nach zu urteilen, hätte es mich nicht groß gewundert, wenn sie auf der Stelle laut gekrächzt hätte.

Als sich Robert anschickte, ihr beim Auflesen der Scherben behilflich zu sein, sagte sie dann doch beherrscht zu mir: »Nun gehen Sie doch bitte mit Herrn Reinartz zwei Türen weiter auf sein Zimmer. Vielleicht ist das Essen ja noch warm. Ich habe es zugedeckt gelassen. Wenn ich hier fertig bin, sage ich gleich Dr. Stepanovic Bescheid, dass Sie da sind.«

Ohne uns weiter zu beachten, holte sie Handfeger und Kehrblech aus dem Kabuff, beseitigte die Scherben und machte sich augenblicklich sehr flink davon.

»Komm, Robert!« Ich zog ihn am Jackenärmel. »Du hast noch nicht zu Mittaggegessen.«

»Hat Lieschen gekocht?«

»Nein, Robert, Lieschen hat nicht gekocht.«

»Dann esse ich nichts.«

»Tu mir bitte den Gefallen, Robert. Soweit ich weiß, haben die hier gute Köche im Haus. Du bist doch früher auch immer gerne auswärts essen gegangen mit Lieschen.«

Erst als Robert mich fragte, wo das Klo ist, gelang es mir, ihn in sein Zimmer zu lotsen.

Der Mann, schätzungsweise in den Fünfzigern, der an vielen Geräten angeschlossen im Nachbarbett lag, hob schwach seinen Arm, als wir eintraten. Mit spröder Stimme machte er mich darauf aufmerksam, dass das Hemd und die Jacke, die sich Herr Reinartz angezogen hatte, nicht dessen Klamotten wären, sondern ihm gehörten. Das ginge ja nun überhaupt nicht!»Ich habe ja sonst nichts gegen den alten Herrn und unterhalte mich auch gerne mit ihm, aber es gibt Grenzen.«

Ich entschuldigte mich für Robert. »Es tut mir leid, aber mein Schwiegervater ist dement. Er hat es bestimmt nicht mutwillig getan.«

Der Mann stellte sich als Herr Schneider vor, und ich war erstaunt darüber von ihm zu erfahren, dass er sich ansonsten gut mit Robert unterhalten kann.

»Über was denn zum Beispiel?«, fragte ich ihn.

»Über das Malen«, sagte er.

Ich bestätigte ihm, dass mein Schwiegervater in der Tat immer gerne gemalt hatte.

»Genau wie ich«, sagte Herr Schneider. »Wir haben uns lange darüber ausgelassen, welche Ölfarbe besser oder schlechter ist und wie dick man sie auf die Leinwand bringen darf, um das fertige Bild noch Malerei nennen zu dürfen und nicht Spachtelei. Und was Sie da von dement sagen, ist mir bisher nicht groß aufgefallen. Sicher, er vergisst schnell, was ich ihm vor fünf Minuten gesagt habe, aber als wir von früher sprachen, über Brandt und Schmidt«, Herr Schneider lachte überraschend laut auf, »da konnte er mir noch etwas erzählen, was ich nicht wusste.« Ernster meinte er dann: »Das mit dem Hemd und der Jacke, das geht ja gar nicht! Leider bin ich momentan am Bett gefesselt, sonst ...«

In diesem Augenblick kam Robert aus der Toilettentür. Unverzüglich ging er zum Garderobenschrank, öffnete die erstbeste Tür, woraufhin er seine Kleidung erkannte. Wortlos beobachteten Herr Schneider und ich, was er nun anstellen würde.

Sehr bedacht zog er sich Jacke und Hemd aus, um die Sachen sorgfältig in Herrn Schneiders Schrank zu hängen. Danach entledigte er sich auch seiner Schlafanzughose, die er mit Schwung über sein Bett warf. Irgendwie unternehmungslustig stand er in Unterhose vor mir. Herr Schneider grinste.

»Und jetzt?«, fragte ich Robert. »Was soll jetzt geschehen? Willst du nicht etwas essen, das wird ja ganz kalt!« Mit dem Finger zeigte ich auf die Menagerie.

»Iss du mal, Frederik, ich habe keinen Hunger. Ich geh nach Hause. Ich muss doch auf mein Häuschen aufpassen, bevor die Spitzbuben einsteigen.«

Innerlich schickte ich ein Gebet zum Himmel. »Pass auf, Robert«, schlug ich ihm vor, »wir setzen uns im Flur auf die Stühle und warten, bis der Arzt vorbeikommt, und anschließend sehen wir weiter. Einverstanden?«

»Nun ja, wenn du meinst.«

»Dann zieh dir bitte wieder etwas über!«

Nach einer dreiviertel Stunde ließ ich meinen Blick nicht mehr von dem Sekundenzeiger der

Wanduhr, der mir inzwischen so vorkam, als würde er mir mit jedem Vorrücken einen Zentimeter mehr von meinem Nervenkostüm zerschneiden, denn immer wieder hatte ich damit zu tun, Robert davon abzuhalten, die Klinik zu verlassen. Manchmal ließ ich ihn vor lauter Hilflosigkeit gewähren. Dann tippelte er bis zum Ende des Flures. Natürlich hoffte ich darauf, dass er wieder zurückkam und sich für weitere fünf Minuten neben mich setzte.

Ab und zu rauschte auch die *Schmalbrüstige* mit der Bemerkung vorbei: »Ich habe dem Doktor Bescheid gesagt.« Als sie mit dem abgeräumten Geschirr aus Roberts Zimmer kam, schien sie beleidigt zu sein, weil der undankbare Patient das Essen verschmäht hatte, als habe sie es persönlich gekocht.

Während ich quasi die Uhr an der Wand hypnotisierte, dachte ich dabei ständig an Rosemarie, die sicherlich sehnsüchtig auf mich oder einen Anruf von mir wartete.

Die Warterei zog sich wie ein sehr dehnbares Gummiband. Bis ich endlich vom oberen Ende des Flurs zunächst Stimmen und dann ein keilförmiges Gebilde aus weißen Kitteln wahrnahm. An der Spitze dieser seltsam anmutenden Exkursion befand sich ein nicht sehr großer, dunkelhaariger Mann mit mächtigem, ebenso dunklem Schnauzbart, der sich mit seiner kittelwehenden Entourage im Gefolge rasch näherte. Am Schluss dieses Aufmarsches versuchte die *Schmalbrüstige,* mit vorgebeugtem Kopf und einem Stapel Akten unter den Armen Schritt zu halten. Weil die Akten wie kleine Flügelchen von ihrem Körper abstanden, dachte ich bei dieser Szenerie verrückterweise an einen hungrigen Habicht, der seine Beute jagt.

Ich sprang von meinem Stuhl hoch. Der Anführer konnte nur Dr. Stepanovic sein. Doch bevor ich ihn erwischen konnte, verschwand er mit der Meute in einem Patientenzimmer. Ich bat Robert eindringlich, sitzen zu bleiben. Ich selbst stellte mich wie eine Wache vor die Tür, hinter der ich einzig eine kräftige Stimme hörte, die in gebrochenem Deutsch wiederholt sagte: »Sie müsse lauter spreche!« Es wurde auch gelacht, und das nahm mir ein wenig von der Anspannung. Was sich aber schnell änderte, als ich bemerkte, dass Robert es nun doch geschafft hatte, wieder zu verschwinden. Ich konnte mir keinen Reim darauf machen, wohin. An mir war er jedenfalls nicht vorbeigekommen. Egal, ich wollte meinen Platz vor der Tür um keinen Preis in der Welt verlassen. Diese Sache galt es nicht unnötig in die Länge zu ziehen. Dr. Stepanovic sollte und durfte mir nicht entwischen!

Ich schreckte zusammen, als plötzlich die Tür aufgerissen wurde. Fast wäre ich von dem weißen Pulk beiseitegedrängt worden.

»Herr Dr. Stepanovic«, ließ ich aufs Geratewohl verlauten. »Sie wollten mich sprechen!«

Er blieb abrupt stehen, wodurch es untereinander eine gegenseitige Rempelei gab.

Schwester Gabi mischte sich ein. »Der Herr Doktor wird schon auf Sie zukommen, wenn er Zeit hat.« Der Angesprochene, der tatsächlich Dr. Stepanovic war, wiegelte mit einer an die Schwester gerichteten Geste ab, die wohl so viel bedeuten sollte wie: *Lassen Sie mal gut sein.* Und zu mir gewandt tippte er mit dem Finger auf seine Armbanduhr: »In etwa zehn Minuten.« Sprachs mit sonorer Stimme und setzte seine Visite im nächsten Zimmer fort.

Zehn Minuten? Da blieb mir noch genügend Zeit, Robert zu suchen. Aber wo ich auch nachsah, ob in Parterre, im Aufenthaltsraum, in der Teeküche, in die ich eigentlich nicht durfte, Robert schien sich aufgelöst zu haben. Auf das Naheliegende kam ich leider erst zum Schluss, nämlich in seinem Zimmer nachzuschauen, was ich dann auch tat. Dort fand ich Robert nebst Herrn Schneider friedlich schlafend auf ihren Betten liegend vor. Vorsichtig schloss ich wieder die Tür. Vor Erleichterung atmete ich tief durch.

Keine Sekunde zu früh bezog ich wieder meinen Wachposten. Mit dem Auffliegen der Patientenzimmertür war der Flur plötzlich wieder voll Stimmengewirr. Debattierend zerstäubte sich die weiße Ansammlung rasch in alle Richtungen. Nur Dr. Stepanovic blieb mit ausgestrecktem Arm vor mir stehen. *Ich bitte Sie, mir zu folgen*, deutete er mir damit an. Im Arztzimmer angekommen, wartete er hinter seinem sehr aufgeräumten Schreibtisch, bis ich vor ihm auf dem Stuhl saß. Das kleine Fenster war mit heruntergelassener Jalousie abgedunkelt. Nur der hell erleuchtete Betrachter an der Wand spendete genügend Licht, um sich gegenseitig zu erkennen. Als wäre ich gar nicht anwesend, griff er zu einer Röntgenaufnahme, steckte sie in den oberen Rand des Betrachters und studierte aufmerksam das, was mir als dunkle und helle Flecken entgegenschien. Dann entnahm er aus der Schublade so etwas wie ein Mikrofon, in das er sehr viel Lateinisches hineinsprach.

Als er damit fertig war, strich er sich mit der rechten Hand nachdenklich über den Schnauzbart, um dann mit flinken Fingern umgehend die Tastatur des Computers zu bearbeiten. Seine letzte Aktion war ein wohlgesetzter Punkt, den er mit festem Fingeranschlag hinter dem Geschriebenen setzte.

»So«, sagte er. Ein wenig vornübergebeugt, ließ er die Arme breit und mit übereinandergelegten Händen auf dem Schreibtisch ruhen. »Nun zu Ihnen! Sie sind Herr Reinhatz?«

»Nein«, widersprach ich ihm, »ich bin sein Schwiegersohn. Meine Frau, also Herrn Reinartz' Tochter, ist leider verhindert.« Ich verkniff es mir ihm zu erklären, dass Rosemarie Ruhe brauchte und deswegen nicht mitgekommen war.

»Na gutt. Was isch zu sagen habe, kann isch auch sagen Ihnen. Wir sind nicht in der Lage, den Patienten weiter hier halten. Wir können nicht aufpassen und Schwester dafür abstellen. Herr Reinhatz ist internistisch austherapiert und von medizinischer Seite zu entlassen.« Er sah mich prüfend an. Scheinbar wartete er auf eine Reaktion von mir, aber mir fehlten die Worte. Diese Nachricht war wie ein Schlag vor meinen Kopf. Denn wenn Robert in seinem Zustand tatsächlich nach Hause kommen sollte, dann wäre es unmöglich, ihn nur eine Minute aus den Augen zu lassen. Aber wie sollte das ablaufen, wo auch Luise unsere ungeteilte Aufmerksamkeit brauchte?

Als ich nicht sofort auf seine Aussage reagierte, meinte er:»Is sein häusliches Umfeld gutt? Kann versorg werden?«

Vielleicht ein wenig zu aufgeregt erklärte ich ihm, dass unbedingt eine andere Lösung für Robert gefunden werden musste, da dies, das und jenes vorliege.

Ich denke, ich sprach in diesem Augenblick auch für Rosemarie.

Dr. Stepanovic hörte mir konzentriert zu. Zwischendurch strich er sich immer wieder nachdenklich über seinen schwarzen Schnauzbart. Am Ende meiner Ausführungen überraschte er mich wegen seiner recht guten Kenntnisse über unsere familiäre Lage. Auf diese Weise erfuhr ich von ihm, dass Doktor Awolowo ihn bereits über unsere prekäre Situation unterrichtet hatte. Ich war schon ziemlich erstaunt von ihm zu hören, dass Doktor Awolowo, auf dessen Station Luise lag, der Chef der gesamten internistischen Abteilung war. Mit den Worten:»Wir haben Möglichkeit, Patient in Klinik für Psychiatrie, Psychotherapie und Psychosomatik einzuweisen«, riss mich Doktor Stepanovic aus meinen Gedanken. Ihm war sicherlich mein bestürztes Gesicht aufgefallen, denn ich muss zugeben, dass ich alleine wegen der Vorstellung sehr erschrocken war, Robert in einer derartigen Einrichtung in Obhut bringen zu lassen. Geschlossene Abteilung und Zwangseinweisung, wie mir unweigerlich in den Sinn kam, empfand ich keineswegs als eine akzeptable Alternative. Aber ich war nicht in der Verfassung, ein Argument vorzutragen.

Stumm beobachteten wir uns. Scheinbar dauerte ihm das zu lange. Er blickte erneut auf seine Armbanduhr und runzelte die Stirn. Ich zuckte mit den Schultern.

Doktor Stepanovic brach das Schweigen. »Dort hat man gutt Erfahrung mit Demenz und Therapie.«

Ich fühlte mich in die Enge getrieben. »Gut«, sagte ich buchstäblich überrumpelt, »dann machen wir das so!«

Natürlich hätte ich gerne vorher mit Rosemarie darüber gesprochen, anderseits hatten wir ja schon lange den Wunsch, dass Robert neurologisch mal ordentlich untersucht wurde, und wer weiß, vielleicht gab es ja sogar eine Medizin, die ihm half, sich im Alltag wieder besser zurechtzufinden.

Doktor Stepanovic zog sein Handy aus der Kitteltasche, tippte mit dem Finger auf den Tasten herum und ließ mich dabei nicht aus den Augen, was immer auch sein intensiver Blick bedeuten mochte. Er ließ sich mit einem Herrn Dr. Stuhlmann verbinden, dem er über den vorliegenden Fall berichtete. Ich verstand nur wenig von dem Ärztedeutsch. Zumindest konnte ich dem Gespräch entnehmen, das Roberts Verlegung für den nächsten Tag gegen 14 Uhr vorgesehen war.

»Gutt ... gutt ... haha ... molim? Äh ... Dovidenja!« Damit beendete Dr. Stepanovic das Gespräch. Nun blickte er mit zusammengekniffenen Brauen auf die Armbanduhr. Während er sich vom Stuhl erhob, nannte er mir den Namen der Klinik, Ort, Abteilung und die Uhrzeit, wann ich oder meine Frau oder wir beide zum

Aufnahmegespräch bei Dr. Stuhlmann zu erscheinen hätten. Ich kannte die Klinik, sie war nicht weit entfernt und lag landschaftlich sehr schön. Rosemarie und ich waren in der Vergangenheit öfter dort spazieren gegangen. Darüber war ich in gewisser Weise erleichtert, denn absolute Fremdheit brachte ja auch irgendwie Unbehagen und eventuell innere Ablehnung mit sich.

Puh, das wäre erst einmal geschafft, dachte ich, froh darüber, Rosemarie doch noch eine konkrete Nachricht überbringen zu können. Ich bedankte mich bei Dr. Stepanovic, der mit mir das Zimmer verließ. Mit wehendem Kittel eilte er der Schwester entgegen, die gerade im Dienstzimmer verschwand. Ich selbst begab mich zu Roberts Zimmer, um nachzusehen, ob er zwischenzeitlich aufgewacht war. So vorsichtig, wie ich zuvor die Tür geschlossen hatte, so bedacht öffnete ich sie nun einen Spaltbreit. Ich war erleichtert, als ich sah, dass sowohl Herr Schneider wie auch Robert noch schliefen. Wäre Robert wach gewesen, hätte er sich mit Sicherheit nicht so einfach von mir abwimmeln lassen. Auf derartige Diskussionen stand mir zu diesem Zeitpunkt nun wirklich nicht der Sinn. Schließlich war es spät genug geworden.

Einen Augenblick betrachtete ich ihn nachdenklich und ein Scheißgefühl stieg in mir hoch, wie ich ihn da so liegen sah. Vielleicht träumte er, nicht ahnend, was sich hinter seinem Rücken zusammenbraute, etwas Schönes.

Er tat mir verdammt leid.

Da ich kein Handy besaß, blieb mir nichts anderes übrig, als nach Parterre zu laufen, denn da gab es im Eingangsbereich noch ein Münztelefon. Von dort rief ich Rosemarie an. Wegen der Warterei machte sie mir Vorwürfe, da ich sie, wie sie sich ausdrückte, in Ungewissheit schmoren ließ. Ich beruhigte sie und erklärte ihr in groben Zügen, wie das Gespräch mit dem Arzt ausgegangen war und dass ich, bevor ich nach Hause käme, noch schnell bei Luise vorbeischauen wolle.

Auf dem Weg zu meiner Schwiegermutter begegnete mir Dr. Awolowo auf dem Stationsflur, den ich ohne Umschweife von der Seite ansprach, ob er mir Näheres über das Ergebnis der Magenspiegelung sagen könne. Die ihn begleitende Schwester machte große Augen, was für mich wie Unverständnis rüberkam, weil ich den Chef auf solch plumpe Art störte.

Ja, er konnte Auskunft geben. Und so erfuhr ich von ihm recht freundlich, dass sich die Blutungsquelle tatsächlich im Magen befunden hatte. Ein in Abheilung befindliches Ulkus war der Übeltäter, das aber medikamentös gut zu behandeln sei. Also stehe aus medizinischer Sicht einer Operation nichts mehr im Wege. Es hätte nur noch gefehlt, wenn er sich dabei freudig die Hände gerieben hätte. Vorgesehen wäre die Operation bereits für den nächsten Tag, worüber ich mir aber keine Sorgen machen brauche, denn die Patientin wäre trotz ihres hohen Alters in recht guter Verfassung, was die Vitalparameter beträfe. Allerdings wies er mich noch ausdrücklich darauf hin, wobei er den Kopf wie einen Perpendikel pendeln ließ, dass eine

Operation bei jedem Menschen jeglichen Alters ein Risiko sei. Weiter fragte er mich, ob es bezüglich der Patientin eine Patientenverfügung gäbe oder ob sie eventuell schon einmal darüber gesprochen habe, wie man mit ihr verfahren solle, wenn sie nicht mehr in der Lage dazu wäre, selbstbestimmt zu handeln. Diese Frage trug bei mir allerdings nicht dazu bei, vertrauensvoll auf den nächsten Tag zu schauen. Ja, gab ich ihm kleinlaut zur Antwort, eine Patientenverfügung gebe es. »Na, dann ist ja alles klar«, meinte er sichtlich zufrieden. Meine geistesabwesende Haltung musste er wohl mit Skepsis verwechselt haben, denn aufmunternd lachend sagte er: »Wird schon … wird schon!«

Nach der Magenspiegelung wirkte Luise noch etwas schläfrig, aber ansonsten frohen Mutes, wie ich bald feststellte.

»Bist du alleine? Wo ist Rosemarie? Und wie geht es Robert?«

Sie überfiel mich regelrecht mit ihren Fragen, als ich die Tür ins Krankenzimmer öffnete.

»Luise, lass mich erst einmal Luft holen«, bat ich sie freundlich.

Nachdem ich die Tür geschlossen hatte, grüßte ich ihre Bettnachbarin.

Auf dem Bettrahmen war am Fußende ein Namenschild angebracht, auf dem **Frau Fröhlich** stand.

Wie unterschiedlich alt die Menschen aussehen, dachte ich mir im Vergleich mit Luise. Denn Frau Fröhlich war vermutlich nicht viel älter als sie, wenn überhaupt.

Frau Fröhlich grüßte nicht zurück. Aber wie ich aus dem Augenwinkel beobachtete, verfolgten mich stattdessen ihre blitzenden Augen, die das einzig Lebhafte in ihrem kleinen, runzeligen Kopf waren. Bis an Luises Bett verfolgten sie mich. Erst als ich Luise einen Begrüßungskuss auf die Wange gab, wandte sie sich ab.

»Der brauchst du nicht guten Tag wünschen, die hört sowieso nichts«, meinte Luise, indem sie eine wegwerfende Handbewegung machte. Ich war ein wenig peinlich berührt, weil sie nicht gerade leise sprach. Aber so war sie, sie hatte noch nie ein Blatt vor den Mund genommen, zeitlebens immer geradeheraus.

»Und, wie geht es dir?« Ohne eine Antwort abzuwarten, erzählte ich ihr, dass ich Dr. Awolowo getroffen hatte. »Er ist mit der Untersuchung sehr zufrieden. War es schlimm, hast du was gespürt?«

Mit dem Finger wies sie befehlend auf den Stuhl. »Setz dich, Frederik. Und dann sag mir, wieso du alleine kommst, ich bin neugierig!«

Bevor ich ihrer Aufforderung nachkommen konnte, räumte ich zuerst die Kissenparade und die diversen Lagerungshilfen weg, die dort abgelegt waren. Ein wenig ekelte es mich, das Zeug anzupacken. Hinzu kam der unschöne Geruch, der den Raum erfüllte und sich mir mit der Befürchtung in der Nase festsetzte, ich würde ihn nie mehr loswerden.

Es roch penetrant nach Ausscheidungen und einem Hauch von gekochtem Rosenkohl, der sich mit den Ausdünstungen mentholhaltiger Einreibungssalben vermischte. Außerdem waren trotz der Frühlingssonne, die warm hereinschien, die Fenster geschlossen. Selbst das Oberlicht war verrammelt.

Wie auf dem Sprung setzte ich mich auf den vorderen Rand des Stuhls. Mit scheelem Blick zu der Greisin, die mich nun wieder mit kritischen Augen beobachtete, sagte ich:»Rosemarie kann nicht alles stehen und liegen lassen, sie hat auch ihr Tun.« *War meine Antwort zu plump?*, fragte ich mich im gleichen Moment. Ich ärgerte mich, nicht freundlicher gewesen zu sein, damit Luise keine falschen Schlüsse zog.

Aber dem war nicht so.»Mein armes Kind. Du hast recht, Frederik, sie hat auch viel um die Ohren.« Dabei ließ sie es beruhen.»Warst du schon bei Robert?«

Ich überlegte kurz, wie ich es anstellen sollte, ihr von meinem heiklen Gespräch mit Dr. Stepanovic zu beichten, ohne gleich mit der Tür ins Haus zu fallen.»Ja, weißt du«, begann ich,»heute Morgen haben wir einen Anruf von der Klinik bekommen.«

»Etwa wegen mir?«, unterbrach sie mich.

»Das dachten wir zuerst, aber nein, es war nicht wegen dir.«

Mit ihrer Fernbedienung stellte sie das Kopfteil ihres Bettes höher, um mich besser sehen zu können. Angesicht in Angesicht fiel mir plötzlich auf, dass auch sie in der kurzen Zeit, seit sie im Krankenhaus lag, scheinbar gealtert war. Oder es war mir früher einfach nicht aufgefallen? Deutlich erkennbar wuchsen aus dem Haaransatz graue

Strähnen. Zudem waren die Haare nicht ordentlich gekämmt, und ihr Gesicht, das faltiger als sonst wirkte, sah sehr blass und schmal aus. Die Zahnprothese saß nicht richtig, denn wenn sie sprach, hatte sie Schwierigkeiten, die Zähne im Mund zu behalten, wodurch ihre Sprache verwaschen klang. Nur ihre wissbegierigen, klaren Augen verrieten, wie jung es hinter ihrer Stirn zugehen mochte.

»Nun spann mich doch nicht auf die Folter, Frederik, was hatte der Anruf zu bedeuten?«

»Tja«, begann ich, »wie soll ich es sagen?« Die Sätze schwirrten in meinem Kopf umher. Plötzlich hörte ich mich sagen: »Wie stellst du dir das eigentlich vor, wie es mit euch weitergehen soll, mit dir und Robert, wenn du wieder so weit hergestellt bist, dass du entlassen werden kannst? Hast du dir darüber schon einmal Gedanken gemacht?«

Sie atmete tief ein und aus. »Was soll die Frage, Frederik? Meinst du, ich kann nicht mehr von hier nach da denken? Es ist mein und Roberts Leben, sollte ich mir da nicht Gedanken machen?«

Nun, ich wollte sie wirklich nicht länger auf die Folter spannen.

»Also, man hat uns heute Morgen angerufen, weil Robert sich nicht weiter behandeln lassen will. Er gibt einfach keine Ruhe mehr auf der Station. Sie wollen ihn entlassen.« Ich wartete ab. Als nichts von ihr kam, wurde ich deutlicher. »Ich frage dich, wie das funktionieren kann, wo du jetzt hier liegst?«

Scheinbar unbeeindruckt meinte sie: »Ich habe euch doch gleich gesagt, dass Robert euch etwas vorgespielt hat.«

Ich beobachtete, wie ihre Hand zitterte, als sie nach dem Trinkglas greifen wollte. Ich sprang auf, um es ihr zu reichen. Langsam trank sie in kleinen Schlucken, als würde sie Zeit zum Nachdenken brauchen. Ich nahm ihr das Glas wieder ab und ging zurück zum Stuhl.

»Leider ist es nicht ganz so«, begann ich von Neuem. »Ich meine das mit dem Vorspielen. Richtig ist, dass es Gott sei Dank nichts Gravierendes mit dem Herzen war, aber …

Ich möchte dir ernsthaft eine Frage stellen, Luise«, sagte ich mit übertrieben fester Stimme. »Fühlst du dich stark genug, wieder da weiterzumachen, wie es vor deinem Sturz gewesen ist, wenn du alles überstanden hast, was sich ja bestimmt noch einige Zeit hinziehen wird?«

»Nein«, antwortete sie geradewegs, kaum dass ich meinen Satz beendet hatte.

»Nein?«, fragte ich erstaunt.

»Nein, ich werde es nicht schaffen.«

Obwohl ich über ihre gewonnene Einsicht erleichtert war, fühlte ich mich dennoch wie vor dem Kopf geschlagen, weil sie in dieser Deutlichkeit selbst und mit allen Folgen das Urteil über sich und Roberts weiteres Leben gesprochen hatte. Natürlich war ich auch froh darüber, weil die beiden uns deswegen nicht irgendwann einmal den Vorwurf machen konnten, wir hätten sie gedrängt oder gar gezwungen, ihr Haus zu verlassen. Denn für mich gab es keinerlei Zweifel, dass sie Robert in solch einer schweren Zeit und nach ihren langen gemeinsamen Jahren nicht alleine lassen würde.

Von der Bedeutung dieser Aussprache tief berührt, gestand ich mir ein, dass die Wahrheit mitunter sehr schmerzhaft sein kann. Voller Mitleid sah ich sie an, und mein Eindruck war sicherlich nicht falsch, dass auch sie sehr genau wusste, welch gravierender Lebenseinschnitt ihr bevorstand. Wir schwiegen uns eine Weile an, nur das geräuschvolle Atmen der Greisin war noch zu vernehmen.

Schließlich brach es aus mir heraus. »Robert wird morgenfrüh verlegt!« Natürlich erwartete ich umgehend die Frage, wohin. Aber Luise schwieg weiter.

»Es ist eine neurologische Klinik, in die er eingewiesen wird. Sie ist gar nicht weit von hier.«

Sie nickte. Mir wurde klar, dass das ganze Herumdrucksen uns nicht weiterbrachte. Mir einen innerlichen Tritt gebend sagte ich: »Wir werden wohl nicht drumherum kommen, ihm einen Heimplatz zu suchen ...«

Da war es raus. Das am liebsten totgeschwiegene Wort – *Heim* – stand plötzlich wie ein grauer, unmenschlicher Bau im Raum, in dem auch der Tod sein Zimmer hatte.

Angespannt wartete ich auf ihre Reaktion. Da hörte ich die Greisin nebenan mit brüchiger, aber dennoch nachdrücklicher Stimme sagen: »Ja, genauso habe ich den Kerl eingeschätzt, als er hereinkam. Er ist der gleiche Lump wie mein Sohn, der hat mich auch ins Heim abgeschoben. Aber ihr werdet eure Strafe schon noch bekommen, da könnt ihr euch sicher sein, da sei der Herr vor.«

Mir verschlug es die Sprache. Luise und ich schauten verwundert zu der Alten herüber. »Die hat doch noch nie ein Wort mit mir gesprochen«, staunte Luise.»Und ich dachte, sie könnte schlecht hören.«

Prompt überkam mich das Gefühl, mich bei der Frau entschuldigen zu müssen.»Das tut mir sehr leid für Sie, Frau Fröhlich. Aber ich denke, Ihr Sohn wollte auch nur das Beste für Sie.«

Da sagte sie nichts mehr, und die Augen auf die Zimmerdecke, gerichtet machte sie wieder einen völlig unbeteiligten Eindruck. Ich stand auf und griff nach Luises Hand. Sie fühlte sich kalt und knöchrig an. Gequält lächelnd sah sie zu mir hoch. Mir kam es auf einmal vor, als wären unsere gemeinsamen Jahre, als sich das Leben noch prall und warm anfühlte, ebenso so schnell verronnen wie die Flüssigkeit aus der Infusionsflasche, die Tropfen für Tropfen in ihrer Vene verschwand.»Hast du eigentlich Schmerzen?«, fragte ich sie.

»Nein, in der Flasche ist ein Schmerzmittel drin.« Mit zittrigem Finger zeigte sie nach oben.»Aber morgen ist es ja so weit, dann werde ich endlich operiert.«

»Ja, ja, ich weiß. Wie ich dir eben schon sagte, habe ich vorhin Doktor Awolowo auf dem Flur getroffen, der mir versicherte, dass du alles gut überstehen wirst.«

Wieder lächelte sie gequält.

»Der ist ja sogar Chef hier«, erwähnte ich noch, um damit seine vermeintliche Autorität zu untermauern, damit sie sich nicht allzu große Sorgen für den nächsten Tag machte. Unnötigerweise wies ich noch daraufhin, dass ich mich gewundert hätte, welch gutes, akzentfreies Deutsch er sprach.»Mich interessiert es wirklich, aus welchem Land er kommt und wo er studiert hat.«

Jetzt lachte Luise laut auf, und sie hatte wegen ihrer losen Zähne Schwierigkeiten, den Namen A- wolowo auszusprechen, aber sie wollte mir unbedingt mitteilen, dass er in Berlin geboren worden war und in Heidelberg Medizin studiert hatte. Überrascht wollte ich wissen, ob sie ihn denn danach gefragt hat. »Ja, sicher habe ich das«, entgegnete sie wie selbstverständlich, »ich will doch wissen, mit wem ich es zu tun habe. Und nachdem er es mir gesagt hat, haben wir uns noch lange unterhalten. Ich habe ihm auch erzählt, dass ich ebenfalls eine Zeit lang in Berlin gewohnt habe, nachdem ich als junge Frau dorthin geflüchtet bin. Daraufhin wollte er alles über meine damalige Flucht von Landsberg nach Berlin erfahren. Ich war überrascht, wie gut er über die deutsche Geschichte Bescheid wusste. Sein Vater war, wenn ich mich recht erinnere, Anfang der Achtzigerjahre als Ingenieur aus Kenia in die ehemalige Ostzone gekommen. Aber die Mutter vom Doktor ist Deutsche und wohnt, wie alle ihre Vorfahren, schon immer in Berlin.«

»Deine Geschichte mit Berlin musst du mir später unbedingt auch mal genauer erzählen. Aber ich glaube, es wird Zeit für mich. Rosemarie wird sehnsüchtig auf mich warten.«

»Geh ruhig, Frederik. Hast du überhaupt etwas gegessen?«

Demonstrativ fasste ich mir an den Bauch. »Nein. Und wenn ich ehrlich bin, dann rührt sich genau hier der Hunger.«

»Na, dann wird es aber wirklich Zeit!«Sie sagte es ehrlich besorgt.

»Gut, dann werde ich mal. Aber am späten Nachmittag komme ich noch einmal mit Rosemarie vorbei. Sollen wir dir irgendetwas mitbringen, Kekse, ein Stück von deiner Lieblingswurst, Schokolade oder vielleicht Saft?«

»Nein, nein, um Gottes willen, ich darf wegen der Operation ab dem Abend ja gar nichts mehr essen.«

Ich drückte ihre Hand und küsste sie zum Abschied herzlich. Am Bett von Frau Fröhlich blieb ich kurz stehen. Ihre Hände nestelten unruhig auf der Zudecke herum. Sie murmelte dabei, aber ich verstand sie nicht. Und für einen ganz kurzen Augenblick sah ich Luise dort liegen und war froh, als ich wieder im Auto saß.

Das Kuckucksnest

Was für unruhige Tage. Und wieder einer mehr in der Liste der Unannehmlichkeiten, der den Nerven einiges abverlangte. Luise lag im Operationssaal und Rosemarie und ich saßen im Auto, um in wenigen Minuten mit Doktor Stuhlmann, dem Leiter der Psychiatrie, über Roberts weiteres Schicksal zu sprechen. Wenn man es genau nahm, über das weitere Schicksal der beiden. Auf halber Höhe einer dicht bewaldeten Anhöhe bog ich auf die Einfahrt zum Klinikparkplatz ab. Linker Hand, auf gleichem Höhenniveau liegend, befand sich ein stattliches Kloster, das in seiner massiven Behäbigkeit wie eine Trutzburg gegen neue Zeiten wirkte. Ich stellte den Motor ab und sah mitleidig zu Rosemarie hinüber, die mit ihren Gedanken ganz woanders zu sein schien. Das Display des Autoradios zeigte eine Viertelstunde vor zwei an. Den Blick auf das graue Betongebäude gerichtet, das halbwegs hinter Büschen versteckt in einer leichten Senke auszumachen war, wirkte in seiner abstoßenden Schlichtheit wie ein Seelengefängnis auf mich. Passend dazu brauste ein Polizeiwagen direkt auf das Haus zu.

»Tja«, stöhnte ich, »es hilft ja alles nichts, dann müssen wir wohl.«

Auch Rosemarie atmete tief durch, klappte die Sonnenblende herunter und überprüfte in dem schmalen Spiegel oberhalb der Windschutzscheibe ihr Make-up.

Ich griff nach ihrer Hand. »Wir kriegen das schon hin!«

Nach etwa fünf Minuten Fußweg gelangten wir zum Eingang, vor dem der erwähnte Polizeiwagen mit offenen Türen stand. Zwei Beamte waren gerade dabei, einen sich widerstrebenden jungen Mann, dem sie nicht gerade zimperlich die Arme auf den Rücken verschränkt hielten abzuführen. Sein Kreischen ging uns durch und durch. *Was der wohl angestellt hat?*, fragte ich mich. Und mit solch einer Existenz sollte Robert zusammen unter einem Dach sein? Mich gruselte es bei der Vorstellung. Und Rosemarie hielt sich erschrocken die Hand vor dem Mund.

Wir warteten so lange, bis das Trio in einem Seitengang verschwunden war.

Die Eingangshalle sah so ganz anders aus, als ich sie mir vorgestellt hatte. Keine Spur von Gefängnis, im Gegenteil. Dem Eindruck nach hätte ich mich auch in einem ordentlich geführten Mittelklassehotel befinden können. In dem großzügig erscheinenden Entree standen in lockerer Anordnung mehrere breite, schwarze Ledersessel. Die einzelnen Sitzgruppen waren durch schlichte Designer Kästen abgetrennt, in denen allerhand Grünpflanzen wuchsen.

Die Dame an der Rezeption telefonierte, als wir uns zwecks Anmeldung vor den Tresen aufstellten. Das Schild auf dem Tresen gab Auskunft darüber, mit wem man es zu tun hatte. *Hier bedient Sie Frau Maria Käfer.*

Da Frau Käfer recht lebhaft im Gespräch vertieft war, vermutete ich, dass es länger dauerte. Ich bat Rosemarie, sie möge sich einstweilen hinsetzen. Von einem Bein auf das andere tretend, schaute ich mich neugierig um. Linker Hand verlief längst des Raumes eine meterlange Glaswand, in der sich eine Glastür befand. Hinter der Glaswand schloss sich eine Betonwand an. Glaswand und Betonwand trennte ein Gang, auf dem es geschäftig zuging. Die Betonwand ließ dann schon wieder eher an ein Gefängnis denken, denn da war so eine Art Sicherheitstür eingelassen. Gerade in dem Moment, als ich interessiert dort hinschaute, öffnete sie sich wie von Geisterhand, und heraus kam eine rundliche, nachlässig gekleidete Frau mittleren Alters gehopst, die wie ein kleines Mädchen den Gang entlang hüpfte, dass ihre bereits ergrauten Zöpfe, lustig anzusehen, mit ihr um die Wette sprangen. Früher taten es die kleinen Mädchen in ähnlicher Weise mit ihren Springseilen.

Puh, mein erstes Gedankenklischee von einer Psychiatrie hatte sich damit erfüllt.

Der Zeiger der Uhr rückte viel zu flott, so jedenfalls kam es mir vor, auf zehn nach zwei. Es drängte! Durch lautes Räuspern machte ich mich bemerkbar.

Endlich legte Frau Käfer den Hörer beiseite. Sie stand auf und sah mich mit großen, ständig zwinkernden Augen erwartungsvoll an, als wolle sie abschätzen, zu welcher Fraktion ich gehörte, Besuch oder Patient. Ihrem nervösen Gehabe nach hatte ich den Verdacht, dass etliche turbulente Dienstjahre nicht ganz spurlos an ihr vorübergegangen waren. Mit schiefem Kopf und auffälligen Tics um Augen und Mund legte sie ihre Hände klatschend auf den Tresen, als müsse sie ihn bewachen. Gleich fiel mir der tätowierte Käfer auf ihrem faltigen

Handrücken auf. Der, so war anzunehmen, als sie noch jung war, die Symbiose zu ihrem Namen darstellen sollte. Doch nun kam er einigermaßen flügellahm daher. *Auf was die Menschen alles kommen*, dachte ich.

Ich sagte rasch meinen Spruch auf, den ich mir während des Wartens zurechtgelegt hatte, damit es in der Tat zu keinerlei Verwechslungen kam. Überraschend freundlich schickte sie uns zu besagter Betontür. »Man wird Ihnen öffnen. Herr Doktor Stuhlmann erwartet Sie bereits!

Summend öffnete sich die Tür. Rosemarie und ich strafften unsere Körper, um zumindest nach außen hin unaufgeregte Gelassenheit zu demonstrieren, wovon wir beide allerdings meilenweit entfernt waren. Mit gemischten Gefühlen gelangten wir in einen hell erleuchteten Aufenthaltsraum, von dem weitere Türen abgingen. Hinter einer dieser Türen befand sich so etwas wie ein Funktionsraum für das Pflegepersonal. Aus einem in die Wand eingelassenen Schalter wurden gerade Medikamente ausgegeben. Ein hagerer, am ganzen Körper bebender junger Mann erhielt mit gönnerhafter Geste einen Messbecher, in dem eine grünliche Flüssigkeit schwappte, die er umgehend in sich hineinstürzte. Ohne eine Miene zu verziehen, schlich er sich mit gesenktem Kopf davon. Unmittelbar links daneben gab es noch eine Tür. Das daran montierte Namensschild verwies auf das Büro von Dr. Stuhlmann.

Trotz des großen Andrangs, der im Aufenthaltsraum vorherrschte, in dem Jung und Alt, Männlein
wie Weiblein umeinander huschten, entdeckte Rosemarie durch das Gewirr hindurch auf Anhieb Robert, der am Ende des Raums in sich zusammengesunken auf einer Bank kauerte. Sie ließ mich stehen
und rannte zu ihm.

Da mich gleichzeitig ein großer, breitschultriger,
bärtiger Pfleger mit etlichen Piercings ansprach,
konnte ich leider nicht Roberts Reaktion beobachten. Beim Anblick des Pflegers hatte es mir kurz die
Sprache verschlagen, da mir die abstruse Vorstellung in den Sinn kam, der gute Mann hätte sich das
ganze Metall wahllos aus seinem Werkzeugkasten
gegriffen und es sich direkt in Gesicht und Ohren
getackert. An einen Magneten durfte der nicht
allzu nahe vorbei gehen.

Ich stellte mich ihm vor und nannte den Grund,
warum meine Frau und ich anwesend waren. Vermutlich hatte der *Marienkäfer* zwischenzeitlich angerufen, denn Jürgen, so hieß der Pfleger, wie ich
mit festem Händedruck und kritischem Blick von
ihm erfuhr, war bereits im Bilde.»Ich sag euch Bescheid, wenn ihr zum Doktor rein könnt«, erfuhr
ich in vertraulichem Tonfall, als müsse er beruhigend auf mich einwirken.

Ich bahnte mir den Weg durch die mehr oder
weniger auffälligen Gestalten. Ein gedrungener
Bursche mit verkniffenem Mund und stark geröte-
ter Bindehaut stellte sich mir in den Weg. Perplex
blieb ich stehen, als er mit seinem Gesicht so nah an
mein Ohr kam, das ich seinen Atem spürte.

»Die können mich nicht gefangen halten. Mich nicht. Keiner kann mich davon abbringen. Keiner hält mich fest!«, flüsterte er mir geheimnisvoll tuend zu, wobei er nun seine ungepflegten, lückenhaften Zähne zeigte. Ich sah mich genötigt, darauf einzugehen, und fragte ihn somit vorsichtig betonend:»Wovon kann Sie keiner abhalten?«

»Pst!«, zischte er mich an.»Pst, nicht so laut!«

Kaum hörbar fragte ich erneut:»Wovon kann Sie keiner abhalten?«

»Dass ich springe!«

»Dass Sie springen?« Ich konnte mir keinen Reim darauf machen, was er damit meinte.

Jetzt zog er mich vertraulich am Ärmel zu sich heran.

»Ich bin Chemiker, müssen Sie wissen, jahrelang habe ich an einer Tablette geforscht, mit der man fliegen kann, nachdem man sie eingenommen hat.« Er sah mir prüfend in die Augen, ob ich ihm auch ja aufmerksam zuhörte.

Und ich erwiderte seinen fragenden Blick mit einem kurzen:»Aha.«

»Nun, wie soll ich mich ausdrücken«, fuhr er fort,»endlich am Ziel angekommen, lag mir natürlich daran, die Wirkung so schnell als möglich auszuprobieren.« Jetzt sah er sich konspirativ kontrollierend im Raum um.»Die werden mich nicht noch einmal von der Brücke holen, da können Sie Gift drauf nehmen. Sobald ich hier raus bin, werde ich vom Brückengeländer aus starten.« Er beugte den Buckel krumm, und während er sich freudig die Hände rieb, lachte er gackernd:»Die werden Augen machen!«

Ich nutzte den günstigen Augenblick, um mich rasch zwischen den Patienten hindurch zu Rosemarie und Robert zu begeben.

Meine Frau lehnte ihren Kopf an Roberts Schulter, und beide sahen Händchen haltend und gedankenverloren vor sich hin. Sie bemerkten gar nicht mein Kommen, das diesmal von einer ältlichen Dame aufgehalten wurde. Sie saß weiter rechts von den beiden ebenfalls auf einer Bank. Gekleidet war sie ausgehfertig mit Mantel, Hut und einer großen Tasche, alles im Stile der 50er-Jahre.

»Wissen Sie, wann der Bus kommt?«, sprach sie mich treuherzig an.

Etwas hilflos stand ich vor ihr und wusste nicht gleich, was ich darauf antworten sollte, denn sie machte einen sehr traurigen Eindruck auf mich, und ich wollte sie nicht noch obendrein mit einer blöden Antwort kränken. Also sagte ich ihr wahrheitsgemäß, dass ich leider nicht wüsste, wann der Bus käme.

»Oh, das ist sehr schade«, jammerte sie. »Ich muss doch pünktlich am Bahnhof sein. Meine Eltern besuchen mich heute, die will ich abholen. Sie kommen extra aus Ostpreußen angereist, weil dort Krieg ist. Die Russen«, stotterte sie, »überall sind Russen.«

»Frederik«, rief Rosemarie mir winkend zu, »hier sind wir!«

»Da sind ja meine Eltern«, freute sich die Alte, die wohl dachte, sie wäre gemeint.

Schon machte sie, arg wackelig auf den Beinen, Anstalten aufzustehen.

Doch dann verharrte sie, schaute verstört in die Runde und setzte sich wieder auf die Bank und fing an zu singen: »Dornröschen saß auf einem Stein, einem Stein, Dornröschen saß auf einem Stein ...« Sie bemerkte nicht, wie ich mich davonschlich.

Robert begrüßte mich sichtlich erleichtert. »Gut, dass du endlich da bist, Frederik, dann können wir ja nach Hause fahren.« Mit dem Finger zeigte er im Raum umher. »Alles Bekloppte, hier laufen nur Bekloppte rum.«

Gerade wollte ich einen Einwand machen, da stand der tätowierte Pfleger vor uns. »Ihr könnt zum Doktor rein!« Sprachs und verschwand wieder.

»Na denn«, sagte ich. Rosemarie und ich hakten uns bei Robert unter, um ein bisschen nachzuhelfen, ihn sicher auf die Füße zu bekommen.

Doktor Stuhlmann, schätzungsweise Mitte fünfzig, Typ gealterter Lebemann, empfing uns am Schreibtisch sitzend, ohne von dem Schriftstück hochzusehen, das er in den Händen hielt. Sichtlich angestrengt las er es mit zusammengekniffenen Augen, obwohl seine Brille über der Stirn im Haar klemmte.

Rechts, ihm direkt gegenüber platziert, wurden wir von einer noch sehr jung aussehenden Ärztin etwas aufmerksamer mit einem knappen und unkonventionellen »Hallo« begrüßt. Ihre runde Goldrandbrille und das streng nach hinten gekämmte, fast schwarze Haar ließen sie sehr intellektuell, aber auch widersprüchlich ältlich und distanziert wirken. Im Gegensatz zu dem geröteten Gesicht des etwas übergewichtigen Doktors sah ihr ungeschminktes Gesicht auffallend blass aus. Dadurch wirkte sie beinahe vergeistigt. Namentlich stellte sie sich mit Sibille Nosseck vor.

Robert fragte sogleich:»Was soll ich hier?«

Beinahe im Zeitlupentempo legte Doktor Stuhlmann das Blatt Papier auf den Schreibtisch, drehte sich auf seinem drehbaren Untersatz in unsere Richtung, um uns der Reihe nach zu taxieren. Scheinbar zufrieden mit dem, was er sah, bat er Robert, auf dem Stuhl vor ihm Platz zu nehmen. Rosemarie und ich wurden gefragt, in welchem Familienverhältnis wir zu dem Patienten standen. Unsere Auskunft wurde von Frau Nosseck schriftlich festgehalten. Dann durften auch wir uns ein wenig abseits von Robert hinsetzen.

Bevor Doktor Stuhlmann, der in Fachkreisen als Kapazität galt, wie ich im Internet nachgelesen hatte, mit seinen Ausführungen begann, bekam er einen bedrohlich aussehenden Hustenanfall, den er mit einigen Pastillen aus einer Dose besänftigte, die griffbereit auf dem Schreibtisch lag.

»Sie heißen?«, krächzte er außer Atem gekommen.

Robert fühlte sich nicht angesprochen.

Nun zeigte er mit dem Finger auf ihn.»Sie! Sie meine ich.« Doch auf eine Antwort wartete er auch jetzt vergeblich. Deutlich genervt räusperte sich Doktor Stuhlmann, wobei er seinen Finger immer noch auf Robert gerichtet hielt. Wegen seines breiten Grinsens sah ich Robert an, dass ihm die Sache anfing Spaß zu machen.

»Ich habe Sie gemeint, wie heißen Sie?«, wiederholte der Doktor seine Frage nun energischer.

Robert legte den Kopf abschätzend schief. »Reinartz, Robert Reinartz mit tz am Ende.«

»Also gut.« Als würde eine dunkle Wolke über seinem Kopf verschwinden, hellte sich das Gesicht von Herrn Stuhlmann auf, dessen Nervenkostüm vermutlich im Laufe seiner Berufsjahre ordentlich gelitten hatte bei all den Auswüchsen menschlicher Abnormalitäten.

»Wie alt sind Sie?« Ohne lange zu überlegen, zuckte Robert treuherzig mit den Schultern.

Gerade war Rosemarie im Begriff, sein Alter anzugeben, da verbat sich Doktor Stuhlmann ausdrücklich jegliche Einmischung. Irgendwie wohlwollend nickte er stattdessen Frau Nosseck zu, die sich wiederum sofort Notizen machte, als würde alles einem eingespielten Ablauf folgen.

Zusehends bekam ich von Doktor Stuhlmann den Eindruck, dass er mit sich und dem Ergebnis seiner bisherigen Befragung zufrieden war. Und in seiner Frage »Wann sind Sie geboren?« schwang sogar so etwas wie Genugtuung mit. Vielleicht lag es daran, dass ihm Roberts auffälliges Verhalten erheblich weniger Aufwand in der Diagnostik bescheren würde.

»Am 13. Februar 1929«, kam es wie aus der Pistole geschossen. Als habe er sich erschrocken, bekam der Arzt eine krause Stirn, woraufhin ihm die Brille ruckartig auf die Nasenspitze fiel.

»Habe ich Sie richtig verstanden, Sie sind am 13. Februar 1929 geboren worden?«

»Ja«, sagte Robert.

»Und wo?«

Auch das konnte er beantworten.

Doktor Stuhlmann rückte die Brille zurecht. Erneut studierte er das zuvor abgelegte Papier, auf dem vermutlich Roberts übermittelte Krankendaten standen. Doktor Stuhlmann lehnte sich in seinem Sessel zurück, schlug die Beine übereinander und fragte:»Herr Reinartz, haben Sie eine Armbanduhr um?«

Wie auf ein Kommando hin schob Robert samt seinem Jackenärmel den Hemdsärmel so weit hoch, wie es ging, um mit gewissem Stolz in den Augen seine vier Armbanduhren zu präsentieren. Umgehend beugte sich der Arzt verwundert vor. Für einen Moment war er scheinbar irritiert. Er fasste sich ans Kinn. Auch Frau Nosseck zeigte sich überrascht.

Mit dem Ellenbogen stieß ich leicht Rosemaries Arm an. Wäre die Sache nicht so ernst gewesen, hätte man die Situation glatt als lustig empfinden können.

»Ah, wie ich sehe, tragen Sie sogar vier Uhren. Da wird es Ihnen sicher nicht schwerfallen, mir zu sagen, wie spät es ist«, triumphierte Doktor Stuhlmann.

Ohne einen Blick auf seine Uhren zu werfen, verkündete Robert mit der größten Selbstverständlichkeit:»Die gehen alle unterschiedlich! Aber wenn Sie wissen wollen, wie spät es genau ist, dann schauen Sie doch auf Ihre Uhr, die auf dem Schreibtisch steht.« Und da war es wieder, sein breites Grinsen.»Kann ich jetzt gehen?« Ich spürte, dass

Robert diese Fragerei nicht mehr lange mitmachen würde. Doch Doktor Stuhlmann ließ nicht nach. »Also gut, lassen wir das. Können Sie mir denn sagen, was für einen Beruf Sie früher hatten?« Inzwischen überfordert nuschelte Robert: »Handformer.« Doktor Stuhlmann hielt sich die Hand hinters Ohr. »Wie bitte? Was für einen Beruf hatten Sie?« »Handformer!«, brüllte Robert. Nun erklärte er ihm haarklein und in allen, aber wirklich allen Einzelheiten, was ein Handformer zu tun hatte. Doktor Stuhlmann wurde erkennbar kribbeliger. Mehrmals winkte er fuchtelnd ab, ohne dass Robert darauf einging. Während er sich fahrig die Krawatte löste, wollte er von Robert schließlich doch noch wissen, welcher Tag heute wäre, was ein erneutes gleichgültiges Achselzucken bei Robert hervorrief. Auch die Antwort, wo sein jetziger Wohnort sei, blieb er dem Arzt gleichmütig schuldig.

Es reichte Robert endgültig. Unbeholfen stand er auf. Es dauerte einen Augenblick, bis er einigermaßen sicheren Halt im Raum fand. Wortlos schwankend drehte er sich um. Indem er vorsichtig seine Schritte setzte, wankte er zur Tür. Bevor Rosemarie und ich reagieren konnten, rief Doktor Stuhlmann: »Halt!«

Frau Nosseck war es, die blitzschnell reagierte und handelte, was ich ihr wegen ihrer lethargischen Erscheinung gar nicht zugetraut hätte. Sie versuchte, Robert zurückzuhalten. Da sie ihn dabei an der Jacke zerrte, stieß er sie rigoros und unsanft zur Seite.

Auch Rosemarie, die ebenfalls aufgesprungen war, konnte ihren Vater nicht dazu bewegen, sich wieder zu setzen. Ein aufgeregtes Handgemenge entstand, über das auch ich nicht Herr wurde. Noch nie hatte ich Robert derart renitent erlebt. »Ich will zu Lieschen!«, schrie er unentwegt. »Ich will zu Lieschen, sie braucht mich!«

Auf einen Signalton hin kam schließlich der stämmige Pfleger herangeeilt, dem es routiniert gelang, Robert mit weniger freundlichem Nachdruck wegzuführen. Rosemarie und ich blieben ratlos zurück.

Doktor Stuhlmann verständigte sich derweil gedämpft redend mit seiner Assistentin, um sich dann rasch von uns zu verabschieden. Etwas derangiert bat uns Frau Nosseck, wieder Platz zu nehmen. Ratlos beobachteten wir, wie sie das Fenster weit öffnete und tief durchatmete. Mir fiel auf, dass sie hochhackige Schuhe trug und sehr schöne Beine hatte.

Sich die Rüschenbluse ordnend, kam sie mit wiegenden Hüften auf uns zu getippelt. Eine Haarsträhne, die sich im Handgemenge gelöst hatte, hing ihr in den Augen, als sie sich über uns beugte. Betont beherrscht teilte sie uns mit, dass Robert zwecks medikamentöser Einstellung für die Dauer von längstens vierzehn Tagen als aufgenommen galt.

Ich möchte nicht verschweigen, dass wir beide sehr erleichtert waren, das zu hören. Diese Nachricht verschaffte uns Zeit zum Nachdenken.

Als wir uns bei Frau Nosseck bedankten, huschte so etwas wie ein feines Lächeln über ihre schmalen, blassen Lippen.

»Was werden die mit Robert angestellt haben?«, fragte mich Rosemarie besorgt.

»Das Beste wird es sein, wenn wir uns beim Pflegepersonal erkundigen«, riet ich.

Ja, im Dienstzimmer erhielten wir Auskunft.

»Wenn Sie wollen, können Sie sich das Zimmer ansehen«, wurde uns gesagt.

Roberts Zimmer entpuppte sich als eine nicht sehr geräumige und spartanisch eingerichtete Unterkunft, die er sich mit einem gleichaltrigen Herrn namens Oskar Wiene teilte. Dieser Name war auf einer der Spindtüren zu lesen. Zur Einrichtung gehörten eben die zwei Spinde, rechts und links je ein Bett mit Nachtschrank, und an der grauen, abwaschbaren Wand stand ein Tisch mit vier Stühlen. Darüber hing ein Poster, auf dem eine eisige und trostlos dargestellte Winterlandschaft dem Betrachter ein Frösteln schenkte.

Was mir aber zuerst auffiel, war das einzige und relativ kleine vergitterte Fenster. Tatsächlich ein Gefängnis! Ich bekam Gewissensbisse, Robert in einem solchen Umfeld zurückzulassen.

Aber gab es eine Alternative?

Er hatte sich Gott sei Dank beruhigt und schien uns gar nicht zu bemerken.

Beide Arme auf die Oberschenkel abgelegt, hockte er auf seinem ihm zugewiesenen Bett. Die beiden Männer saßen sich gegenüber, und Robert redete auf Herrn Wiene ein.

Dieser lauschte aufmerksam. Allerdings rief er in kurzen Abständen laut »Hamburg« dazwischen. Darauf konnte ich mir keinen Reim machen.

Rosemarie war unterdessen damit beschäftigt, Roberts Tasche auszuräumen und seine Habseligkeiten in den freien Spind zu verbringen. Mir stand noch eine schwere Aufgabe bevor. Denn allmählich wurde es Zeit, ihm schonend beizubringen, dass er nicht mit uns nach Hause gehen konnte.

Zögerlich setzte ich mich neben ihn. Jetzt erst bemerkte er uns.

»Wo bin ich hier eigentlich, Frederik?«, fragte er mich geradeheraus.

»Es ist eine Klinik, Robert. Hier bist du gut aufgehoben.«

Er zeigte auf das vergitterte Fenster. »Sicher aufgehoben bin ich auf jeden Fall, hier kommt von außen so schnell keiner rein.«

Ich fragte mich, ob er reflektiert hatte, wo er sich befand und ob seine Sichtweise sarkastisch gemeint war. Um ihn zu überzeugen, sagte ich: »Man will dir hier helfen, damit du deinen Schwindel endlich loswirst.«

Er sah mich irgendwie verzweifelt an, dann schlug er sich mit der flachen Hand vor die Stirn. »Das wäre gut, Frederik, das wäre verdammt gut. In meinem Oberstübchen stimmt was nicht. Da drin ist es immer so heiß und schwiemelig.«

Aus dem Augenwinkel sah ich, dass Rosemarie lauschte.

»Allzu lange wirst du auch nicht hierbleiben müssen«, versicherte ich ihm.

»Und was ist mit Lieschen, kommt die auch?«

»Das geht leider nicht, Lieschen ist heute operiert worden. Du weißt doch, sie ist hingefallen und hat sich den Oberschenkel gebrochen.« Spontan kam mir eine Idee. Ich stand auf und bat Rosemarie, mir ihr Handy zu geben. Das Foto, das wir von Luise im Krankenbett aufgenommen hatten, fand ich wie erhofft nach kurzem Durchblättern in den abgespeicherten Bildern. Und das hielt ich Robert hin.

»Schau mal, hier ist ein Gruß von Lieschen an dich. Sie winkt dir zu.«

Er nahm mir das Handy aus der Hand und starrte mit unbeweglicher Miene darauf. So lange starrte er darauf, bis ihm die Tränen aus den Augen quollen. Noch nie hatte ich ihn derartig gerührt gesehen. Es war mir bis dahin auch unvorstellbar gewesen, dass dieser große, vierschrötige, vom Leben arg geprüfte Mann überhaupt zu Tränen fähig wäre. Vor allem, weil ich ihn schon in Situationen erlebt hatte, als es um heftige Schmerzen ging, die ihn quälten, wo jeder andere die Kontrolle über sich verloren hätte, er aber stark und beherrscht blieb.

Unbeholfen suchte mein Blick Rosemarie. Und Herr Wiene rief diesmal: »Lübeck.«

Rosemarie verstand es auf ihre liebevolle Art, Robert zu besänftigen. Und als wir uns von ihm verabschiedeten, lachte er sogar wieder.

Wir waren froh, mit diesem letzten Eindruck von ihm losgefahren zu sein.

Ein Unglück kommt selten allein

Natürlich fuhren wir noch zum Krankenhaus. Es dämmerte bereits. Als wir ziemlich abgehetzt ins Krankenzimmer ankamen, war der Schreck groß. An der Stelle, wo wir Luise erwarteten, stand nun ein leeres Bett. Frau Fröhlich schlief, also gab es keinen Zweifel, dass wir uns im richtigen Zimmer befanden.

»Um Himmels willen!«, stieß Rosemarie hervor. Ich packte ihre Hand. Wir beide ahnten Schlimmes.

Frau Fröhlich erwachte. Sie brauchte einige Augenblicke, um sich zurechtzufinden. Sie hob ein wenig den Kopf an und schien uns zu erkennen, denn mit kratziger Stimme sagte sie:»Ich glaub, die ist tot.«

Wie vom Blitz getroffen fiel Rosemarie auf einen in der Nähe stehenden Stuhl.

Ich will nicht verschweigen, dass auch mir die Knie weich wurden.»Bleib sitzen!«, mahnte ich Rosemarie.»Ich werde nach einer Schwester suchen.«

Aufgebracht rannte ich über den Flur. Eine junge Lernschwester kam mit einem Wägelchen herangefahren, auf dem allerlei Bedarfsmaterial lag. Ich schien sie mit meinem Heranstürmen erschreckt zu haben, denn sie zuckte zusammen, als sie mich kommen sah.»Kann ich Ihnen helfen?«, fragte sie mich irritiert.

Ich holte erst einmal Luft, bevor ich reden konnte.

»Ich bin … ich bin«, stotterte ich,»der … Schwiegersohn von Frau Fröhlich.« Umgehend bemerkte ich meinen Lapsus. »Quatsch, von Frau Reinartz. Was ist mit ihr?«

»Nun beruhigen Sie sich doch«, sagte die Schwester sichtlich besorgt. »Wir haben Frau Reinartz auf die Intensivstation verlegt.«

»Intensivstation?« Natürlich war ich erleichtert, dass Frau Fröhlich gesponnen hatte, aber dennoch beunruhigte mich die Nachricht zutiefst.

»Eigentlich darf ich Ihnen ja keine näheren Angaben machen, da sollten Sie schon mit dem Arzt sprechen, aber so viel darf ich Ihnen wohl sagen, dass ich Frau Reinartz am frühen Nachmittag ohne Bewusstsein in ihrem Bett vorgefunden habe.« Beinahe entschuldigend äußerte sie noch: »Es war ganz plötzlich gekommen, denn fünf Minuten vorher habe ich Frau Fröhlich erst den Toilettenstuhl gebracht und mich mit Frau Reinartz noch ganz normal unterhalten.«

Der Tag hat es in sich, ging mir durch den Kopf. *So was braucht man auch nicht öfters.*

»Können meine Frau und ich jetzt auf die Intensivstation gehen?«

»Ich denke schon. Wissen Sie, wo das ist?«

»Ja, ich habe den Wegweiser gesehen.«

»Gut, also dann!« Die Schwester zog mit ihrem Wägelchen ab.

»Vielen Dank«, rief ich ihr hinterher und gleich darauf fragte ich mich, wofür ich mich überhaupt bedankt habe.

Es dauerte eine Weile, die uns nach dem Klingeln wie eine Ewigkeit vorkam, bis uns endlich die Tür zur Intensivstation geöffnet wurde. Eine morbide Atmosphäre empfing uns.

Unwillkürlich hakte ich Rosemarie unter. Wie befürchtet, bekam ich umgehend Beklemmungen. Auch Rosemaries Gesichtsausdruck war zu entnehmen, dass sie sich unwohl fühlte. Die Schwestern und Pfleger liefen regelrecht vermummt herum. Hektik war zu spüren. Aus allen Ecken und Enden piepsten, summten und flackerten Monitore.

Ein schlaksiger Pfleger mit geflochtenem Bart am Kinn geleitete uns zu einem Bett, das mit einer Art Paravent von einem weiteren Bett abgetrennt war, das dadurch aber nicht vollkommen vor unbefugten Blicken geschützt wurde. Wie ich an dem stark gewölbten Laken erkennen konnte, lag dort ein sehr beleibter Mensch. Das konnte nicht Luise sein. Aber war das Luise, die direkt vor uns lag? Auch Rosemarie zögerte.

Trotz der unverkennbar roten Haare auf dem Kissen betrachteten wir zweifelnd das schmale, blasse Gesicht, das wegen der fehlenden Zahnprothese unnatürlich runzelig und eingefallen aussah. Bei genauerem Hinsehen erkannten wir dann doch unsere liebe Luise. Sie hatte die Augen geschlossen, aber sie schlief nicht. Ihre Lippen bewegten sich unaufhörlich, und die knochigen Finger kratzten unruhig an der Zudecke herum.

»Was ist mit ihr?«, fragte Rosemarie den Pfleger. Sie konnte ihre Erschütterung nicht verbergen.

»Luise«, er sprach über sie wie selbstverständlich mit ihren Vornamen, »ist nach der Operation wohl in ein Delir gerutscht.« Auf unsere fragenden

Gesichter hin meinte er:»Das kann viele Ursachen haben, aber wir werden sie hier engmaschig überwachen. Machen Sie sich mal keine allzu großen Sorgen, das wird schon.« Er tätschelte Luises Hand. »Hab ich recht?«

Luise öffnete die Augen und erkannte uns auch. Obwohl ihr wirr umherschauender Blick verriet, dass sie mit ihrem Geist sehr weit von uns entfernt war.»Na, dann werde ich Sie mal alleine lassen. Ich denke, zehn Minuten werden reichen, dann lass ich Sie wieder raus.« Der Pfleger ließ uns stehen. Umgehend machte er sich daran, Infusionsflaschen vorzubereiten, die er dann hier und da gegen inzwischen leergelaufene austauschte.

Etwas konfus standen wir an Luises Bett, das in seiner technischen Aufmachung mehr einem futuristischen Folterinstrument als einem Bett glich.

»Ach Kind, gut, dass du da bist«, murmelte Luise,»schau doch mal da hinten im Schrank nach, da habe ich acht Kuchen reingestellt, die ich soeben gebacken habe.« Kaum dass sie es gesagt hatte, sah es so aus, als würde sie in sich hineinlachen.»Ich weiß gar nicht, warum ich so viel Kuchen gebacken habe und was ich nun damit anstellen soll. Ach, seid doch so gut und nehmt sie mit, wenn ihr wollt. Robert wird sich auch darüber freuen.« Gleich darauf fuchtelte sie mit erhobenen Armen in der Luft herum, als sähe sie dort jemanden, und dabei brabbelte sie Unverständliches.

»Ich denke, es ist besser, wenn wir jetzt gehen«, sprach ich leise in Rosemaries Ohr.

Sie nickte zustimmend. Zum Abschied strich sie Luise über das Haar. Wieder in ihrer Welt versunken, reagierte sie mit flatternden Augenlidern.

Auf der Heimfahrt saßen wir im Auto eine ganze Weile stumm nebeneinander. Jeder ging seinen Gedanken nach, ich bemerkte dennoch, wie es in Rosemarie arbeitete. Irgendetwas versuchte sie in ihrer Niedergeschlagenheit verdrängen zu wollen. Spontan bog ich von der Straße ab und steuerte den Wagen auf einen uns bekannten Parkplatz. Von dort aus führte ein Weg direkt in die Weinberge. Wegen der schönen Aussicht auf den Rhein und die im Tal in Postkartenidylle liegenden Ortschaften waren wir diesen Weg schon oft bei schönem Wetter gegangen. Doch nun war es fast dunkel.

»Warum hältst du hier an?«, fragte mich Rosemarie verblüfft.

»Steig aus!«, bat ich sie.

Ohne nachzufragen, kam sie meiner Bitte nach. Sie streckte ihre Arme aus und atmete tief durch. »Was für eine angenehme Luft. Ich glaubte schon, im Auto ersticken zu müssen.«

Auch ich tat es ihr gleich. »Ich denke, es ist angebracht, ein paar Schritte zu laufen, um einigermaßen den Kopf freizubekommen.«

»Ja, das ist eine gute Idee, Liebling.« Sie nahm mich in den Arm und hielt mich ganz fest.

Wir schlugen die Kragen unserer Jacken hoch und machten uns bergan auf den Weg, vorbei an scheinbar endlosen Reihen von Reben, die zu dieser Jahreszeit so trocken und knöchern aussahen, als würden sie nie mehr Früchte tragen. Die frische Luft belebte unsere Sinne in der dämmrigen Stille. Weit und breit war keine Menschenseele zu sehen, nur aus dem Tal kamen ab und an Geräusche zu uns heraufgeweht, die uns wie schwache Lebenszeichen aus der Tiefe vorkamen. Ein gutes Gefühl, doch nicht alleine auf der Welt zu sein, erfüllte mich.

Es drängte, mich über Belangloses zu reden, und Rosemarie ging willig darauf ein. Eine Zeit lang sprachen wir zum Beispiel darüber, was wir mal wieder kochen sollten oder dass es Zeit wurde, die Wäsche aus der Reinigung zu holen. Dabei hatten wir das Gefühl, wieder ganz bei uns zu sein.

Plötzlich blieb Rosemarie stehen. »Ich glaube, wir sind weit genug gegangen. Wir sollten wieder umkehren.«

»Ist dir kalt?«

»Nein, im Gegenteil, mir ist vom Laufen ganz schön warm geworden.«

»Es sind nur noch wenige Meter bis zur Bank. Bist du einverstanden, wenn wir uns dort noch einen Augenblick hinsetzen?«, fragte ich vorsichtshalber nach.

»Im Dunkeln?« Erstaunt sah sie mich an.

»Hast du Angst?«

Sie lachte kurz auf. »Nein, du bist doch bei mir.«

»Dann komm!«

Es war jene Bank, auf der wir so gerne im Sommer saßen. Schöne Augenblicke waren mit ihr verbunden. Jetzt, zu dieser Stunde, schienen all die schönen Momente von einst ebenso abgeerntet zu sein wie die sonnensüßen Trauben an den Reben. Als ich diesen Gedanken hatte, kam ich mir schon fast wie eine Rebe vor. Auch der kalt wirkende Mond, der nur wenig Licht spendete, trug zu einer gewissen Melancholie bei. Rosemarie machte mich indes auf die beleuchteten Fenster in den Häusern aufmerksam, deren mattes Licht zu uns heraufschien. Interessiert verfolgten wir auch die Lichter der vorbeifahrenden Autos oder die Positionslichter der Schiffe, die über den Rhein fuhren, und ich hoffte, Rosemarie würde mir endlich sagen, was sie bedrückte. Ich kannte sie lange genug, um zu wissen, dass sie innerlich mit sich kämpfte. Aber eben weil ich sie so gut kannte, wusste ich natürlich auch, dass sie vieles mit sich selber ausmachte.

»Willst du nicht reden?«, sprach ich sie schließlich an.

Sie drehte ihren Kopf in meine Richtung, und die Traurigkeit in ihrer Miene wurde vom Schattenspiel des Mondlichts noch verstärkt.

»Weißt du, Frederik«, begann sie, »seit wir das Krankenhaus verlassen haben, denke ich darüber nach, dass ich Luise gegenüber keine gute Tochter bin.«

Jetzt war es an mir, mich überrascht zu ihr umzudrehen. »Das verstehe ich nicht.«

»Ja, wie soll ich sagen …« Sie überlegte einen Augenblick. »Als ich soeben an ihrem Bett stand, habe ich mich vor mir selbst erschrocken, weil ich so eine große Distanz zu ihr in mir gefühlt habe. Schließlich ist sie meine Mutter!« Bevor ich reagieren konnte, winkte sie ab. »Natürlich bin ich sehr traurig darüber, dass es ihr so schlecht geht, aber ich habe nicht … wie soll ich es ausdrücken … den Schrei der Verzweiflung in mir gehört. Stattdessen fühlte ich eben diese unüberbrückbare, innere Entfernung zu ihr. Weißt du, was ich meine?«

Was sollte ich dazu sagen? Mir fiel nichts Schlaues ein. Und ehrlich, ich wusste auch nicht ansatzweise, was sie damit meinen könnte. Inwieweit kann man sich denn überhaupt in einen anderen Menschen hineinversetzen? Gemeinsam Erlebtes kann man doch nur mit seinen eigenen Gefühlen messen. Auch wenn das, was ich am Bett von Luise gespürt hatte, wie sie da so hilflos lag, schon sehr tief meine Seele berührt hatte, obwohl ich ja »nur« ihr Schwiegersohn war. Ich versuchte, ihr zu erklären, dass es bei ihr möglicherweise so eine Art Selbstschutz der Seele wäre, um nicht gänzlich zu verzweifeln. Ich hatte es kaum ausgesprochen, da brach sie laut aufschluchzend in Tränen aus. Völlig konsterniert legte ich meinen Arm um sie und zog sie dicht an mich heran. Wie ein kleines Kind wiegte ich sie tröstend in meinem Arm.

»Was ist, wenn sie jetzt stirbt?«, jammerte sie, »ich hätte ihr noch so viel zu sagen.«

»Was willst du ihr denn noch sagen?«

Vollkommen abwesend blickte Rosemarie in die Dunkelheit. Und als ich schon glaubte, sie wolle meine Frage nicht beantworten, schluchzte sie: »Das ich sie sehr lieb habe!«

»Dann sag es ihr doch, wenn wir morgen wieder zu ihr gehen«, forderte ich sie beinahe streng auf.

»Ich … ich glaub … ich kann es nicht, Frederik … ich kann es einfach nicht.«

Ich drückte sie noch fester.»Warum kannst du es nicht, Schatz?«

Wieder schwieg sie. Als sie sich wieder stark genug fühlte, gestand sie mir, dass Luise ihr damals als Kind sehr weh getan hatte.

Bis dahin glaubte ich, meine Frau und alles, was zu ihrem Leben gehörte, genau zu kennen, und ich war demnach über ihre Andeutung ziemlich erstaunt.

»Willst du es mir erzählen?«

Sie suchte nach einem Taschentuch und putzte sich die Nase.

»Komm, erzähl mir die Geschichte. Vielleicht fühlst du dich danach besser. Verdrängen macht doch alles nur schlimmer.«

Sie gab mir einen Kuss.»Ich bin froh, dass ich dich habe«, sagte sie gequält lächelnd.»Vielleicht hast du recht, vielleicht sollte ich es mir wirklich von der Seele reden.«

Von Weinen unterbrochen erzählte mir Rosemarie, dass sie sich nicht mehr ganz genau an den Zeitpunkt erinnern würde, wo ihr klar geworden war, dass Robert und Luise sie alleine gelassen hatten. Das konnte sie natürlich noch nicht wissen, als sie am Abend zuvor zu ihr sagten:»Bis morgen, Kind.« Mit knapp vier Jahren, so weiß man allgemein, fehlt später manche Erinnerung, was ja auch gnädig sein kann. Aber eines wusste sie noch: dass sie schon bald den Ausflüchten ihrer Großmutter nicht mehr glaubte, wenn sie ihr halbherzig versicherte, dass Mama und Papa bestimmt bald wiederkämen. Nein, sie waren nicht gekommen, aber

die Jahre gingen dahin, wie ich folgend von ihr erfuhr.

Sie schmiegte sich an mich und ich hörte zu.

Schatten der Vergangenheit

Entgegen der Gewohnheit bekam Rosemarie an jenem Abend des Abschieds kein Märchen vorgelesen. Schnell ging alles vonstatten. Nachdem Luise Rosemarie sorgsam zugedeckt hatte, wandte sie sich rasch von ihr ab. Aber bevor Robert endgültig die Tür hinter sich schloss, blieb er noch einmal im Türrahmen stehen. Mit ernster Miene schaute er sich um und wünschte Rosemarie eine gute Nacht.

An diesem Spätsommerabend im September 1955 wurde der vierjährigen Rosemarie gesagt, dass Mama und Papa am nächsten Tag nicht da sein würden, weil sie in den großen Wald führen, dorthin, wo die sieben Zwerge wohnten, um nachzusehen, ob es dem Schneewittchen gut gehe. Sie wolle doch auch wissen, ob es dem Schneewittchen gut gehe, oder? Und da könne sie leider nicht mitfahren, weil in dem Wald auch Hexen lebten und das Motorrad außerdem nur zwei Sitze habe. »Du bleibst bei Oma und Opa und passt gut auf sie auf und wartest brav, bis wir wiederkommen. Ja, willst du das tun?« Nach einigem Zögern nickte sie dann doch artig. Hatte sie gespürt, dass es eine Lüge war? Denn in Wirklichkeit brachen Robert und Luise in die Lüneburger Heide zur Verwandtschaft auf, um von dort aus alles Nötige für ein neues Leben im »goldenen Westen« vorzubereiten. Luise war es, die Robert so lange dazu drängte, bis er schließlich zustimmte. Auch seinen Eltern verriet Robert zu anfangs nicht die Wahrheit. Ihnen erzählte er, dass sie bei der Cousine Urlaub machen wollten.

Diese Lüge ließ sich natürlich nicht lange aufrechterhalten. Auch Rosemarie vermisste schon bald ihre

Eltern. Doch in der Unbekümmertheit eines Kindes war sie tagsüber durch allerlei Zerstreuung abgelenkt gewesen. In dem großen Garten der Großeltern gab es ja auch viel zu entdecken, und gerne half sie dem wortkargen Großvater bei der Gartenarbeit. Sie rupfte Unkraut, tat mit viel Übermut dies und das, und sie ging ihm, so gut es ihr gelang, tüchtig bei der Ernte zur Hand. Allerdings holte sie ab und zu, wenn sie den Großvater nicht in der Nähe wähnte, verbotenerweise eines seiner geliebten Kaninchen aus dem Stall. Von Bruno, dem Bernhardiner, aufmerksam beobachtet, packte sie das Tier geradeso an den Ohren, wie es der Großvater immer tat. Aber kaum hielt sie es hoch, begann es fürchterlich zu zappeln. So sehr zappelte es, dass seine Krallen ihr die Arme blutig kratzten. Und schon landete die Beute zu ihren Füßen. Es folgte eine tolle Jagd nach der Fellnase. Wenn sich Bruno ansonsten auch tapsig und behäbig zeigte und meist im Weg lag, Großvaters Hühner oder die Kaninchen weckten den Wolf in ihm. Da war es für Rosemarie besser, sich umgehend hinter irgendeinem Strauch zu verstecken, von wo aus sie den Großvater beobachten konnte, wie er, die Pfeife zwischen den Lippen geklemmt und mit viel zu großen Holzpantinen an den Füßen, unbeholfen und schnaubend hinter Bruno und seinem Liebling herrannte. Die Hatz endete meist mit bösen Worten des Großvaters. Die blutig zerkratzten Arme vorzeigend, stand Rosemarie dann weinend vor ihm und ließ die Schelte geduldig vorübergehen. Denn lange konnte der Großvater ihr nicht böse sein. Und wenn ihm danach war, zog er eine kräftig gewachsene Möhre aus dem Boden, wischte den Dreck an seiner Latzhose ab, um sie mit gespieltem Zorn seiner Enkelin zu überreichen. Drehte er sich um, um wieder seiner Arbeit nachzugehen, lief Rosemarie schnurstracks zum Stall, brach ein Stück von der Möhre ab und teilte es genau mit dem Kaninchen, das vorher ausgebüxt war.

Mit Heidi, der Ziege, beschäftigte sich Rosemarie nicht so gerne, weil das Tier gerne mit dem Kopf zustieß. Doch einmal bekam Heidi zwei Zicklein, das war anschließend eine fröhliche Zeit, solange sie klein waren. Über Stock und Stein sprang sie mit ihnen über die Gartenwege. Eine Freundin hatte Rosemarie natürlich auch, mit Bärbel spielte sie oft stundenlang. Ihr Lieblingsspiel war Vater und Mutter. Am liebsten wollte Rosemarie immer beides sein, Vater und Mutter, wobei Bärbel dabei nicht selten die Strenge des Vaters und gleichzeitig die Liebe und Güte der Mutter zu spüren bekam. Die Strenge, wenn Bärbel nicht gehorchte oder sie plötzlich keine Lust mehr hatte, weiterzuspielen. Und die Liebe und Güte, wenn sie von Rosemarie einen leckeren Eintopf zubereitet bekam, der aus Spucke und Lehm bestand und mit einem Stöckchen in einem kleinen Emailletopf eingerührt und auf einem frischen grünen Blatt von ihr serviert wurde.

Auf die Abende mit der Großmutter freute sich Rosemarie besonders, weil die so schön schaurig abliefen. Während Großvater in der Küche die Zeitung las oder von der Mühe des Tages auf dem Sofa eingenickt war, setzte sich die Großmutter in der guten Stube bei zurückgeworfener Gardine und gelöschtem Licht genau an das Fenster, in das der Mond hineinschien. Dann war der Augenblick gekommen, wo Rosemarie der Großmutter das lange, graue Haar aufflechten musste, um es mit einem Kamm immer und immer wieder auszukämmen, bis es knisterte und die kleinen Funken in der Dunkelheit um den Hornkamm umher tanzten. In völliger Schweigsamkeit ging das vor sich, nur das gelegentliche Seufzen der Großmutter und das Ticken der Standuhr waren zu hören gewesen. Wenn Rosemarie später im Bett lag, träumte sie oft davon, wie sich diese Funken in goldene Taler wandelten, die sie dann Großvaters Tauben in den Schnabel steckte, um sie ihrem Vater zu schicken, damit er nicht mehr in der Fremde sein Geld zu verdienen brauchte. Sie war sich sicher, dass die Tauben den Weg finden würden. Besonders aber freute sich Rosemarie, wenn ihre Tante Rebekka sie besuchte. Meist brachte sie ihr ein Geschenk mit. Hörte sie schon von Weitem den Motorroller der Tante, ließ sie alles stehen und liegen und flitzte ihr durch die Gartenpforte winkend entgegen, dass sogar Bruno Schwierigkeiten bekam, mit ihr Schritt zu halten. Tante Rebekka, die von Außenstehenden mit Frau Doktor angeredet wurde, war eine junge, stets schick gekleidete Frau, die fast bei jeder Gelegenheit Glacé-Handschuhe mit langen Stulpen trug. Und mehr Zeit vorübereilte, desto mehr verblasste in Rosemaries Erinnerung das einst vertraute Gesicht der Mutter, in dem sich mehr und mehr das liebe Lächeln und die strahlenden Augen der Tante vermischten, wenn sie sich ihren Tagträumen hingab. Als dann der Tag der Einschulung kam, war es auch die Tante, die sie begleitete. Und Rosemarie war stolz, dass ihre Schultüte wohl die größte war. Leider wartete sie, vor allem an diesem Tag, vergeblich auf einen Gruß von den Eltern. Ebenso war es ihr an ihrem Geburtstag ergangen.

Aber an einem frostigen Wintertag, kurz vor Weihnachten, brachte der Postbote ein Paket. Eigentlich sollte Rosemarie an diesem Vormittag in der Schule sein, aber am Morgen fühlte sie sich nicht so wohl, und nachdem Großmutter ihr die Hand auf die Stirn gelegt hatte, durfte sie zu Hause bleiben. Vom Küchenfenster aus sah sie den Paketwagen heranbrausen, wie er direkt vor dem Haus anhielt. Schon wollte sie aufspringen und voller Neugierde hinauslaufen. Doch Großmutter, die am Herd stand und über die Schulter blickend ebenso den Wagen erspähte, mahnte Rosemarie. Sie wischte sich die Hände an der Schürze ab und ging nach draußen. Durch die geschlossene Küchentür hörte Rosemarie, wie sich die Großmutter und der Paketbote unterhielten. Herr Schneidereit, so hieß der Mann, den Rosemarie gut kannte, weil er ihr hin und wieder schöne, bunte Briefmarken schenkte, lachte laut auf, als er sich verabschiedete. Darüber wunderte sie sich. Erwartungsvoll guckte sie zur Tür, denn ein Paket wurde sehr selten abgeliefert, aber Großmutter kam nicht. Es dauerte eine ganze Weile, da kehrte sie mit leeren Händen zurück. Weil Rosemarie darüber sehr enttäuscht war, bemerkte sie zunächst nicht Großmutters gerötete Augen. Hatte sie denn geweint? Aufgeregt fragte Rosemarie, was der Herr Schneidereit denn gebracht habe. Doch ohne ihre Enkelin anzusehen, machte sich die Großmutter daran, weiter die Zwiebeln zu schneiden. Rosemarie hüpfte vom Sofa, und während sie ihre Frage wiederholte, zupfte sie der Großmutter ein wenig zu doll am Rockzipfel, weil sie das Gefühl hatte, das Paket verberge ein nur für sie bestimmtes Geheimnis. Als sich die Großmutter schließlich gereizt zu ihr umdrehte, liefen ihr dicke Tränen über die zerfurchten Wangen. Staunend sah ihr Rosemarie ins Gesicht, und die Großmutter meinte, dass die Zwiebeln dieses Jahr besonders schlimm in den Augen brennen würden. Sie legte das Messer beiseite und tupfte sich mit dem Saum der Schürze die Augen ab und dabei zog sie geräuschvoll den Tropfen hoch, der ihr an der Nase hing. Mit dem Finger drohte sie, als sie Rosemarie lehrte, nicht so neugierig zu sein und dass es kleinen Mädchen nicht gut anstehe, etwas haben zu wollen. Außerdem wäre das Paket für den Großvater bestimmt.

Mit gesenktem Kopf schlich Rosemarie zum Sofa zurück. Großmutter folgte ihr. Milde gestimmt fasste sie das Mädchen an der Schulter und drehte sie zu sich herum. Lächelnd fragte sie Rosemarie, ob sie auch Zwiebeln geschnitten habe. Denn jetzt liefen auch ihr die Tränen über die rot glühenden Wangen, und Großmutter nahm sie tröstend in die Arme.

Am Heiligen Abend wurde das Geheimnis des Paketes endlich gelüftet. Nein, es war nicht für den Großvater, wie sich unter dem geschmückten Lichterbaum herausstellte. Da stand zwar nicht das ominöse Paket, aber der Inhalt lag ausgebreitet vor ihr. Nämlich eine dicke, wärmende, himmelblaue Winterjacke, eine farblich dazu passende Strickmütze und ebensolche Handschuhe, in die man die ganze Hand hineinstecken konnte, und nur der Daumen alleine fand seinen eigenen warmen Platz darin. Doch zuallererst freute sie sich über etwas ganz anderes.

Die Großeltern und Tante Rebekka warteten bereits, als Rosemarie ehrfürchtig die festliche Stube betrat. Zwischen all den Dingen, die unter dem geschmückten Weihnachtsbaum lagen, sah sie sogleich die Puppe mit dem fein herausgeputzten Kleidchen und den weißen Schühchen, die man sogar schnüren konnte. Von ganzem Herzen hatte sie sich eine Puppe gewünscht, und nun war es ihr egal, dass die nur aufgemalte Haare hatte. Für Rosemarie war es die schönste Puppe der Welt. Viel, viel schöner als Bärbels Stoffpuppe. Bei genauem Hinschauen entdeckte sie, dass ihr Puppenkind sogar schon einen Namen hatte. Inge hieß es. Auf der Rückseite vom Hals, gleich neben der kleinen Schildkröte, war der Name eingestanzt worden. Und als die Großmutter sagte, dass Mama und Papa die kleine Inge für sie beim Christkind bestellt hätten, tanzte Rosemarie mit der Puppe wild und ausgelassen um den Weihnachtsbaum herum, sodass Großvater ernst forderte, sofort damit aufzuhören, weil das Flackern der Kerzen bereits bedrohlich nah an die Nadeln herankam.

Fast wären bei dem freudigen Spektakel die anderen Geschenke in den Hintergrund getreten. Aber das währte nur kurz. Rosemarie konnte ihr Glück gar nicht fassen, da versteckte sich ja auch noch ein Puppenhaus hinter den Anziehsachen. Über Monate hinweg hatte der Großvater im Keller heimlich daran gebaut. Er fand sogar noch die Zeit, Rosemarie einen Schulranzen aus Ziegenleder zu nähen, der am Stamm des Baumes direkt neben dem Weihnachtsteller lehnte, auf dem sich Pfeffernüsse, blank geputzte Äpfel, Haselnüsse, Plätzchen, Liebesperlen und sogar eine Tafel Schokolade befanden. Und als später alle am Abendbrottisch saßen, hatte die Tante eine weitere Überraschung parat, denn sie versprach Rosemarie, nach Weihnachten mit ihr nach Schierke in den Winterurlaub zu fahren. Für einen Augenblick war sie darüber ein klein wenig enttäuscht, weil ihr Wunsch, mit dem Motorroller zu fahren, nicht in Erfüllung ging, da man im Winter mit der Eisenbahn reiste, wie die Tante maßregelnd sagte. Aber dann fiel

Rosemarie ein, dass sie ja noch nie mit der Eisenbahn gefahren war, und schon lachte sie wieder vor Begeisterung.

Nach dem Abendbrot, als die Großmutter sie zu Bett brachte, fragte Rosemarie, woher sie denn wüsste, dass die Eltern das Christkind beauftragt hätten, ihr die Inge zu bringen. Da zog die Großmutter einen Zettel aus ihrer Strickjacke, der mit den liebsten Worten eine Nachricht von den Eltern enthielt. Und weil Rosemarie noch nicht lesen konnte, las ihr die Großmutter den Brief vor, der in Wahrheit aber nicht von den Eltern, sondern von der Tante geschrieben worden war.

Eigentlich lebte Rosemarie glücklich und zufrieden bei den Großeltern, wären in Folge der Jahre nicht häufiger so seltsame Männer in langen Mänteln zu »Besuch« gekommen, die ihre Hüte schräg auf dem Kopf und tief in die Stirn gezogen trugen und Rosemarie immer so komisch ansahen, wie sie meinte. Außerdem verhielt sich die Großmutter eigenartig bedrückt, wenn die Fremden wieder das Haus verließen. Es kam auch vor, dass der Großvater im Flur laut und aufgebracht mit ihnen redete. Rosemarie verstand zwar nicht alles, was gesagt wurde, aber Worte wie »... das kann nicht geduldet werden ...« oder »... zu alt ...«glaubte sie, gehört zu haben, worauf Großvater erbost rief: »Die geben wir nicht her!«

Natürlich konnte Rosemarie nicht wissen, dass es dabei um sie ging und dass die Männer im Auftrag des Staates handelten. Vermutlich hielten sie die alten Leutchen nicht für geeignet genug, der kleinen Rosemarie frühzeitig die Ideologie des Arbeiter- und Bauernstaates konsequent einzuhämmern, um aus ihr einen gehorsamen und willfährigen Staatsbürger der Deutschen Demokratischen Republik zu formen. Allzeit bereit, immer bereit! Und wäre da nicht ihre Tante gewesen, die es in ihrer Stellung als Ärztin und mit der Hilfe weiterer einflussreicher Freunde letztendlich schaffte, dass Rosemarie nicht zur Adoption freigegeben wurde, dann hätte die Sache ganz anders ausgehen können. Schließlich galten Robert und Luise ja offiziell als staatszersetzende Republikflüchtlinge.

Nein, davon konnte Rosemarie damals noch nichts wissen. Ihr war nur aufgefallen, dass ihr die Großeltern ab einem gewissen Zeitpunkt viel mehr Freiheiten gaben. Aber weitere Gedanken machte sie sich damals nicht darüber. Denn da gab es neuerdings eine Katze, die eines Morgens mit hochgestelltem Schwanz zur Tür hereintapste, um die Beine des Küchentischs strich und miauend um Futter bettelte, ohne dass Bruno, der in seiner Lieblingsecke lag, Notiz von ihr genommen hätte. Vielleicht kannten sich die beiden schon länger? An diesem Morgen jedenfalls hob er nur kurz den Kopf an, schnupperte, um gleich darauf die Schnauze wieder auf die ausgestreckten Pfoten zu legen. Erst als Rosemarie sie vor lauter Freude hochhob und die recht dicke Katze fauchte, sprang Bruno bellend auf. Großvater, der genau in dem Moment hinzukam, machte dem Spuk ein rasches Ende, indem er das Katzenviech, wie er schimpfte, mit seinem Pantoffel verjagte.

Die Großmutter, die unbekümmert am Herd hantierte, meinte nur, er solle es lassen, denn ein Mäusefänger könne schließlich nicht von Schaden sein. Großvater kratzte sich am Kopf, um danach »Meinetwegen« zu sagen. Aber er bestand darauf, dass die Teufelsbrut nichts in der Küche verloren habe. Nur vierzehn Tage später stellte sich heraus, dass die Katze nicht fett gefressen war, sondern trächtig. Im Stall hörte Rosemarie ein mehrstimmiges Piepsen. Sieben süße Fellknäuel entdeckte sie dort, wo Großvater in einer gut versteckten Ecke seine leeren Kartoffelsäcke aufbewahrte. Unverzüglich eilte sie zum ihm, um überglücklich von ihrem Fund zu berichten. Im Beet stehend stützte er sich auf den Stiel der Harke, schob sich mit dem Finger das Käppi in den Nacken, und griesgrämig schauend spuckte er den Pfeifenrotz aus.

Am Abend konnte Rosemarie wegen der süßen Kätzchen nicht einschlafen, dazu war sie viel zu aufgeregt. Wach liegend hörte sie, wie Großvater mit der Großmutter sprach. Sie konnte nicht alles verstehen, aber einige Wortfetzen drangen bis in ihre Kammer. Ein Satz ließ sie besonders aufhorchen. Oder hatte sie sich verhört? Hatte der Großvater wirklich »Die kommen weg. Alle!« gesagt? Meinte er tatsächlich ihre Katzen? Und wieso sprach er vom Baggersee?

Am nächsten Tag traute sich Rosemarie nicht, die Großmutter auf das Gehörte anzusprechen. Insgeheim hoffte sie, dass Großvater nicht die Katzen meinte. Sie hatte sie längst in ihr Herz geschlossen. Besonders angetan war sie von dem hellgrauen Katzenbaby, jenes mit den dunklen »Zebrastreifen«. Sie war zwar nicht die Kleinste im Wurf gewesen, aber sie machte den Eindruck, ziemlich schutzbedürftig zu sein, weil sie oft von ihren sechs Geschwisterchen beim Trinken an die Seite gedrängt wurde. Sie war auch die Einzige, die von Rosemarie einen Namen bekam. Es dauerte nicht lange, dann kam das Kätzchen angelaufen, wenn Rosemarie Schnurrlie rief. Das Tier in ihrer Schürze geborgen, saß sie, wann immer die Zeit es zuließ, abseits des Hauses, um ihren Liebling ungestört zu streicheln, dabei erzählte sie Schnurrlie, was ihr auf dem Herzen lag. Oftmals tropfte dem Kätzchen dabei auch eine Träne aufs Fell, wenn Rosemarie ihm die Geschichte von Mama und Papa erzählte, die sich auf eine weite Reise befanden. So trösteten sie sich gegenseitig.

An einem sonnigen Morgen, bevor sie sich auf den Schulweg machte, suchte Rosemarie vergeblich die Kätzchen an ihrem angestammten Platz im Stall. Nur Schnurrlie lief aufgeregt zwischen den dort abgestellten Dingen umher, als suche auch sie nach der Mutter und den Geschwistern. Sie miaute erbärmlich. Verzweifelt suchte Rosemarie die Kartoffelsäcke durch. Fehlte einer der Säcke? Hier stimmte etwas nicht! Rosemarie riss Schnurrlie an sich. Schreiend stolperte sie mit dem Kätzchen im Arm ins Haus zurück, wo Opa sich gerade in aller Gemütsruhe trockenes Brot in die heiße Milch einbrockte. Für gewöhnlich aß er sein Frühstück nicht alleine, aber an diesem Morgen schon. Natürlich hatte Rosemarie die Großmutter gefragt, warum der Großvater nicht mit am Tisch sitzt. Ohne Rosemarie in die Augen zu schauen, hatte ihr die Großmutter erklärt, dass der Großvater in der Frühe etwas Dringendes erledigen musste.

Das Kätzchen schützend vor der Brust gehalten, stand Rosemarie mit verschwitztem Gesicht in der Küche. Ihre Stimme überschlug sich, als sie nach den Katzen fragte. Anstatt ihr wegen ihres ungebührlichen Auftritts Vorhaltungen zu machen, sahen die Großeltern schweigend zur Seite, bis Großvater ihr murrend zu verstehen gab, dass er das Katzenviech nicht in der Küche dulde.

Nach kurzem Zögern mischte sich schließlich die Großmutter besänftigend ein. Freundlich bat sie Rosemarie, die Katze hinauszubringen und selbst wieder hereinzukommen, weil sie mit ihr zu reden habe. Als der Großvater den Stuhl beiseite rückte, fuhr die Großmutter ihn an, sitzen zu bleiben. Knurrend löffelte Großvater in seiner Milch herum, aber er gehorchte. Obwohl Rosemarie gar keine Lust darauf hatte gehorsam zu sein, folgte sie dann doch, auch weil sie neugierig darauf war zu erfahren, was die Großmutter ihr zu sagen hatte. Als sie zurückkam, schien diese sehr nervös zu sein und ihre Augen waren gerötet. Was hatte das zu bedeuten? Großvater schob seinen noch nicht geleerten Frühstücksteller von sich weg. Missmutig zündete er sich sein Pfeifchen an. Dicker als sonst schwebten die Tabakwolken zur Zimmerdecke hoch. Seine Augen waren nicht gerötet, dafür aber zeigte sich seine knollige Nase auffällig rot. Sie verfärbte sich ansonsten nur, wenn er kurz davor war, seine Geduld zu verlieren. Wegen der eigenartigen Stimmung, die plötzlich in der Küche vorherrschte, überfiel Rosemarie augenblicklich jenes seltsame Gefühl im Magen, das sie für gewöhnlich vor einem mächtig heraufziehenden Gewitter verspürte. Für einen kurzen Moment vergaß sie sogar die Katzen. Kleinlaut setzte sie sich ein Stück abseits vom Großvater auf den Stuhl direkt neben dem Fenster. Ihr Blick fiel auf die Küchenuhr. Die Schule fiel ihr ein. Eigentlich müsste sie längst unterwegs sein. Die Großmutter schien ihren Gedanken erraten zu haben, indem sie sagte, dass sie eine Entschuldigung für die Schule schreiben werde. Es wäre ja nicht weiter schlimm, wenn der Unterricht ausnahmsweise mal ausfallen würde. Sie hielt inne.

Rosemarie beobachtete die Großmutter, wie sie durchs Fenster schaute und sich ihr Blick so sonderbar in der Ferne verlor. Als wäre sie geweckt worden, meinte sie plötzlich, dass ja bald sowieso die großen Ferien anfingen und sich dann ohnehin einiges ändern würde. Sie versuchte, ruhig und bedacht zu sprechen, während sich der Großvater hinter seiner Tabakwolke versteckte. Rosemarie schaute die Großmutter an und verstand nicht, warum sie es mit so einem seltsamen Gesichtsausdruck erwähnte. Auf eine Antwort musste sie noch etwas warten, da die Großmutter einen kräftigen Hustenanfall bekam. Unwirsch bat sie den Großvater, doch die Pfeife wegzulegen. Das nahm er zum Anlass, dann doch aufzustehen und wortlos aus der Küche zu schlurfen. Großmutter schüttelte den Kopf, als sie ihm nicht gerade freundlich nachsah. Ungeduldig geworden fragte Rosemarie, was sich denn in den großen Ferien ändern würde.

Großmutter, die jetzt vor ihr stand, beugte sich zu ihr herunter und umarmte sie so herzlich, dass Rosemaries Wangen ganz nass von ihren Tränen wurden. Wie erstarrt saß das Mädchen auf ihrem Stuhl und wagte es nicht, sich zu bewegen. In solch einem Zustand hatte sie ihre Großmutter noch nie erlebt, und sie hätte auch nie geglaubt, dass ein erwachsener Mensch, ohne dass jemand gestorben war, derartig traurig sein konnte. Und für einen winzigen Augenblick vermutete sie, dass die Großmutter auch traurig über das Verschwinden der Katzen war.

Zaghaft kam Rosemarie die Frage über die Lippen, warum sie weinte. Eigentlich aber wollte sie wissen, ob Großvater die Kätzchen in den Baggersee geworfen hatte, aber sie traute sich nicht, so direkt danach zu fragen. Alleine der Gedanke daran schnürte ihr den Hals zu.

»Es ist schon gut, Kind«, sagte die Großmutter, »ich weine ja nicht.« Mit dem Zipfel der Schürze fuhr sie sich übers Gesicht. Sie ging zum Herd und goss sich aus der Emaillekanne, die stets auf der befeuerten Stelle stand, Malzkaffee in einen Becher. Sie pustete in die schwarze, dampfende Brühe und trank vorsichtig einen Schluck. Mit den Worten: »Also gut, einmal musst du es ja erfahren«, drehte sie sich um. Rosemarie verstand nicht, was sie damit meinte. Doch sie bemerkte es gleich, wie schwer es der Großmutter fiel, darüber zu sprechen, auch wenn sie sich wieder dem Ofen zuwandte und ihr dabei den Rücken kehrte.

Rosemarie konnte gar nicht mehr ihren Mund schließen, als sie hörte, dass die Tante sie in den Schulferien zu den Eltern in die Heide bringen würde. Obwohl sie in diesem Augenblick große Freude empfand, wusste sie nicht recht, was das wirklich bedeutete. Würde sie denn die Eltern nach den Schulferien wieder verlassen müssen? Und wenn nicht, dann hieße das ja, dass sie von der Großmutter, vom Großvater, von Schnurrlie, von Bruno, von den Kaninchen und den Ziegen, von dem schönen Garten und von Bärbel für immer Abschied nehmen müsse.

Rosemarie rutschte vom Stuhl. Zaudernd ging sie zur Großmutter und zupfte ungeduldig an ihrem Rockzipfel, bis die sich ihre Frage anhörte, ob die Eltern denn wieder mit zurückkämen.

Verneinend schüttelte die Großmutter den Kopf. Erst als die Küchentür zuknallte, bemerkte sie, dass Rosemarie hinausgelaufen war.

Sie rannte und rannte, und fast hätte sie auch noch den Großvater überrannt. Schnurstracks lief sie die leichte Anhöhe der Siedlungsstraße hoch und bekam dabei noch nicht einmal mit, wie Bärbels Mutter ihr nachrief, warum sie denn nicht in der Schule wäre. Einer inneren Stimme folgend kam sie japsend an der mit Wasser vollgelaufenen Kiesgrube an. Aufgeschreckt erhob sich ein Reiher mit rauschendem Gefieder aus dem Schilf, worüber auch sie erschrak. Unentschlossen hockte sie sich dicht an den steilabfallenden Rand der Böschung auf einen Stein. Sie rupfte einen Grashalm aus und kaute nachdenklich daran herum, obwohl Großvater ihr schon oft verboten hatte, Gräser zu kauen. Aber es hatte ihr meist geholfen, wenn sie nachdachte, denn sie wusste nicht, wie sie anders ihre Gedanken ordnen konnte, die wie ein aufgescheuchter Bienenschwarm in ihrem Kopf herumflogen. Erst das monotone Summen aus den Gräsern und die vom Himmel strahlende Wärme wirkten etwas beruhigend auf sie ein. Hinzu kamen die bunten Schmetterlinge, die ihr um die Nase herumtanzten und ihren Gedankenwirrwarr etwas verscheuchten. Dennoch fand sie keine Lösung, wie sie sich verhalten sollte. Sie liebte doch ihre Großmutter, die immer für sie da war. Die ihr sogar half, wenn sie krank im Bett lag. Auch auf den Großvater konnte sie sich immer verlassen. Was wusste sie denn noch von Vater und Mutter? Von jenem Abend, an dem sie sich von ihnen verabschiedete, war nur ein durchsichtiger Schatten in ihrer Erinnerung geblieben.

Nur drei Wochen später war es dann so weit. In diesem Sommer des Jahres 1959 kam es offiziell zu einer

Familienzusammenführung im Westen. Wie versteinert standen die Großeltern an diesem sonnigen Vormittag im Torweg, und Rosemarie merkte ihrer Großmutter an, dass es ihr schwerfiel, den Arm zum Abschied zu heben. Der Großvater vergrub beide Hände tief in den Hosentaschen. Nur sein Pfeifenrauch stieg noch weit sichtbar in die Luft. Den Bruno hatte der Großvater zuvor in den Schuppen gesperrt, doch sein Bellen konnte Rosemarie immer noch hören, als sie sich mit der Tante längst auf der Hauptstraße zum Bahnhof befand. Rosemarie hatte auch nicht gewunken. Aber das lag daran, weil sie in der rechten Hand ein Köfferchen trug und mit der anderen ihre Puppe Inge festhielt. Mit einer Umhängetasche über der Schulter und einem großen Koffer an der Hand war auch die Tante schwer bepackt. Ebenso baumelte bei Rosemarie eine Tasche um den Hals, die ihr der Großvater extra angefertigt hatte. Und in dieser Tasche verbarg sich Schnurrlie.

Zuvor hatte es ein ordentliches Theater und Gezeter wegen dem Katzenkind gegeben, weil Rosemarie darauf bestand, es mitzunehmen: »Ohne Schnurrlie fahr ich nicht!«, hatte sie geschrien und mit dem Fuß aufgestampft, und zwar so lange, bis die Großeltern entnervt zustimmten. Dem Großvater war es im Nachhinein allerdings ganz recht gewesen, denn überall lag Katzenscheiße in den Beeten herum.

Je weiter sich Rosemarie von der ihr vertrauten Gegend entfernte, desto aufgeregter und neugieriger wurde sie auf das, was noch alles kommen sollte. Alleine die Zugfahrt war schon das reinste Abenteuer. So jedenfalls empfand sie es, als sie auf dem Bahnsteig wartete und die mächtige, eiserne Lok dampfend und schnaubend in den Bahnhof einfuhr und mit Zischen und Pfeifen zum Stehen kam. Zuerst brachte sie der Zug bis Magdeburg. Im Abteil saßen nur wenige Reisende. Erschöpft von der Aufregung schauten Rosemarie und die Tante eine Weile schweigsam durch das Fenster in die dahinziehende Landschaft. Dann wurde es in Rosemaries Umhängetasche allmählich unruhig.

Tante Rebekka kramte aus dem Gepäck das Liebesperlenfläschchen hervor, das vor der Reise vorsorglich mit Milch gefüllt wurde. Damit durfte Rosemarie das Kätzchen beruhigen.

In Magdeburg wechselten sie den Zug. Bald danach, als der Zug volle Fahrt aufgenommen hatte, bekam Rosemarie Hunger. Die Tante packte die Brote aus. Großmutter hatte sie so reichlich geschmiert, dass die Leberwurst an den Rändern dick hervorquoll. Dazu gab es Kakao, den die Großmutter in Großvaters ehemaligen Pausenbehälter gefüllt hatte, aus dem er früher auf der Arbeit seinen Kaffee trank. Gesättigt und erschöpft schlief Rosemarie mit ihrem Kätzchen auf dem Schoß ein. Sie träumte von den Großeltern, von Bruno, von dem Haus und dem Garten, den vielen eingeweckten Früchten, die im Keller in den Regalen standen, und natürlich von Bärbel. All das würde nun Vergangenheit sein.

Wie lange sie geschlafen hatte, daran konnte sie sich nicht mehr erinnern. Aber daran, dass sie das letzte Stück der Fahrt vor lauter Aufregung nicht mehr still sitzen konnte. Allerhand Mühe musste die Tante aufbringen, um beruhigend auf sie einzuwirken. Rosemarie bedrängte sie mit vielerlei Fragen. Wie lange die Fahrt noch dauere, was Uelzen wäre, wie weit es noch bis Uelzen war, wieso sie dort noch nach Soltendieck umsteigen müssten, ob die Eltern in Soltendieck auf sie warteten usw. Die Fragerei wollte kein Ende nehmen. Endlich schloss sie die Augen, um sich vorzustellen, wie Mama und Papa jetzt wohl aussahen. Sie konnte nur das Hochzeitsbild von ihnen abrufen, das bei den Großeltern in der guten Stube auf der Anrichte stand. Die Gesichter des Abschieds an jenem Abend waren in ihrer Vorstellung inzwischen so verschwommen wie die nebeligen Regenwolken, die seit geraumer Zeit graue Wasserfäden vom Himmel schickten. Erst als der Zug nach einem lauten Pfiff langsamer fuhr, öffnete sie wieder die Augen. Die Tante holte bereits den Koffer aus dem Gepäcknetz. Sie schaute auf die Uhr. Rosemarie wollte wissen, wie spät es war, und wunderte sich, dass es kurz vor halb sieben schon dämmrig wurde, obwohl es ja Sommer war. Aber der Himmel hatte sich inzwischen noch weiter zugezogen, und der Regen peitschte vor die Scheiben. Als das Schild Uelzen neben dem Gleisbett auftauchte, machte sich Rosemarie daran, zum Ausgang zu gehen, aber die Tante konnte sie gerade noch zurückhalten. Es ruckte ordentlich, als der Zug anhielt. Nur wenige Fahrgäste machten sich im Abteil zum Aufbruch bereit. Ein junger Mann half der Tante freundlicherweise, den Koffer auf den Bahnsteig abzustellen. Die Fahrgäste, die ausstiegen, strebten eilends dem Ausgang zu.

Ein wenig verloren warteten Rosemarie und die Tante auf den nächsten Zug. Nur gut, dass sie unter der Holzüberdachung trocken blieben. Aber weil ein kühler Wind über die Gleise wehte, kramte die Tante Rosemaries Jacke aus dem Koffer. In diesem Augenblick sahen sie eine Frau, die ihnen zuvor nicht aufgefallen war. Tante Rebekka stutzte. Die Augen fest auf die Frau gerichtet, zog sie Rosemarie die Jacke an. Zuerst glaubte die Tante, in der Frau Luise erkannt zu haben, aber die wartete ja in Soltendieck, so jedenfalls war es vereinbart worden.

Die Frau näherte sich rasch. Nun waren sie nur noch wenige Meter von ihr entfernt. Die Tante hob die Augenbrauen an. »Also doch«, murmelte sie, worüber sich Rosemarie wunderte. Und noch erstaunter war sie, als die Tante ihr sagte, dass die Frau ihre Mutter war. Sprachlos besah sich Rosemarie die Frau, die ihre Mutter sein sollte. Auch Luise schien Rosemarie nach all den Jahren zu mustern, ob das Kind wirklich ihre Tochter war. Blass sah Luise aus, und die Haare hingen ihr regennass ins Gesicht.

Sie gab der Tante die Hand wie jemand, der zufällig eine Bekannte getroffen hatte. Und Rosemarie stand teilnahmslos daneben. Nichts von dem erfüllte sich in diesem Moment, was sie sich in ihrer Vorstellung in den buntesten Farben ausgemalt hatte, wenn sie endlich wieder der Mutter begegnete. Ihr Kopf fühlte sich ganz leer an, und die Worte der Tante, dass sie auf diesem Bahnsteig nicht mit Luise gerechnet habe und ob Robert auch mitgekommen wäre, klangen ihr wie aus weiter Ferne in den Ohren. Doch anstatt ihrer Schwägerin eine Antwort zu geben, beugte Luise sich zu Rosemarie hinunter und schloss sie so fest in ihre Arme, als wollte sie damit sagen: Ich werde dich nie, nie wieder loslassen.

Rosemarie stemmte ihre Arme abwehrend gegen Mutters Brust. Aber nicht, weil sie sich sträubte, die Mutter ebenfalls liebevoll zu umarmen, sondern weil sie befürchtete, dass ihr Schnurrlie erdrückt wurde. Als Luise von dem Kätzchen erfuhr, strich sie Rosemarie zärtlich über die Wange, was ihr sehr gefiel. Und als ihr die Mutter noch sagte, dass sich Schnurrlie im neuen Zuhause bestimmt wohlfühlen würde, weil es dort viel

Auslauf im Wald und in den Feldern gebe, war auch für Rosemarie der Zeitpunkt gekommen, all ihren Gefühlen freien Lauf zu lassen. Weinend und schluchzend klammerten sich Mutter und Tochter aneinander. Auch die Tante wischte sich mit dem Taschentuch über die Augen. Als sich die beiden voneinander lösten, schauten sich alle drei glücklich und zufrieden an. Jetzt erst kam Luise dazu, der Tante zu sagen, dass Robert zu ihrem Empfang in Soltendieck am Bahnhof stehe, sie es aber nicht ausgehalten habe, dort zu warten. An Rosemarie gewandt sagte Luise, dass sie für sie etwas dabeihabe. Sie öffnete ihre Handtasche, holte eine Banane hervor und gab sie ihr. Rosemarie drehte und wendete das komische Geschenk unschlüssig in den Händen.

»Das ist eine Banane, die kommt von ganz weit weg aus Südamerika und die kann man essen«, erklärte ihr Luise. Nun, das ließ sich Rosemarie nicht zweimal sagen, und Luise konnte sie gerade noch davon abhalten, dass sie gleich in die Schale biss.

Da lachten alle drei herzlich, der Bann war endgültig gebrochen.

Bald schon saßen sie wieder im Zug. Es gab viel zu erzählen, und der Rest der Fahrt verlief wie im Fluge. Als dann der Bahnhof Soltendieck in Sicht kam, presste Rosemarie ihre Nase ganz dicht an die Scheibe, um ja früh genug den Vater auszumachen. Noch bevor der Zug hielt, stand sie bereits mit der Tante und Luise hinter einem jungen Mann, dessen Hand bereits den Griff der Zugtür umschloss. Der konnte es mit dem Aussteigen auch nicht abwarten. Ungeduldig trat Rosemarie von einem Bein auf das andere. Dann aber! Die Räder rollten noch, da riss der Mann die Tür auf und sprang auf den Bahnsteig. Luise hatte Mühe, Rosemarie am

Jackenkragen zu fassen, weil sie ihm folgen wollte. Endlich kamen die Räder quietschend zum Stehen. Jetzt gab es für sie kein Halten mehr.

Auch Robert brauchte trotz der spärlichen Bahnsteigbeleuchtung nicht lange, um seine Tochter zwischen all den Leuten ausfindig zu machen. Schnurrlie wurde in der Brusttasche ordentlich durchgerüttelt, als Rosemarie mit ausgebreiteten Armen dem Vater entgegenrannte.

Dem Himmel sei Dank

Am Krankenhaus ließ ich Rosemarie aus dem Wagen aussteigen.
»Wenn sie wach ist, grüß sie von mir«, rief ich ihr noch zu. Wir hatten beim Frühstück ausgemacht, dass sie Luise besucht und ich nach Robert schaue. Sie gab zu, sich davor zu scheuen, ihm momentan zu begegnen. Vor allem, weil sie Roberts Reaktion ihr gegenüber nicht einschätzen konnte. Ihr Satz: »Ich weiß ja auch nicht, wie ich auf seine Vorhaltungen reagieren würde«, klang wie eine Entschuldigung. Wenn ich ehrlich zu mir war, dann erging es mir ebenso. Mulmig wurde mir schon bei dem Gedanken, ihm in die Augen zu schauen.

Je näher ich dem Eingang zur Psychiatrie kam, desto langsamer wurden meine Schritte. Aber es half nichts. Tief Luft holen und rein! Nachdem ich ein paar Worte mit Frau Käfer gewechselt hatte, meldete ich mich in betreffender Abteilung bei einer jungen Schwester an. Sie wurde gerade von zwei Herren umlagert. Den einen erkannte ich wieder. Es war Herr Wiene, mit dem Robert das Zimmer teilte. Ich wartete, bis sich die Herren sehr höflich verabschiedet hatten. Im Weggehen rief Herr Wiene diesmal: »Bonn.«

Ich unterrichtete die Schwester darüber, dass ich meinen Schwiegervater besuchen wollte. Da sie mir einen zuvorkommenden Eindruck machte, traute ich mich, zu fragen, ob sie wüsste, warum Herr Wiene immer Städtenamen ausrief. Ich konnte mir ein Schmunzeln nicht verkneifen, als ich von ihr erfuhr, dass er früher Zugbegleiter gewesen war und es damals zu seinen Aufgaben gehörte, die Bahnstationen auszurufen.

Das Schmunzeln verging mir allerdings schnell, als ich in Roberts Zimmer eintrat. Ein fürchterlicher Anblick erwartete mich. Mit weit aufgerissenen Augen lag er zitternd im Bett. Er schien nackt zu sein, da sein Schlafanzug auf dem Boden lag. War er eingenässt? Scheinbar fror er, denn er hatte sich die Zudecke bis zum Kinn hochgezogen. Sein Gesicht war lädiert, das rechte Auge zugeschwollen, und der Wangenknochen darunter wies blutige Striemen auf. Himmel, so sieht jemand aus, den man verprügelt hat, schoss es mir in den Sinn. Ist er misshandelt worden, weil er nicht pariert hat? Aber wer würde das schon zugeben? Vielleicht war er ja auch gefallen?

Betrübt stand ich neben ihm. Er betrachtete mich mit einem seltsamen Blick, der mir durch und durch ging. Als wäre er aus einer endlosen Weite zurückgekehrt, sagte er klar und deutlich zu mir: »Hör mir zu, Frederik, verkauf das Haus und nimm den besten Anwalt, den du auftreiben kannst, und hol mich hier raus!«

Unfähig, ihm gleich darauf zu antworten, zog ich einen Stuhl heran und setzte mich neben ihn. Robert stierte wieder vor sich hin. Ich hingegen fixierte das vergitterte Fenster, und mich überkam das heulende Elend. Robert tat mir bis tief ins Herz hinein leid. In diesem Gefängnis hatte er tatsächlich nichts, aber auch gar nichts verloren. Das Dilemma aber war, dass wir kurzfristig keine andere Lösung parat hatten. Damals, als Luise für einen Monat im

Krankenhaus lag, hatten wir schon einmal versucht, ihn in einer Kurzzeitpflege unterzubringen. Es war ein Reinfall auf ganzer Linie gewesen, weil er dort nicht zu halten war. Bereits nach einer halben Stunde drohte er uns klipp und klar, auf der Stelle abzuhauen. Aber das hier war absolut keine Lösung. In meiner Vorstellung sah ich ihn in seinem geliebten Häuschen gemütlich vor dem Fernseher sitzen, den Fuß wie gewohnt auf den Tisch gelegt und Schokolade lutschen. Ich konnte meine Tränen nicht unterdrücken, und als er es bemerkte, tröstete er mich. Mich! Ich wurde von ihm getröstet!

Ich musste weg. Ich konnte mir das nicht länger mitansehen. In aller Eile rückte ich den Stuhl nach hinten, reichte ihm die Hand und versprach ihm, alles zu tun, damit er hier rauskäme.

Raus, bloß raus! Ohne weitere Worte verließ ich das Zimmer.

Gut, dass mir der tätowierte Pfleger über den Weg lief. Ziemlich forsch ging ich ihn an, warum mein Schwiegervater so aussah, wie er aussah.

Er zuckte nur mit den Schultern und meinte: »Wir können nicht überall sein!«

Auf schnellstem Weg fuhr ich ins Krankenhaus. Zu meiner Überraschung saß Rosemarie bereits auf der Bank vor der Klinik, und wie es aussah, genoss sie den herrlichen Blick auf den Rhein. Als ich mich vor sie hinstellte, schauten wir uns an, als erwartete einer vom anderen eine Hiobsbotschaft. Schließlich fragte ich sie: »Warum sitzt du hier?«

»Mutter schläft immer wieder ein. Ich wollte einfach an die frische Luft. Außerdem hat mir der Pfleger gesagt, dass es nicht mehr so kritisch mit ihr aussieht und sie wahrscheinlich schon morgen oder übermorgen wieder auf ihr Zimmer zurückkommt.« Sie beobachtete mich skeptisch. »Und du, was hast du zu berichten?«

Immer noch aufgebracht antwortete ich: »Pass auf, wir fahren jetzt sofort zu dem Seniorenheim, das in der Nähe der Anstalt ist, wo Robert jetzt liegt. Du weißt doch, welches ich meine? Wir müssen alles daransetzen, ihn aus diesem Irrengefängnis zu holen.«

Sie sah mich erschrocken an, folgte mir dann aber, ohne weiter nachzufragen. Erst im Auto erzählte ich ihr ausführlich, was ich erlebt hatte.

Schon bald darauf standen wir vor einem schmucken, einladenden Bau. Das Seniorenheim war uns bereits aufgefallen, als wir vor einiger Zeit nach einem Spaziergang zwischen Kuhweiden, bewaldeten Hügeln und plätscherndem Bach im Café gegenüber eingekehrt waren.

»Hier würde ich mich auch wohlfühlen«, sagte ich zu Rosemarie. »Also los, komm! Mehr wie Nein sagen können sie nicht.«

Rosemarie sträubte sich ein wenig, doch ich zog sie hinter mir her.

Alleine die schmucke Eingangshalle erfüllte in der Tat meine Erwartung. An der Rezeption wurden wir von einer älteren Nonne sehr freundlich begrüßt. Sie hatte sogleich ein offenes Ohr für unser Anliegen. Umgehend bat sie uns, mitzukommen. Augenblicke später saßen wir am Tisch eines jungen, agil wirkenden Mannes, der sich uns als Pflegedienstleiter, namentlich mit Markus Leuthäuser, vorstellte. Umgehend bestellte er Kaffee und Gebäck für uns. In dieser entspannten Atmosphäre erklärten wir ihm in nicht zu verbergender Anspannung unsere verzwickte Situation, und ich glaubte zu bemerken, dass ihm sehr daran gelegen war, eine zufriedenstellende Lösung für uns zu finden, was sicherlich auch für ihn nicht ganz einfach war, da wir ja quasi umgehend ein Zimmer für Robert brauchten. Abgesehen davon, dass Luise in absehbarer Zeit auch ein Zimmer benötigte, wenn sie ihre Reha beendet hatte. Dabei spekulierten wir von vornherein auf zwei getrennte Zimmer. Wir waren der Meinung, dass Luise aus erklärlichen Gründen Ruhe und auch Zeit für sich haben sollte.

Nach kurzem Überlegen setzte Herr Leuthäuser entschlossen seine Tasse ab und meinte: »Ich denke, das kriegen wir hin.«

Rosemarie und ich sahen uns erleichtert an.

»Ich mache Ihnen einen Vorschlag«, sagte er zuversichtlich, »ich führe Sie jetzt durch unser Haus und zeige Ihnen die Gemeinschaftsräume, die Cafeteria und natürlich den Schnitt und die Lage der Zimmer. Mit diesen Eindrücken fahren Sie nach Hause und geben mir … ich sage mal morgen Vormittag Bescheid, wie Sie sich entschieden haben. Ich für mein Teil werde sehen, wie ich das intern disponiere.«

Ich ging davon aus, dass er hören konnte, wie der Stein aufschlug, der uns vom Herzen gefallen war. Völlig euphorisch fuhren wir heim, und bereits während der Fahrt überlegten wir, wie wir den beiden ihr neues Reich einrichten könnten, damit sie es in ihrem letzten Lebensabschnitt auch recht gemütlich hatten und nichts zu vermissen brauchten. Dabei verdrängten wir bewusst den Gedanken, wie Robert reagieren würde, ob er überhaupt gewillt war, unseren Ideen zu folgen. Anderseits galt es ja auch noch, Luise von all dem zu überzeugen, obwohl wir bei ihr hoffnungsvoller waren. Zum einen hatte sie sich zuvor nicht ablehnend gezeigt, als wir das Thema Seniorenheim angeschnitten hatten, und zudem bestärkte sie uns damit, weil sie bei der Gelegenheit sagte: »Ihr macht das schon!«

Luise, die wieder bei Frau Fröhlich im Zimmer lag, hatte sich erstaunlich gut erholt. Unsere Bedenken, wie sie unsere Neuigkeit auffassen würde, waren völlig unbegründet. Bezüglich des Gesprächs, das wir mit Herrn Leuthäuser geführt hatten, konnten wir sie überraschend schnell von unserer Vorstellung überzeugen. Erneut fiel der Satz: »Ihr macht das schon!«

Anders war es bei Robert. Wie erwartet, lief die Sache bei ihm weniger einfach ab. Leider blieb uns nichts anderes übrig, als auf eine List auszuweichen, was uns angesichts dessen, dass es genau genommen eine Lüge war, sehr schwerfiel. Wir erklärten ihm, dass sich Luise bereits in der Reha befinde und dass sie danach bis zur vollständigen Erholung in eine Art Hotel aufgenommen würde, wo sie weitere Anwendungen und viel Pflege bekäme. Außerdem sagten wir ihm, sie habe am Telefon den

Wunsch geäußert, er möge dort vorab ein Zimmer beziehen, damit sie später, wenn sie dort eintreffe, zusammen wären. Robert schüttelte rigoros den Kopf, er wolle nach Hause, und zwar sofort und nirgendwo anders hin.

Mit Engelszungen redete ich auf ihn ein. »Aber du wolltest doch so schnell wie möglich aus diesem Gefängnis hier. Und Lieschen willst du doch auch sehen, oder?« Ich sah ihm förmlich an, wie nach einem innerlichen Kampf sein Widerstand brach. Übergangslos fragte er nach seinem Haus, was denn damit wäre. Ob man das Haus denn den Einbrechern überlassen wolle. Ich tat seine besorgte Frage mit den Worten ab: »Darum mach dir mal keine Sorgen, ich gehe jeden Tag hin und schaue nach dem Rechten.«

»Was? Das würdest du tun, Frederik?«

»Ja, das tue ich!«

Herr Leuthäuser hielt sein Wort. Er rief uns an, während wir noch frühstückten.

»Ich habe eine gute Nachricht für Sie!«, lachte er. Diese Nachricht schien auch ihm Freude zu bereiten, weil er sich denken konnte, wie erleichtert wir darüber waren.

»Jetzt liegt alles bei Ihnen! Geben Sie grünes Licht?«

Ja, wir gaben grünes Licht!

Aber nun tauchte ein ganz anderes Problem auf. Ich weiß nicht mehr, ob Rosemarie oder ich das Unwort in den Mund genommen hatten: Haushaltsauflösung!

Nach dem Anruf ließen wir alles stehen und liegen. Knapp eine halbe Stunde später standen wir in Roberts und Luises Haus vor dem Problem, das sich Haushaltsauflösung nannte.

Beim Hausverkauf selbst sah ich nicht allzu große Schwierigkeiten, aber wohin mit dem ganzen Mobiliar? Und vor allem, wer räumte das Haus besenrein leer? Der ganze Krimskrams war ja schon eine Aktion für sich.

Rosemarie ging die Sache positiver an, sie rechnete mir sogar vor, wie viel Geld wir für dieses und jenes bekämen. »Das sind doch alles wertvolle Sachen«, meinte sie zuversichtlich. »Da können wir nach dem Verkauf noch eine ordentlich Rücklage für die Heimfinanzierung schaffen.«

Tatsächlich hatte Robert über all die Jahre hinweg nur Erlesenes gekauft, nicht nur die Qualität der Einrichtung betreffend. Natürlich bedrückte uns die Tatsache, dass sich mit dem Hausverkauf all die erfüllten Träume der zwei lieben Menschen wieder in Luft auflösten, so als wären sie nie geträumt worden. Mehr noch, von ihrem gemeinsamen Leben im mühsam erworbenen Eigentum blieb damit nur noch Erinnerung. Irrwitzigerweise fragte ich mich, ob man am Ende dafür bestraft wurde, wenn man ein langes Leben in Liebe und Treue zueinandergestanden hatte. Im Gegensatz zu denen, die sich bereits beim kleinsten Gegenwind scheiden ließen. Robert und Lieschen jedenfalls waren in den achtundsechzig Jahren gegenüber allen Stürmen der Zeit standhaft geblieben. Dieser Wert war mit nichts aufzuwiegen!

Ich fasste Rosemarie bei der Hand und sah sie eindringlich an. Sie verstand. Egal, was kommen mochte, auch wir waren festentschlossen, die Stürme des Lebens gemeinsam zu meistern. Robert und Lieschen hatten es uns vorgelebt.

Rosemarie stöhnte auf:»Das schöne Haus.«

»Ja, das schöne Haus«, erwiderte ich.

Sie konnte sich noch gut daran erinnern, wie sich ihre Eltern in ihrer alten Wohnung, unter der grellen Glühbirne angeregt planend, über die Baupläne beugten, die sie auf dem weißen Schleiflack-Küchentisch ausgebreitet hatten. In den schönsten Bildern malten sie sich damals aus, wie alles werden würde. Und am Tag ihres Einzugs schritt Robert mit stolz geschwellter Brust als Hausherr durch seine eigene Haustüre. Was mochte ihm dabei durch den Kopf gegangen sein? Ihm, dem es nach dem Krieg und den damaligen nicht sonderlich guten Umständen nicht an der Wiege gesungen war, nach relativ kurzer Zeit im übergesiedelten Westen seine Wünsche erfüllt zu sehen. Ein Haus, das war doch mehr als gemauerte Steine.

Auch wir hatten längst eine emotionale Bindung zu ihrem Heim aufgebaut.

Rosemarie riss mich mit einem Vorschlag aus meinen Gedanken.

»Was hältst du davon, wenn ich mal nach Aufkäufern von Antiquitäten oder Möbeln googel?«

»Eine gute Idee«, sagte ich, »aber hier wirst du keinen Empfang haben.«

Sie blickte auf die Uhr.»Dann lass uns nach Hause gehen, überstürzen brauchen wir es ja auch nicht.«

Wie ich es Robert versprochen hatte, sah ich zweimal täglich im Haus nach dem rechten. Aber ich tat es höchst unwillig, denn jetzt stand ja endgültig fest, die beiden würden nie mehr in ihr Haus zurückkehren. Diese Tatsache traf mich jedes Mal wie ein Faustschlag in den Magen, wenn ich gleich beim Öffnen der Haustüre den wohlbekannten Hausgeruch roch. Dann kamen mir die Erinnerungen an jene Zeiten, als Luise mittags irgendetwas Leckeres kochte oder brutzelte. Schon im Flur hörte ich, wie sie in der Küche mit den Töpfen klapperte. Dann blieb ich erst einmal stehen und sog den herrlichen Duft nach Braten oder Gesottenem ein. Jetzt war alles still. Wirklich?

Es war mir zum Ritual geworden zunächst im Flur stehen zu bleiben und zu lauschen, ob nicht das Rauschen einer defekten Wasserleitung oder ein anderes Geräusch zu hören war, das signalisierte, hier stimmt was nicht.

Morgens zog ich die Rollläden hoch und abends ließ ich sie wieder runter. Sogar die Blumen goss ich, weil ich wusste, dass Luise sie liebevoll gehegt und gepflegt hat. Selbstverständlich ließ ich auch im Bad oder in der Küche das Wasser laufen, damit sich in den Leitungen keine Bakterien bilden konnten. Aber für wen tat ich das alles? Die Zeit konnte ich damit nicht aufhalten. Auch wenn es mir manchmal so vorkam, als kehrten die beiden jeden Moment vom Einkaufen zurück. Anderseits sagte mir mein Verstand, dass wir allmählich Nägel mit Köpfen machen müssten.

Noch hatte Rosemarie niemanden für die Begutachtung des Inventars gefunden. Gemeldet hatten sich einige, aber da war keiner dabei gewesen, der einen seriösen Eindruck auf uns gemacht hätte. Nur gut, dass inzwischen die Frage, was wir mit den Autos machen, recht problemlos gelöst worden war. Das sehr gepflegte Youngtimer-Coupé war, wenn auch schweren Herzens, schnell verkauft, und was den SUV betraf, übernahmen wir ihn gerne, da unser Wagen in letzter Zeit beinahe öfter in der Werkstatt stand, als wir ihn fahren konnten. Schweren Herzens deswegen, weil uns ja bekannt war, wie Robert an dem Wagen hing. Vor Jahren sagte er einmal beim Sonntagnachmittagskaffee völlig überraschend und allen Ernstes: »Wenn ich einmal tot bin, möchte ich in meinem Coupé beerdigt werden.« Er hatte bemerkt, wie belustigt wir geschaut hatten, worauf er mit sehr ernster Miene meinte, in Amerika sei das absolut möglich, davon habe er schon gehört. Rosemarie konnte sich nicht verkneifen, ihn darauf hinzuweisen, dass wir nicht in Amerika wären. »Ich weiß, mein Kind, aber ein bisschen träumen darf ja wohl erlaubt sein.« Sein breites Lächeln beendete das Thema.

Roberts Liebe zur Tochter zeigte sich stets auf eine ganz besondere Weise, und dazu brauchte es keine großartigen Bekenntnisse. Es waren Blicke, Gesten, die Achtung und Herzenswärme zueinander ausdrückten, obwohl ich seinerzeit manchmal das Gefühl hatte, dass es etwas Unausgesprochenes aus der Vergangenheit gab, an das sowohl Rosemarie als auch Robert und Luise nicht gerne erinnert wurden. Einige Zeit später wurde mein

Verdacht bestätigt. Mein Gefühl hatte mich also nicht getäuscht.

Als ich eines Tages im Keller den ausrangierten Schlafzimmerschrank öffnete, in dem Robert sehr alte Kleidung aufbewahrte, war es mir, als wolle sich dieses Unausgesprochene nach all der Zeit in Erinnerung bringen. Klammer Mief wehte mir entgegen. Mir kam es beinahe so vor, als wäre es der originale Mief aus den Fünfzigerjahren, der aus den Klamotten strömte. Vor allem Roberts Motorradjacke, mit der er Mitte der Fünfziger die Ostzone verließ, um mit Luise im Westen ein neues Leben zu beginnen, dünstete penetrant aus.

Scheinbar war sie so eine Art Relikt für ihn geworden, von dem er sich nicht trennen konnte. Auch Luises grauer Mantel, der mit den großen Holzknöpfen, den sie damals bei der Flucht trug, war so ein gehütetes Überbleibsel. Mit spitzen Fingern zog ich die Jacke heraus. Das Leder war stellenweise von einer Patina aus einem schimmelartigen, weißen Belag überzogen. »Ein Wunder, dass die Motten ihn nicht schon vollständig aufgefressen haben«, sagte ich laut vor mich hin. Gleichzeitig fragte ich mich, wie sich die beiden damals gefühlt haben mochten, von jetzt auf gleich alles im Stich zu lassen? Ihr Leben, ohne Wenn und Aber, gemeinsam in die Hand zu nehmen. Zwei Menschen, die nur wenige Jahre zuvor mehr oder weniger per Zufall zueinanderfanden.

Die Jacke und den Mantel über die Beine gelegt, setzte ich mich auf das alte Sofa, auf dem sich Robert in der Kühle des Kellers an heißen Sommertagen vor der Hitze schützte. In diesem Moment schrillte die Haustürklingel. Ich zuckte kurz zusammen, ließ es aber schellen. Ich wollte mit meinen Gedanken alleine sein.

Ich schloss die Augen und dachte über Roberts Schilderungen nach, wie er seinerzeit Luise kennengelernt hatte und wie seine Mutter zuerst gegen eine Verbindung mit ihm und Luise gewesen war, die er mir anvertraute, als wir vor Jahren an einem lauen Spätsommerabend im Garten beim Bier zusammensaßen.

In den Augen von Roberts Mutter war Luise anfangs eine »Dahergelaufene«. Denn kurz nach dem Krieg war Luise Wöllenstein auch eine von den vielen Flüchtlingen oder Heimatvertriebenen gewesen, die in Scharen aus dem Osten kamen, um irgendwo in der Fremde sesshaft zu werden. Auf mühseligen Irrwegen gelangten sie und später ihre betagten und nicht mehr ganz gesunden Eltern von Landsberg an der Warthe in Roberts Heimatstadt. Diese Menschen allgemein, die kaum noch etwas besaßen, waren dort, wo sie auftauchten, nicht allzu gerne gesehen, weil überall Notstand herrschte. Nicht selten wurden sie als Rucksackdeutsche oder Pollacken beschimpft. Teilweise kamen sie zerlumpt daher. Dann nahm man rasch die Wäsche von der Leine ab, wenn sie in der Nähe eines Hauses auftauchten, als wären es fahrende Zigeuner. Johanna machte von vornherein keinen Hehl daraus, dass sie es lieber gesehen hätte, wenn ihr Robert bei Mechthild geblieben wäre, die in unmittelbarer Nähe wohnte. Johanna und Mechthilds Eltern hatten ein gutes nachbarschaftliches Verhältnis, was aus einer Art Gewohnheit heraus dazu führte, dass sich auch Mechthild und Robert, als sie älter wurden, nicht nur freundschaftlich näherkamen. Es wurde sogar ganz offiziell von Heirat gesprochen. Man kannte sich und man wusste, was man voneinander zu halten hatte. Aber was wusste Johanna schon von Luise? Zudem war Mechthild zwei Jahre jünger als Robert und nicht zwei Jahre älter, so wie diese Fremde.

Aber da konnte Johanna intrigieren, wie es ihr gefiel, bei Robert konnten diese Vorurteile nichts ausrichten! Die Wöllensteins waren ehrbare Leute und Luise eine bildschöne Frau, in die sich Robert gleich beim ersten zufälligen Begegnen bis über beide Ohren verliebte. Es machte den beiden auch nichts aus, wenn über sie getuschelt und geschmunzelt wurde, wenn der hochgeschossene Robert die kleine, zierliche Luise an den Wochenenden in der *Tralla* über den Tanzboden drehte. Die Verliebten waren sich selbst genug. Und wenn sie in der Dunkelheit den Heimweg antraten, küsste Robert sie unter der von Motten umsegelten Laterne auf der Außenterrasse des Lokals, als ob sie gänzlich alleine auf der Welt wären.

Ja, wenn es so etwas wie Liebe auf den ersten Blick gibt, dann traten die zwei den Beweis dafür an. Nach den ersten romantischen Heimlichkeiten trafen sie sich schon bald in jeder freien Minute, sobald es eine Gelegenheit gab. Mechthild gegenüber erfand Robert allerhand Ausreden, warum er plötzlich so wenig Zeit für sie hatte, nur um nicht in die Verlegenheit zu kommen, ihr die Wahrheit sagen zu müssen. Meist waren es die Abende, in denen sie in der Dunkelheit Hand in Hand den schmalen Pfad durch den dicht bewachsenen Wald am Stadtrand schlenderten, der am oberen Teil eines leichten Anstiegs auf der Burg endete. Am Tage hatte man von dort einen herrlichen Ausblick auf die von Wald und Ackerbau geprägte Landschaft. Aber zu dieser Stunde strebten sie nicht wegen der hübschen Aussicht zur Burg, da war es wegen der Bank im Pavillon. Dort saßen sie unter dem flirrenden Sternenhimmel eng beieinander. Auch wenn nicht mehr geschah, als verliebte Blicke auszutauschen, die mit etlichen Küssen besiegelt wurden, so gab es für Robert den Anlass, von einem gemeinsamen Leben in immerwährendem Glück zu träumen. Auch wenn das Glück, wie man weiß, kein Dauerzustand ist und sich alleine dadurch auszeichnet, nur ein kurzer, aber stürmischer Gast im Gemüt eines Menschen zu sein, der sich immer dann spürbar macht, wenn man nicht damit rechnet, so gab es folgend einige Momente, wo das Glück die beiden stürmisch überfiel, als sie nicht damit rechneten.

Einer jener Momente war, als Johanna ihn nach einiger Zeit bat, zum Flüsschen Eine zu gehen, um für sie Mädesüß zu pflücken. Johanna machte sich mit Vorliebe Tee aus dieser nach Honig riechenden Pflanze und trank ihn, wann immer es ihr unwohl war. Sie schwor darauf, weil er ihr gegen viele Beschwerden half. Luise war sofort dazu bereit, Robert zu begleiten, als er sie nicht ohne Hintergedanken fragte, ob sie mit ihm gehen wolle. Insgeheim hoffte er, ihr bei dieser Gelegenheit näher zu kommen, als nur eng beieinander zu sitzen und Küsse auszutauschen. Es war also an jenem besonders warmen Pfingsttag, als Robert und Luise, die Hände ineinander verschlungen, zur Eine schlenderten, während sie den Korb für das Mädesüß trug.

Es begegnete ihnen kaum jemand, mochten es sich die Leute daheim am Kaffeetisch gemütlich gemacht haben. Robert kannte genau die Stellen am Bachufer, wo das Kraut besonders üppig gedieh. Doch diesmal suchte er zudem einen Ort, der so abgeschieden war, dass sich dorthin sicherlich keiner verirren würde.

»Das ist ja richtig romantisch hier«, freute sich Luise. Lachend lief sie voraus. Wie ein unbeschwertes Kind jagte sie einem Schmetterling nach. In ihrem weißen, wehenden Kleid sah sie beinahe selbst wie ein Schmetterling aus, wie sie da leichtfüßig durch die Gräser sprang.

Robert blieb stehen und lächelte ihr beglückt nach. So ausgelassen hatte er sein Lieschen noch nicht gesehen, und er freute sich für sie und natürlich auch für sich. Eifrig pflückten sie, und rasch war der Korb gefüllt.

»Der Duft ist ja herrlich, richtig berauschend«, rief sie, und man konnte ihrer Stimme entnehmen, wie glücklich sie war. Erneut presste sie ihre Nase in die aromatisch duftenden Blüten, um sich gleich darauf mit ausgebreiteten Armen rücklings ins Gras fallen zu lassen.

»Komm!«, lockte sie ihn, »leg dich zu mir, im Liegen kannst du wunderbar die weißen Wolken beobachten, wie sie über den blauen Himmel dahinziehen.« Doch Robert legte sich nicht auf den Rücken, sondern er warf sich über sie und küsste ihren Mund, als wolle er ihr das Mädesüß von den Lippen lecken. Sie ließ es willig geschehen. Sie ließ es auch geschehen, dass er wie ein Forscher, der in ein eigentlich verbotenes Land vorgedrungen war, mit den Händen ihren Körper entdeckte.

»Nein, nicht hier!« Sie drückte ihn sanft zur Seite.

Ein wenig verlegen setzte Robert sich auf. Dann erhob er sich und ordnete seine Kleider. Ihr den Arm reichend, sagte er beschwichtigend: »Steh auf, lass uns gehen.«

Was folgte, waren weitere unbeschwerte Wochen und Monate, die freilich dadurch getrübt wurden, weil Robert zum einen nicht den Mut aufbrachte, Mechthild endlich zu beichten, wie es mit ihm und Luise tatsächlich stand. Und zum anderen, weil Luise an manchen Tagen sehr traurig war, da sie die Gedanken an die verlassene Heimat und all die schrecklichen Ereignisse, die sie auf der Flucht vor den Russen gesehen und erlebt hatte, nicht loslassen wollten. Darum war sie erleichtert, eine Anstellung als Küchenhilfe im Kreiskrankenhaus gefunden zu haben. Die Arbeit machte ihr viel Spaß. Auch war sie eine hochwillkommene Abwechslung und Ablenkung von all den sie quälenden Gedanken. Fleißig verrichtete sie die anfallenden Küchenarbeiten. Sie schmierte die Brote für die Kranken und servierte ihnen die Mahlzeiten. Zuversicht machte sich bei ihr breit. Hinzu kam, dass sie in einem etwas abseitsgelegenen Trakt des Krankenhauses eine kleine, möblierte Stube beziehen konnte. Was ihr einen gewissen Freiraum gab, da ihr dieses Zimmer überdies ermöglichte, sich von ihren hinfälligen und beengt lebenden Eltern abzunabeln. Es waren erbärmliche Zustände, in denen sie hausten.

In jener Stunde, kurz vor Feierabend, als es das Glück besonders gut meinte, konnte sie ja noch nicht wissen, dass ihr gemeinsames Leben kurze Zeit später eine schicksalhafte Wendung nehmen sollte.

Wie so oft schaute Luise aus dem Küchenfenster nach unten auf den Hof, ob Robert wie gewohnt auf sie wartete. Zuerst glaubte sie, er habe sich verspätet. Weit und breit war er nicht zu sehen. Doch dann entdeckte sie ihn. Mit großen Schritten ging er über den Hof, als müsse er ihn vermessen. An seinem ganzen Verhalten merkte sie sogleich, dass er sehr nervös war. Auch sie war sehr aufgeregt, weil Robert sie am Abend zuvor gefragt hatte, ob er sie nicht einmal in ihrem Zimmer besuchen dürfe. Auf besagter Bank hatte sie in seinen Armen gelegen und »Ja« gehaucht. In Erwartung auf den kommenden Abend hatten beide sehr schlecht geschlafen. Ebenso wie Robert sehnte sie sich doch auch danach, dass es eines Tages geschehen werde, und sie fühlte, dass dieser Tag gekommen war.

Ihre Kolleginnen schauten ihr verwundert nach, als sie Punkt zwanzig Uhr mit dem Knie hastig die Küchenschublade zustieß und mit einem flüchtigen »Tschüss«, davonrannte.

Roberts Besuch blieb nicht ohne Folgen. Zuerst glaubte Luise noch, es wäre das gute Essen, das in der Krankenhausküche für sie abfiel, warum ihre Hüften und ihr Busen runder wurden. Als ihr jedoch nicht mehr alles schmeckte und sie sich vor allem morgens hin und wieder erbrach, ließ sie sich von Doktor Grünwald, dem Stationsarzt, untersuchen. Der reichte ihr nach kurzer Diagnose freudig lächelnd die Hand. Nun gab es nichts mehr zu verheimlichen. Luise erwartete ein Kind.

Diese Neuigkeit wollte Robert vor seinen Eltern so lange wie möglich verbergen. Aber sie ließ sich nicht ewig verdrängen. Letztendlich gab es kein Zurück. Für ihn bahnte sich ein schwerer Gang an, nicht nur bei seinen Eltern, sondern auch, um endlich bei Mechthild reinen Tisch zu machen.

Nach Dienstschluss holte er Luise mit dem Motorrad vom Krankenhaus ab. Mit einem mulmigen Gefühl im Magen fuhren sie los. Als sie in den schmalen Weg zum Haus einbogen, sah Robert schon von weitem Vater Hans wie üblich mit gebeugtem Rücken in seinen Rabatten werkeln. Er würde also zunächst mit Johanna alleine sprechen. Natürlich konnte er nicht wissen, dass seine Mutter Besuch hatte.

Am Küchentisch saß sie mit ihrem Gast, um bereits auf ihn zu warten. Demnach machte Robert große Augen, als er mit Luise die Tür zur Küche öffnete. Vier ebenso groß aufgesperrte Augen richteten sich unverwandt auf die beiden, die überrascht stehen blieben. War Robert zunächst erstaunt, dann zeigte er sich folgend ziemlich verlegen. Nein, mit solch einer Situation hatte er nicht gerechnet. Wie auch?

Luise war es dann, die sich von Robert löste und mit ausgestrecktem Arm und unübersehbar dickem Bauch auf Johanna zuging und sie mit den Worten begrüßte: »Ich freue, mich Sie endlich kennenzulernen, Frau Reinartz!« Und in gleich freundlichem Tonfall richtete sie ihre Worte an Mechthild: »Sie müssen Rebekka sein, Robert hat mir schon viel von Ihnen erzählt.«

Die angesprochenen Frauen hörten mit offenen Mündern zu. Als Luise keine Antwort bekam, blickte sie Robert fragend an. Doch bevor er etwas sagen konnte, polterte Mechthild mit den übelsten Vorwürfen los, dass sie das nicht verdienen würde, von ihm auf diese hässliche Weise betrogen zu werden. Und dass er ihr die Ehe versprochen habe und sie ihn nie, nie, nie, nie mehr wieder sehen wolle.

Nun wurde auch Johanna laut. »Da siehst du, Junge, was du angerichtet hast«, rief sie vorwurfsvoll.

Wie aufgescheucht sprang Mechthild hoch. Ohne dass ihr ein weiteres Wort über die Lippen kam, rannte sie mit glühenden Wangen davon. Johanna rief ihr hinterher, auf der Stelle dazubleiben. Mechthild blieb nicht. Noch aus dem Flur hörte man sie zetern. Jetzt war es Johanna, die ihrem Ärger lauthals Luft machte, indem sie Robert anblaffte, was ihm denn einfiele, mit dieser Polnischen ins Haus zu kommen und damit die brave Mechthild zu vertreiben. Und überhaupt, ob er sich nicht schämen würde, er wäre doch bestimmt kein Don Juan, oder?

Auf Anhieb konnte sich Luise keinen Reim auf diese Szene machen, aber es dauerte nicht lange, bis sie glaubte, zu verstehen. Jetzt ließ auch sie abrupt den verdatterten Robert stehen und verschwand ebenfalls eilends nach draußen. Johanna hingegen erhob sich sehr langsam, strich sich sorgsam das am Hinterkopf zu einem Knoten gebundene Haar und die Kittelschürze zurecht. Wortlos und in aufrechter Haltung verließ sie die Küche durch die Hintertür, die direkt in den Garten führte. Aus lauter Verzweiflung stampfte Robert feste mit dem Fuß auf. Sein ganzer Körper verkrampfte sich wie zu einem Angriff auf einen unsichtbaren Gegner. Er war einfach nur wütend, als einzig Schuldiger übrig geblieben zu sein. Es war seine innere Stimme, die ihm dringend empfahl, umgehend Luise zu folgen.

Als habe man ihn geschubst, torkelte er aus der Tür. Im Laufschritt trugen ihn seine Beine über den Weg zur Eingangspforte. Auf dem Fahrdamm sah er sich suchend um, aber weder von Mechthild noch von Luise war etwas zu sehen, obwohl das Gelände weitgehend in alle Richtungen frei zu überblicken war. Gerade wollte er weiter in Richtung Stadt laufen, da hörte er hinter sich ein Schluchzen, das aus dem Nussbaumstrauch zu kommen schien, der unmittelbar am Haus wuchs. Also hastete er dorthin.

Richtig, hinter dem Buschwerk stand sein Lieschen in Tränen aufgelöst. Händeringend beschwor er sie, nicht mehr zu weinen. Er würde ihr doch alles erklären können. Trotzdem schaute sie ihn nicht an, sie weinte unbeeindruckt in ihre Hände hinein, ließ es aber geschehen, dass er seine Arme um sie legte und sie fest an sich drückte. Mit stockender Stimme fragte sie ihn, ob er diese Mechthild heiraten wolle. Und dass das doch nicht ginge, da sie es doch wäre, die ein Kind von ihm erwarte, nicht die da, dabei zeigte sie mit dem Finger zum Haus. »Ruhig, Lieschen, sei ruhig, ich bitte dich. Alles wird gut werden. Ich liebe Mechthild nicht, ich liebe dich! Nur dich!«, redete er auf sie ein. Schließlich sagte er sehr bestimmend, dass sie jetzt sofort mit ihm ins Haus gehen solle, um den Eltern mitzuteilen, dass so schnell wie möglich geheiratet werde. Wesentlich zögerlicher fragte er sie, ob sie ihn denn überhaupt noch heiraten wolle.

Wie ein kleines, unschuldig bestraftes Mädchen sah sie ihn mit tränennassen Wangen an. Dennoch strahlte Glück aus ihren traurigen Augen, als sie »Ja Robert, das will ich« sagte.

Zwischenzeitlich hatte Johanna Hans aus dem Garten geholt, damit er mit eigenen Ohren hören konnte, was sein Sohn zu berichten hatte. Immer noch aufgebracht stieß sie ihren Mann an, der ratlos wirkend neben ihr stand, als Robert ihnen erklärte, dass er, noch bevor das Kind auf die Welt käme, Luise heiraten werde. Er habe das so entschieden, damit sei das Thema für ihn erledigt!

Johanna fiel endgültig aus allen Wolken, aber bevor sie erneut eine Tirade ablassen konnte, mischte sich Hans ein, der seinen Blick nicht von Luise ließ. Augenscheinlich gefiel sie ihm, und das sagte er ihr auch, weil sie ihn an einen UFA-Star erinnere. Zwar wäre er nur einmal in den 30er-Jahren im Kino gewesen – *Die drei von der Tankstelle hieß der Film* –, aber die Frau, die da mitspielte, die sähe genauso aus wie Luise, meinte er schmunzelnd.

Nur drei Tage später geschah etwas, womit Robert nie und nimmer gerechnet hatte. Johanna war plötzlich wie verwandelt. Da er seine Mutter kannte, vermutete er, dass sie trotz ihrer Abneigung gegenüber Luise Gefallen an der anstehenden Hochzeit gefunden hatte, damit sie der Verwandtschaft zeigen konnte, wie man auch in schlechten Zeiten eine ordentliche Hochzeitsfeier auf die Beine stellen kann. Na, die sollten staunen!

Vom Wandel und Handel

»Nun beeil dich doch bitte, Frederik!« Immer wieder schaute Rosemarie hektisch auf die Uhr. »Nur langsam, es ist noch genügend Zeit«, beruhigte ich sie. »Aber wenn wir zu spät kommen, wird er wieder fahren. Du weißt, wie lange ich gesucht habe. Bei ihm habe ich ein gutes Gefühl. Anders als bei dem jungen Mann, den ich neulich wegen der Kleinanzeige angerufen habe. Fährt fünfzig Kilometer, nur um uns zu sagen, dass er nichts von all den Sachen gebrauchen kann. Na ja, jedenfalls gefielen ihm der Zinnbecher und das Briefmarkenalbum.«

»Mir aber nicht die hundertachtzig Euro, die er uns dafür dagelassen hat«, erwiderte ich.

»Ich bin gespannt, was dieser Herr – ich kann gar nicht seinen Namen aussprechen – zu all den Sachen sagen wird.«

Rosemarie war mein Zweifel nicht entgangen. »Am Telefon hat er jedenfalls einen guten Eindruck gemacht, auch wenn ich Schwierigkeiten hatte, ihn zu verstehen.« Sie winkte ab, bevor ich einen Einwand vorbringen konnte. »Jaja, ich weiß. Nun sag bloß nicht wieder, er wäre bestimmt ein Halsabschneider, nur weil er in gebrochenem Deutsch geredet hat.«

Ich reagierte etwas empört. »Das hat doch damit nichts zu tun, aber ein Wald- und Wiesenhändler ist und bleibt ein Wald- und Wiesenhändler, egal welcher Nation er angehört. Denk nur an den jungen Mann. Ganz zu schweigen von dem

Autohändler oder sollte ich besser Schrotthändler sagen, der uns vor Jahren die Schrottkiste angedreht hat. Der war Deutscher.«

Rosemarie geriet in Rage. »Nun sag mal, ich bitte dich, du warst doch auch der Meinung, dass sein Internetauftritt sehr professionell aussieht. Außerdem steht auf seiner Seite auch, dass er nicht nur Möbel aufkauft, sondern auch Haushaltsauflösungen durchführt. Das ist doch praktisch, dann haben wir alles aus einer Hand, wenn es zum Abschluss kommt.« Sie stöhnte auf. »Ich wäre wirklich sehr froh, wenn wir endlich all den Ballast los sind.« Nun lachte sie kurz auf. »Wenn es Luise nach gehen würde, müssten wir, entschuldige das Wort, den ganzen Krempel bei uns im Haus unterstellen, bis jemand auftaucht, der uns eines Tages einen Batzen Geld dafür gibt.«

»Ist ja schon gut!«, wandte ich ein. »Aber ich weiß immer noch nicht, wie ich diesen Experten ansprechen soll. Sein Name ist ja unaussprechlich.«

Ich überlegte angestrengt. »Ah, jetzt weiß ich es wieder. Adna Garebaldi, stimmts?«

Jetzt musste Rosemarie doch schmunzeln. Sie zog einen Zettel aus der Tasche und las langsam buchstabierend. »Adnan Gharabaghi.«

»Ach egal, er weiß ja selbst, wie er heißt«, scherzte ich.

»Wieder schaute Rosemarie genervt auf die Uhr. »Och Frederik, wenn wir jetzt noch lange weiter diskutieren, ist er bestimmt weg.«

Ohne darauf zu antworten, zog ich mir gehorsam die Schuhe an und schlüpfte flott in die Jacke. »Auf gehts!«

Nein, er war noch nicht da. Und fünf Minuten konnte ja wohl jeder warten, falls er inzwischen da gewesen wäre. So konnten wir in Eile noch einige Vorbereitungen treffen. Luft und Licht in die Räume lassen. Und ganz nebenbei rückten wir das ein oder andere Schmuckstück in der Wohnung zur vorteilhaften Präsentation in den lichten Vordergrund.

»Sollen wir die chinesischen Vasen nebeneinanderstellen?«, fragte Rosemarie.

»Lass sie bloß stehen, bevor sie noch umkippen.«

»Aber die Schranktüren öffne ich schon mal, damit er gleich das gute Porzellan sieht.«

Ich nickte, während ich die Ölgemälde mit den altdeutschen Motiven an der Wand geraderückte.

»Das Bild hängt schief!«, witzelte Rosemarie.

Ich wusste, was sie meinte und antwortete: »Oje, jetzt bloß kein Chaos anrichten.«

Ich hob die Ecke eines Teppichs an, um mir das Etikett anzuschauen. Als ich den Preis entdeckte, presste ich hörbar die Luft durch die Lippen.

»Teuer?«, wollte sie wissen.

»Sehr teuer!«

In unser Tun vertieft, hätten wir beinahe die Hausglocke überhört, die wegen der nachlassenden Batterie nur noch schnarrte. Ich eilte zur Tür. Durch den Spion machte ich eine gedrungene Person mit dunklem Haar und ebensolchem Teint aus. *War er das?*, fragte ich mich. Kaum hatte ich die Tür einen Spaltbreit geöffnet, stellte er sich mit einer angedeuteten Verbeugung tatsächlich als Herr Adnan Gharabaghi vor. Das Zerrbild, das er im

Türspion abgegeben hatte, entsprach meiner Vorstellung. Herr Adnan war recht klein, aber insgesamt war sein Körper breit und kantig. Um ihm nicht das Gefühl zu geben, ich würde ihn deswegen taxieren, schaute ich über seine Schulter, hin zu einem sehr luxuriösen Wagen, der vor dem Grundstück parkte. Soweit ich mich mit Autos auskenne, handelte es sich um ein Mercedes AMG Coupé der S-Klasse in Silber.

Der Wagen war wirklich ein Hingucker. Ich zog die Brauen hoch.

»Eine Haus auf vier Rädern«, lachte er gewinnend, als er meinen Blick richtig deutete.

»Wie meinen Sie das?«, fragte ich verdutzt.

»Eine komplette Wohnungseinrichtung werden Sie da wohl nicht unterbringen können.« Ich grinste ihn an. Er verstand meinen Joke.

»Aber er kostet so viel wie ein Haus!« Jetzt bekam er einen breiten Mund, und zwischen seinen Lippen blitzte ein Goldzahn.

Na, sein Geschäft scheint ja gut zu laufen, dachte ich mir. Dabei machte der iranische Herr in seinem verknitterten braunen Anzug, unter dem er ein schwarzes Hemd trug, das im Brustbereich helle Schmutzflecken aufwies, mehr den Eindruck eines ziemlich verarmten Hausierers. Trotz eines gewissen Argwohns gegen ihn empfand ich seinen warm klingenden, fremdländischen Akzent sehr angenehm in meinen Ohren. Was mir außerdem auffiel, war sein sicherlich nicht billiges Parfüm, das sehr gut roch. Herr Adnan, wie ich ihn der Einfachheit halber nennen möchte, war meiner Einschätzung nach einer von dieser Sorte, der ohne

Schwierigkeiten einem Eskimo einen Kühlschrank für das Iglu verkaufen konnte. Kompromisslos drückte er sich an mir vorbei und ging schnurstracks durch den Flur ins Wohnzimmer. Seinen Kopfdrehungen nach zu urteilen, scannte er alles, was er sah, in sein Hirn ein. Rosemarie erwartete uns mit nicht verborgener Anspannung.

In Herrn Adnans Gesicht schien die Sonne des Ostens aufzugehen, als er sie mit weit ausgestrecktem Arm begrüßte, wobei zwischen seinen lückenlosen, blendend weißen Zähne wieder der Goldzahn aufblitzte. »Gutte Tagg, gnä Frau. Sie habben eine schöne Haus!«

Sein galanter Auftritt schien sie beeindruckt zu haben. Schnell fand sie wieder zu sich und erklärte ihm, dass der Termin mit ihm einen traurigen Hintergrund habe. Seine Miene bekam plötzlich etwas Mitleidiges. Das Wohnzimmer abschreitend betonte er mehrmals, dass es ihm aus tiefstem Herzen leidtue. Er guckte und fühlte, verzog sein Gesicht, schüttelte den Kopf und im gleichen Tonfall des Bedauerns teilte er uns mit, dass es ihm sehr leidtue, dass alles, was er sehe, leider, leider nicht viel Wert sei. Er hob verzweifelt die Schultern, und seinen Lippen entfuhr ein lang gedehntes: »Mhmmm.«

Für mich völlig überraschend strich er mit der Hand über die Tapete.

»Serr schön, serr, schön, braucht man nicht neu machen.«

Mir wurde das allmählich zu viel. Wie kam der Kerl denn dazu, die Hinterlassenschaft meiner Schwiegereltern auf solch unqualifizierte Weise niederzumachen?? Robert hatte doch nicht irgendeinen Mist gekauft! Der wusste, was er tat.

So in etwa sprach meine Kopfstimme zu mir, die sofort verstummte, als ich ihn erneut reden hörte. »Aber sonst... nix, was ich suche.«

»Ja, was suchen Sie denn?«, fragte ich angriffslustig.

Sein Mund wurde wieder breit, und diesmal glänzten auch seine orientalischen Augen. »Gold, Schmuck, Uhren. Oder habben Sie Orden?«

»Orden?« Ich war perplex.

»Ihre Vater Schwieger war doch Solldatt, oder? SS, Nazi?«

»Hören Sie«, ging ich ihn an, »mein Schwiegervater war sechzehn, als der Krieg aus war. Nein, so einen Mist haben wir nicht – und Gold auch nicht.« Von den Uhren redete ich nicht, die blieben ohnehin außen vor.

Wiederum vernahm ich sein »Mhmmm«.

Rosemarie ging zum Schrank, und mit energisch anmutender Geste zeigte sie auf das Geschirr. »Das ist hochwertiges Porzellan. Einige Sachen wird man heute gar nicht mehr bekommen.«

Als wäre sein Bedauern grenzenlos, breitete Herr Adnan weit die Arme aus. »Wenn wäre Meißen. Tja, dann ... dann sähe Welt anders aus. Aber Lindner ...«Er wiegte den Kopf hin und her. Nun war ich doch erstaunt, dass er, ohne sich das Geschirr und die Figuren näher angesehen zu haben, sofort erkannte, dass es tatsächlich Lindner-Porzellan war. Sollte er etwa doch Ahnung haben? Ich ließ es auf einen Versuch ankommen.

»Und was ist mit den Teppichen?«, fragte ich ihn provokant.

Jetzt verzog sich sein Gesicht, als habe ich ihm mit meiner Frage Schmerzen bereitet.

Noch bevor er etwas dazu sagen konnte, zählte ich ihm die Namen der Teppiche auf, wie ich sie vor wenigen Minuten abgelesen habe. Keshan, Kerman, Bidjar, Täbriz, Nain. Als ich bei Nain angekommen war, hielt er die Hand wie ein Verkehrspolizist in die Höhe, der einen Raser zum Anhalten zwingt. »He, he, he«, ließ er verlauten. »Nee, nee, nee, nix Keshan, nix Kerman, nix Bidjar, nix Täbriz, nix Nain, nix echt!«

»Bitte?« Mehr war ich in diesem Augenblick nicht fähig zu sagen, und Rosemarie stellte sich empört neben mich. »Also habe ich doch recht gehabt«, flüsterte ich ihr zu. Ich sah ihr an, dass sie wusste, was ich damit meinte.

Aber ich verfügte ja noch über ein Ass im Ärmel.

»Wenn es Ihnen nichts ausmacht, dann schauen Sie sich mal die Preise an!« Ich bückte mich und hielt ihm bei dem teuersten Teppich die Preisauszeichnung hin. Dort stand in fein säuberlich ausgeführter Handschrift gut lesbar: *12.000.- DM*

Wiederum breitete er die Arme auseinander. Und dabei kam er so dicht an mich heran, dass ich im ersten Augenblick dachte, er wolle mich in die Arme nehmen.

Nein, er tat es nicht, dafür klagte er: »Was gibbt für böse Menschen.

Saram kolaago zaashtan«, stieß er aus. Auf mein verdutztes Gesicht hin übersetzte er: »Man hatt Ihnen ein Hut auf Kopf gesetzt.«

»Man hat mir was?«, fragte ich nach.

Nach Herrn Adnans Mimik zu urteilen, suchte er wohl nach einer passenden Erklärung. Dann sagte er mit dem freundlichsten Lächeln: »Man hatt Sie verarscht!«

Unnötigerweise, da ich ja überhaupt keine Ahnung von Teppichen habe, ließ ich das Gewebe dennoch prüfend durch Zeigefinger und Daumen gleiten, als wolle ich ihm anschließend das Gegenteil beweisen. Aufmerksam beobachtete er mich dabei, und vielleicht war es gut, dass ich nicht seine Gedanken lesen konnte. Etwas verunsichert versuchte ich, mit meinem Blick Rosemarie zu signalisieren, dass es wohl am besten wäre, die Sache hier zu beenden. Eben weil ich Herrn Adnan und seinen Sachverstand nicht einschätzen konnte. Anderseits trat der Mann mit solch einer Selbstsicherheit auf, die mich an meiner Einschätzung zweifeln ließ, zumindest die Teppiche betreffend. Und als Rosemarie mit den Worten: »Alles Mohair und an keiner Stelle abgenutzt«, auf die Sitzmöbel zeigte, war mir klar, dass sie noch nicht aufgeben wollte. In diesem Falle zeigte Herr Adnan tatsächlich Interesse. Jetzt waren es seine Finger, die zum Einsatz kamen. Beinahe sah es so aus, als würde er den Bezug der Couch streicheln. Er ließ es sich auch nicht nehmen, die Polsterung durch mehrere Sitzpositionen auszuprobieren, wobei er sogar mit dem Gesäß auf und nieder hüpfte. Dies schien ihm Freude zu bereiten. »Schön, serr schön!«

Rosemarie und ich sahen uns verwundert an. Kam es hier doch noch zu einem guten Geschäft? »Sie sind interessiert?«, wollte ich von ihm wissen.

Er streckte seinen Arm aus, um mir wie ein Pferdehändler die Hand zu schütteln.

»Gutt, serr gutt. Ich kaufe für Sozialkaufhaus. Zweihundertfünfzig Euro für Garnitur.«

Fast hätte es mir die Sprache verschlagen. »Auf keinen Fall«, entgegnete ich ihm. Ich sah mich nach Rosemarie um. Sichtlich erschöpft und niedergeschlagen hatte sie sich in Roberts Sessel gesetzt.

»Alles in Ordnung?«, fragte ich sie, und Herr Adnan betrachtete sich ohne erkennbare Regung die Ölbilder.

»Nein!«, antwortete sie recht laut, um das Wort gleich darauf noch einmal sehr leise zu wiederholen.

Meinen Arm um sie legend, setzte ich mich neben sie, wobei ich Herrn Adnan nicht aus den Augen ließ. »Übrigens, was Sie sich da ansehen, ist von einem holländischen Meister«, belehrte ich ihn.

»Ich wissen.« So als habe ich ihm einen Witz erzählt, wurde wieder sein Mund breit.

Rosemarie zog meine Hand weg und sprang auf.

»So geht das nicht!« Ob sie damit Herrn Adnan meinte oder mich, hätte ich in diesem Moment nicht sagen können. Herr Adnan fühlte sich jedenfalls angesprochen, denn er schaute auf die Uhr und sagte. »O, Termin, Termin.«

Es sah ganz danach aus, als wollte er sich auf der Stelle verabschieden.

»Halt, Herr Adnan!«, rief Rosemarie. Sie nannte ihn beim Vornamen. »Wie teuer ist eine komplette Haushaltsauflösung bei Ihnen?«

Was soll das, fragte ich mich, *will sie dem Kerl alles für lau überlassen?*

Darüber hatten wir im Vorfeld gar nicht gesprochen, umso gespannter war ich auf Herrn Adnans Antwort, die deutlich und knapp ausfiel. »Ich noch nix alles gesenn.«

»Ich zeig Ihnen alles«, sagte Rosemarie, ohne mich dabei anzusehen.

Herr Adnan blies die Backen auf, zog den Ärmel seines Jacketts zurück, bis er das Ziffernblatt seiner goldenen Rolex sehen konnte (es war mit Sicherheit eine Rolex). Geräuschvoll blies er die eingeatmete Luft aus seinen gespitzten Lippen. »Gutt!«

Plötzlich hatte er Zeit. Hatte ich ihn also doch richtig eingeschätzt. Dieser Morgenländer war nicht nur ein Schlitzohr, sondern auch ein Spieler, der mit seiner Kundschaft pokerte und dabei sicherlich meist gewann.

Bei der nun folgenden Besichtigung machte ich die Nachhut. Im Schlafzimmer stockte die Führung, weil er, ohne zu fragen, den Kleiderschrank öffnete. Für einen klitzekleinen Augenblick glaubte ich, ein zustimmendes Zucken um seine Mundwinkel festgestellt zu haben, als er Roberts Lederjacken vorfand. Auch Luise besaß einige wunderbare Exemplare. Sie hatten sie über Jahre hinweg in gewissen Abständen in einem renommierten Fachhandel gekauft. Herr Adnan erkannte ihren Wert, davon war auszugehen. Auch das italienische Design-Schlafzimmer im Stil des 1900 Jahrhunderts und die luxuriösen Tapetenschienen ihm sehr zu gefallen.

»Käufer von Haus braucht nix neu machen«, resümierte er kopfnickend.

An der Küche und am Esszimmer fand er wenig Interesse. »Was isse auf Dachboden?«

»Nur eine abmontierte Tür und ein paar Pappkartons«, sagte Rosemarie.

Damit gab er sich zufrieden. Aber die Kellerräume, die wollte er unbedingt kontrollieren. Also marschierten wir in den Keller, in dem sich auch die nun leere Garage befand. Das heißt, in der Ecke stand Roberts Werkbank, die überreichlich mit Werkzeug, Krimskrams und Spinnweben bestückt war. Robert hatte schon ewig nichts mehr davon angefasst. Von den vielen Gartengeräten ganz zu schweigen.

Wie ein witternder Hund hob Herr Adnan seine Nase in die Höhe. *Nein, es riecht nicht feucht.* Den Heizungsraum wollte er sehen, obwohl ich ihm versicherte, dass sich darin nichts befände, was entsorgt werden müsse. Er bestand darauf.

Er pfiff leise vor sich hin, als er die flammneue Heizungsanlage begutachtete, die ein geschäftstüchtiger Installateur vor gar nicht langer Zeit meinen Schwiegereltern ohne unser Wissen mit der Begründung aufgeschwatzt hatte: »Diese hocheffiziente, computergesteuerte Heizung mit absolut rostfreiem Stahl wird Ihnen mindestens in den nächsten dreißig Jahren störungsfrei nicht nur gute, nein, die allerbesten Dienste leisten.«Nun, dann wären Robert und Luise fast 120 Jahre alt gewesen.

Durch die Tür des sogenannten Gästezimmers warf Herr Adnan ebenfalls nur einen kurzen Blick. Dann wandte er sich uns zu. Er sah uns an, als müsse er auch uns begutachten.

Unvermittelt klatschte er in die Hände. *Was soll das bedeuten?*, fragte ich mich. Ebenfalls ratlos erkundigte sich Rosemarie, ob wir wieder nach oben gehen könnten. »Serr gern«, antwortete Herr Adnan, »alles gesenn.« Sich noch mit uns zusammenzusetzen, lehnte er aus dringenden Termingründen ab. Nachdem Rosemarie ihn erneut fragte, was denn nun eine besenreine Haushaltsauflösung kosten würde, wenn er sie für uns durchführte, machte er uns im Flur zwischen Tür und Angel seinen Vorschlag.»Isch nehme keine Cent für ausräumen, dafür bekomme Sie 1000 Euro für alles, was ich gesenn habbe.« Rosemarie und ich blickten uns verunsichert an. Und noch bevor wir auf seinen Vorschlag so oder so eingehen konnten, reichte Herr Adnan uns seine Visitenkarte mit den Worten: »Nix überstürzen. Sie übeleggen und rufe mich an!« Kaum gesagt, öffnete er die Tür. Mit einem angedeuteten Diener meinte er noch: »Eine schöne gutte Tag.«

Und schon eilte er zu seinem fahrbaren Schmuckstück.

Am Abend, wir lagen bereits im Bett, beratschlagten wir bei Wein und Salzgebäck, was zu tun wäre. Rosemarie hatte im Internet nach den verschiedensten Beiträgen über Haushaltsauflösungen gegoogelt und dabei herausgefunden, dass User mancher Foren tatsächlich Summen von bis weit über 3000 Euro bei solchen Aktionen zu zahlen hatten. Rechneten wir die 1000 Euro für das

Inventar dazu, die Herr Adnan uns angeboten hatte, dann könnten wir nach Adam Riese einen »Gewinn« von 4000 Euro verbuchen.

So schlecht wäre das ja nun auch wieder nicht, meinte ich, und ich weiß im Nachhinein nicht, ob dabei der Wein ein guter Ratgeber war.

Aber Rosemarie stimmte mir, wenn auch halbherzig, zu.

Es dauerte nicht lange, da kamen wir auch auf das Thema Hausverkauf zu sprechen. Was ich sofort und grundsätzlich ablehnte, war die Option, einen Makler einzuschalten. »Wie kommen wir denn dazu, einem wildfremden Menschen das Geld in den Rachen zu werfen«, lehnte ich Rosemaries Vorschlag rigoros ab. »Selbst ist der Mann!«, tönte ich großspurig.

Rosemarie sah das allerdings skeptischer. »Und wenn man uns reinlegt? Wir haben von so was doch überhaupt keine Ahnung.«

»Wieso? Das ist doch ganz einfach, dafür gibt es Notare.«

Als hätte ich schon mehrere Häuser verkauft, zählte ich ihr mithilfe der Finger die Reihenfolge auf, wie vorzugehen wäre. »Käufer überweist Kaufsumme, nach Eingangsbestätigung des Geldes geben wir dem Notar grünes Licht, der Käufer bekommt vom Notar das Grundbuch und weitere Formalitäten in die Hand gedrückt, fertig! So einfach geht das.«

»Meinst du wirklich?«

»Ja, das meine ich!«

»Ach weißt du, Frederik«, sagte sie, »gleich Morgen rufe ich den Aladin an.« Sie kicherte, als sie

Herrn Adnans Namen verunglimpfte. »Soll er doch mit dem Zeugs machen, was er will. Mir wächst das allmählich alles über den Kopf. Lieber ein Ende mit Schrecken als ein Schrecken ohne Ende!« Aufgekratzt und ebenso angeheitert, wie ich es war, hielt sie mir ihr Glas entgegen. »Okay, aber wir müssen noch festlegen, was wir für deine Eltern brauchen. Prost, Schatz!«

So wie Rosemarie es sich vorgenommen hatte, rief sie gleich am nächsten Vormittag bei Herrn Adnan an, der ohne Umschweife und ohne dass man bei ihm Verwunderung heraushören konnte, zusagte, sich mit uns am späten Nachmittag erneut zu treffen.

Als Rosemarie das Gespräch beendete, sah sie mich aus einer Mischung aus traurig und verzagt sein an, und ich konnte ihr sehr gut nachempfinden, was sie bedrückte. Schließlich gibt es einen erheblichen Unterschied, ob man es sich nur vorstellt oder ob man es bald hautnah erleben wird, wie das Haus leergeräumt wird. All die Möbel, der Hausrat, der Nippes, die Teppiche, selbst die Kleidung, all das war uns doch auch vertraut und gehörte im gewissen Sinne auch zu unserem Leben. Ganz abgesehen davon, dass wir auf diese Weise zum Handlanger von Roberts und Luises beschissenem Schicksal wurden.

Beim Mittagessen kam ich nochmals auf das heikle Thema Hausverkauf zu sprechen.

Im Suppenteller herumrührend sagte ich, ohne Rosemarie anzusehen: »Wenn du dich schon für die Haushaltsauflösung entschieden hast, dann sollten wir möglichst bald auch das Haus verkaufen. Lange sollte es nicht leer stehen, Liebling. Ein Haus muss unbedingt bewohnt werden, sonst kann es Schaden nehmen.«

Sie rückte ihren Teller von sich. »Meinst du nicht, das geht alles ein bisschen zu schnell? Robert und Luise sind gerade mal knapp drei Wochen aus ihrem Haus raus. Was soll Luise denken, wenn wir dermaßen vorpreschen? Womöglich wird sie denken, wir wollten uns tatsächlich bereichern.« Sie ließ mir keine Möglichkeit zu antworten. »Ach, ich weiß doch auch nicht, was richtig ist. Stell dir vor, was ist, wenn Robert jetzt oder später in sein Haus zurück möchte?« Sie schluchzte laut auf.

Nein, das hatte ich nicht gewollt. Ich wollte sie keineswegs unter Druck setzen. Dennoch hakte ich nach. »Wie meinst du das, wenn Robert ins Haus zurück möchte?«

Sie schaute mich wieder mit diesem *Nimm-mich-bitte-in-den-Arm*-Blick an. »Ach, was weiß ich denn. Vielleicht möchte er ja nur mal nachschauen.«

Ich stand auf, und während ich ihr zärtlich den Nacken massierte, gab ich zu bedenken, dass wir nach ihrer Logik das Haus dann, so lange er lebte, nicht verkaufen könnten.

Sie sah lächelnd zu mir hoch. »Es ist alles so schlimm, Frederik!«

Ich küsste sie aufs Haar. »Wir stehen das schon durch. Aber nun löffle deine Suppe aus, bevor sie ganz kalt ist!«

»Ist das etwa die Suppe, die man uns eingebrockt hat?«, scherzte sie weinerlich.

Trotz des Termins mit Herrn Adnan hatten wir uns vorgenommen, vorher noch mit Luise zu sprechen. Rosemarie beeilte sich, die Küche in Ordnung zu bringen, während ich am Schreibtisch sitzend die Mails durchschaute. Auf einmal stand sie neben mir. Völlig überraschend fragte sie, was man wohl für das Haus verlangen könnte. Da beichtete ich ihr, dass ich mir, also nur rein interessehalber, bezogen auf eine ähnliche Örtlichkeit und auf eine vergleichbare Bausubstanz, im Internet den Immobilienmarkt angeschaut hatte. Ich zählte ihr auf, was es in unserem Fall alles zu kalkulieren gab. Die herrliche Umgebung, das schön gestaltete Grundstück, die solide Bauweise, die neue Heizung und was mir sonst noch so einfiel. Erwartungsvoll hing sie an meinen Lippen.

»Och, Frederik«, drängte sie, »nun sag doch schon, was meinst du?«

»Na gut. Also ich würde den Preis mit um die 240.000 Euro ansetzen.«

Sie war sehr erstaunt. »Puh, meinst du wirklich? Meinst du wirklich, wir könnten so viel dafür verlangen?«

Ich zuckte mit den Schultern. »Verlangen kann man alles, aber ob man es bekommt, das steht auf einem ganz anderen Blatt.«

»Also gut, dann werde ich das Haus mit Bild und Daten einfach mal in den einschlägigen Internetseiten zum Verkauf einstellen.«

Wie ein Schüler hob ich den Finger. »Nun mal langsam mit den jungen Pferden, zuerst sollten wir tatsächlich mit Luise darüber sprechen.«

Wir hatten die Türklinke schon in der Hand, um das Haus zu verlassen, da klingelte das Telefon, das direkt neben uns auf der Dielenkommode stand. Ich griff zum Hörer. Herr Leuthäuser vom Heim war am anderen Ende, der uns mitteilen wollte, dass das Zimmer für Robert bezugsfertig war.

»Wenn Sie wollen, kann Ihr Schwiegervater sofort einziehen.«

Für einen Moment sprachlos geworden, atmete ich nach Worten ringend in den Hörer hinein, bis in meinem Kopf wieder Ordnung herrschte. Diese gute Nachricht wollte erst einmal verarbeitet werden.

»Ach wie gut, dass Sie uns noch erwischt haben«, antwortete ich ihm, »wir waren schon so gut wie weg. Warten Sie bitte noch einen Augenblick, ich möchte kurz etwas mit meiner Frau absprechen.«

Mit wenigen Worten erklärte ich Rosemarie, um was es ging. Ich machte ihr den Vorschlag, rasch zu Herrn Leuthäuser zu fahren, um alles Weitere mündlich mit ihm abzuklären. Außerdem wäre das eine gute Gelegenheit, das Zimmer auszumessen. Und vielleicht bliebe uns ja dann noch Zeit, bei Luise vorbeizuschauen. Sie stimmte mir zu.

Über Herrn Leuthäusers Nachricht war Rosemarie ebenfalls sehr erleichtert. Endlich flackerte ein kleinwenig Licht am Ende des Tunnels auf. Darum ließen wir auf der Fahrt ins Heim das bisher Erlebte recht entspannt Revue passieren. All das, was uns bisher reichlich Nerven gekostet hatte. So erinnerte ich Rosemarie nun erleichtert an jenen hektischen Freitagmittag vor knapp drei Wochen, als wir völlig unerwartet eine Mail vom Sekretariat des Herrn Doktor Stuhlmann bekamen, in der Rosemarie aufgefordert wurde, unverzüglich, aber bis spätestens 14 Uhr, ebenfalls per Mail Unterlagen zuzuschicken, aus denen hervorging, dass sie überhaupt berechtigt war, über die Belange von Robert entscheiden zu dürfen. Also kurz gesagt, Doktor Stuhlmann brauchte dringend die Kopie der notariell beglaubigten Vorsorgevollmacht von ihr. Anderseits sähe sich der Amtsrichter, der sich kurzfristig angemeldet habe, dazu genötigt, den Patienten sofort zu entlassen.

Rosemarie und ich dachten gleichzeitig: *Aber wo soll Robert in seinem Zustand denn hin?*

Nun ja, eigentlich wäre es ja kein Problem gewesen, die gewünschten Unterlagen zu schicken, aber das Theater begann damit, dass ich folgenden Satz sagte:»Oje, oje, hoffentlich funktioniert der alte Scanner.« Wir hatten ihn doch schon ewig nicht mehr benutzt.

Gott sei Dank, es klappte. Es klappte sogar reibungslos. Inzwischen war es zwanzig vor zwei geworden. Das sollte hinhauen, beruhigte ich mich. Pustekuchen, mein Computer baute keine Internetverbindung auf. Bis in die Haarspitzen angespannt saßen wir am Schreibtisch und stierten auf den Laptop. Mit gehetztem Blick auf den Uhrzeiger, der von unserer Nervosität völlig unbeeindruckt im gleichmütigen Sekundentempo vorrückte, schimpfte ich wütend:»So ein Scheiß Netz, da geht ja ein stinknormaler Brief schneller weg. So eine digitale Wüste hier!« Rosemarie versuchte, mich zu beruhigen, aber sie hatte selbst Mühe gehabt, sich im Zaum zu halten.

»Einen Versuch ist es noch wert«, sagte sie und schickte ein Stoßgebet in den Himmel.

Tja, und dann geschah das Wunder! Mit großen Augen lasen wir: *Ihre Mail wurde versendet.*

Ich traute mich gar nicht, auf die Uhr zu sehen, aber Rosemarie meinte nun ziemlich locker: »Wer sagts denn, hat doch geklappt.«

Ja, so war das vor knapp drei Wochen gewesen. Während ich das Fahrzeug lenkte, beugte ich mich seitwärts zu ihr rüber und küsste sie auf die Wange. »Weißt du was?«, fragte ich sie.

»Nein«, sagte sie neugierig.

»Man sollte viel mehr beten!«

Sie nickte. »Das tue ich, Frederik, das tue ich ja schon die ganze Zeit.«

Die Unterredung mit Herrn Leuthäuser dauerte länger als gedacht. Also fuhren wir mit einer provisorisch ausgeführten Grundrisszeichnung von Roberts neuem Reich wieder nach Hause, ohne Luise aufzusuchen. Bevor der Iraner auftauchte, blieb uns ausreichend Zeit, um das ein oder andere Inventar für das Heim auszusuchen. Auch Luise sollte es doch recht gemütlich haben. Daher suchten wir alle Räume auf Verwertbares ab.

Im Keller stolperte Rosemarie ganz nebenbei über die Lebensmittelvorräte. »Ach du liebe Güte«, stöhnte sie alle Augenblicke, wobei sie etliche

Konserven in die Höhe hielt, deren Haltbarkeitsangabe zum Teil schon mehrere Jahre überfällig waren. »Ich hätte besser aufpassen müssen«, klagte sie sich an.

»Und was hättest du tun können?«, fragte ich sie beschwichtigend. »Du kennst deine Mutter, sie hätte sich bestimmt nichts sagen lassen.«

»Ach schau, Frederik, wie viele Marmeladengläser sie gehortet hat.«

»Das allerdings geht auf dein Konto, du hast sie ihr ja immer brav gekauft.«

»Pah, was hätte ich denn machen sollen, wenn sie es aufschreibt?«

»Na, siehst du. So viel dazu!«

»Ich glaube, jetzt wird es auch Zeit, dass ich mir mal die Gefriertruhe angucke.«

»Wäre, glaube ich, ganz gut, vielleicht findest du ja noch prähistorische Tierkadaver darin?«

»Wirklich sehr lustig, Frederik.«

Inzwischen war ich in die Waschküche gegangen, in der es verschiedene Schränke gab.

Als ich der Reihe nach die Türen öffnete, stellte ich fest, dass sich in den meisten Fächern Leergut befand. »Ich habe einen Schatz gefunden!«, rief ich Rosemarie zu.

Sie stupste mich in die Seite, als sie hinzukam. »Du mit deinen Scherzen.«

»Wieso«, entgegnete ich, »für manch armen Teufel wäre dieses Pfandgeld wirklich ein Schatz.«

»Ich kann mir das gar nicht erklären, die müssen noch von sehr viel früher sein«, sagte Rosemarie. »Aber schau mal hier, weißt du, was das für eine Kaffeekanne ist?«

»Nein, das weiß ich nicht, aber sie ist hübsch.«

»Diese Kanne«, begann Rosemarie nachdenklich, »haben Luise und Robert von Roberts Eltern zur Hochzeit geschenkt bekommen. Eigentlich war es einmal ein komplettes Service.« Interessiert schaute ich genauer in den Schrank. »Und wo ist der Rest?«

»Sie haben das Geschirr damals, als sie in den Westen gingen, zurückgelassen, und Johanna hat es dann Hänschen gegeben. Und viele Jahre später, als wir zu Besuch in den Osten gefahren sind, hat Luise nur noch diese Kanne in Hänschens Datsche gefunden. Die durfte sie dann mitnehmen.«

»Das muss für Luise ja ein komisches Gefühl gewesen sein, auf diese Weise an ihre Hochzeit erinnert zu werden«, resümierte ich.

»Das denke ich auch«, bestätigte Rosemarie. Dieses Service war für die damalige Zeit eine richtige Kostbarkeit. Meine Eltern besaßen doch kaum etwas. Aber wie Luise mir früher erzählte, war es trotz allem eine sehr schöne Hochzeit gewesen.

»Komm, wir gehen nach oben«, bat ich sie, »und bis Herr Adnan kommt, erzählst du mir davon!«

Lebensbund

Noch bevor Rosemarie ihren ersten Schrei tat, wurde die Hochzeit geplant. Zu diesem Anlass ließ sich Robert beim Schneider Aschebrenner aus feinstem Tuch einen Anzug schneidern.

Aschebrenner betrieb seine kleine Werkstatt in einer düsteren Nische der Stadtmauer unweit der neuapostolischen Kirche. An diesem Gotteshaus baute Robert als junger Bursche einst mit. Aber bald schon verließ er aus einem überschießenden Zorn heraus die Kirchengemeinde, weil er an einem Sonntagmorgen während des Gottesdienstes für einen überraschend angereisten Pfaffen, wie er ihn seinen Brüdern gegenüber titulierte, Platz machen sollte. Er, der sich für Gott und die Welt an den Mauersteinen die Hände wund gescheuert hatte. Und nun das! Das konnte Robert nicht verstehen.

Jedenfalls verwahrte Meister Aschebrenner über den Krieg hinweg noch etliche Meter Stoff hinter einer versteckten Tür im Lager. Er nahm gewissenhaft Maß, und vier Wochen später, nachdem Robert sich mit dem Anzug zufrieden im großen Standspiegel besehen hatte, reichte der Schneider ihm das gute Stück, eingewickelt in braunes Packpapier, über die Ladentheke. Was noch fehlte, war ein Zylinder. Leider war der einzige Zylinder, den der Meister im Regal liegen hatte, für Roberts Kopf etwas klein geraten, aber er nahm ihn trotzdem.

Bei Luise sah die Sache schon schwieriger aus. Ein weißes Brautkleid mit Schleier? Aschebrenner hielt mit einem regelrechten Zitronengesicht weit die Arme auseinander und schüttelte heftig den Kopf. O nein, damit könne er beim besten Willen nicht dienen. Roberts Bruder Ludwig hatte schließlich die rettende Idee. Er werde seine Annemarie fragen, ob sie ihr Brautkleid für Luise passend herrichten könne. Annemarie war sofort damit einverstanden, nur Luise liefen die Tränen die Wangen hinunter, als sie davon erfuhr. Es ging ihr gegen den Strich, in einem Kleid zu heiraten, in dem bereits eine andere Frau ihr Jawort gegeben hatte, trotzte sie zunächst. Erst als sie sich bald darauf mit dem abgeänderten Kleid im Schlafzimmer vor dem Schrankspiegel drehte und Johanna und Annemarie mit strahlenden Gesichtern zustimmend nickten, nahm Luise die beiden freudestrahlend in die Arme.

»Das wird Robert auch gefallen«, jauchzte sie glücklich.

Ja, es gefiel Robert. Am blumengeschmückten Altar bekam er weiche Knie, als Luise, unter den verzückten Blicken der Gemeinde und der erschienenen Gäste, in ihrem Hochzeitskleid wie eine Prinzessin von ihrem Vater Friedrich, der aufrechter als sonst daher schritt, durch das Kirchenschiff geführt wurde. Ganz auf seine Luise konzentriert, hörte Robert kaum den Worten des Pfarrers zu. Dennoch war er froh gewesen, dass Pastor Weinberg gleich zugestimmt hatte, das Paar in der Johanniskirche zu trauen, wo Robert ja eigentlich nicht »hingehörte«. Vielleicht wollte der feiste Gottesdiener sich auch nur den Braten und den Kuchen auf der anschließenden Hochzeitsfeier nicht entgehen lassen?

Obwohl Luise sehr glücklich war, als sie Arm in Arm mit ihrem angetrauten Robert die Kirche verließ, verriet sie ihm auf der Heimfahrt, als sie alleine in der geliehenen Kutsche von Bauer Bröselke saßen, ihren Kummer darüber, weil ihre Geschwister nicht am schönsten Tag ihres Lebens teilnehmen konnten. Sie hatte so darauf gehofft, dass Elli wieder auftauchte, bevor sie heiratete, aber von ihrer zwei Jahre älteren Schwester fehlte seit jener Stunde, als sie von einer Horde Mongolen verschleppt worden war, immer noch jede Spur. Robert tröstete sein Lieschen, so gut er nur konnte.

Begleitet von Bauer Bröselkes gleichmäßigem »Hüh« und dessen Peitschenknallen, streichelten seine großen, rauen Hände liebevoll die dunklen Wolken auf Lieschens Wangen beiseite. Und als sie wieder lächelte, versprach er ihr, dafür zu sorgen, dass ihr dieser Tag für den Rest ihres gemeinsamen Lebens die schönsten Erinnerungen schenken würde.

Es wurde tatsächlich ein großes Fest. Johanna hatte sich für die Hochzeit wirklich ins Zeug gelegt. Sie briet, backte und kochte schon am Tag zuvor, dass das Haus vom Duft all der leckeren Sachen erfüllt wurde. Vater Hans hatte schon in aller Herrgottsfrühe in der guten Stube mehrere Tische zusammengestellt, über die Johanna ihre sorgfältig gebügelten und sorgsam gehüteten Damasttischdecken ausbreitete. Sie richtete alles wundervoll her und sonnte sich nach dem Servieren der Mahlzeiten im Lob der Gäste, als wäre es ihre eigene Hochzeit, an der damals leider, schon wegen der Folgen des Ersten Weltkrieges und noch nicht im eigenen Heim wohnend, Küchenmeister Schmalhans zu Gast gewesen war.

Nachdem am frühen Nachmittag die Mägen der Gäste gefüllt waren, stellte Hans, sich voller Vorfreude die Lippen leckend, selbstgebrannten Schnaps und verschiedene Weine, die er ebenfalls selbst gekeltert hatte, auf den abgeräumten Tisch, dessen Damastbezug inzwischen reichlich Flecken aufwies, und holte die Quetschkommode aus dem Schrank, um mit den anwesenden Nachbarn und der sangesfreudigen Verwandtschaft frohe Lieder anzustimmen. Von Bruno lautstark verbellt, wagten Robert und Luise auf dem ebenfalls freigeräumten Teppich sogleich den ersten Tanz, auch wenn es Robert schwerfiel, mit seinen Armen Luises Bauch zu umfassen. War das eine Freude und Juchhe, alle zeigten sich glücklich und zufrieden, nur Mechthild, die verschmähte Braut, saß zu Hause und weinte sich die Augen aus dem Kopf. Ihre Eltern, die sich zu anfangs pikiert über Roberts Entscheidung äußerten, waren aber dennoch der Einladung gefolgt. Sicherlich wollten auch sie sich ein gutes Mahl und einen leckeren Tropfen nicht entgehen lassen. Die dumme Gans würde schon noch einen anderen finden, war am Ende der einzige Kommentar ihres Vaters zu diesem Thema gewesen, als er Robert mit hocherhobenem Glas zuprostete. Und Johanna meinte treuherzig. »Dann nimm ihr wenigstens ein Stück vom Kaninchenbraten mit, wir haben doch noch genug davon im Topf.« Woraufhin Bruno vernehmlich knurrte.

Als spät abends die Gästeschar, mehr oder weniger aufrecht gehend, zügig aufbrach, versicherte man sich gegenseitig, was für eine wunderbare Hochzeit das gewesen war.

Der Pastor, der sich beim Abschied weinselig am Türrahmen festhielt, drohte den beiden sogar mit dem Finger, die Ehe nicht auf die leichte Schulter zu nehmen, denn mit ihrer kirchlichen Eheschließung wären sie sozusagen auch die Ehe mit Jesus eingegangen. Und ihm wolle man doch wohl auf immer und ewig treu sein, oder? Noch vom Torweg her hörte man ihn pastoral in alle Himmelsrichtungen rufen, dass die Gemeinde die Braut Jesu wäre.

»Der hat ja ganz schön geladen, der fromme Mann«, kommentierte Luise grinsend seinen Abgang, und Robert meinte daraufhin lachend, dass es sogar möglich sei, dass er die Englein singen höre, wenn er zu Hause von seiner Frau empfangen werde.

Trotz ihrer Erschöpfung saßen Johanna, Hans, Robert und Luise noch bis spät in die Nacht im schwachen Lichtkegel der Lampe am Küchentisch beieinander und beratschlagten, wie nun alles weitergehen sollte. Da es in der Stadt, vor allem für Familien, mit annehmbarem Wohnraum schlecht bestellt war, blieb, wie schon anfangs erwähnt, dem jungen Paar nichts anderes übrig, als sich im Dachgeschoss von Roberts Elternhaus häuslich einzurichten. Aber schon in Hinblick auf den baldigen Zuwachs sollten diese Wohnverhältnisse keinesfalls ein Dauerzustand werden, wie Robert Luise in die Hand versprach, zudem der Bernhardiner alleine wegen seiner Körpergröße den Platz eines erwachsenen Menschen benötigte. Außerdem, wie sich bald herausstellte, wachte Johanna mit Argusaugen über jeden Handgriff, den Luise in Haus und Garten verrichtete, soweit es ihr Zustand erlaubte. Luise nahm es notgedrungen hin und fügte sich, aber nicht ohne sich bei Robert darüber zu beklagen, wenn sie alleine waren. Er vertröstete sie damit, dass man ihm wegen guter Arbeit von höchster Stelle eine komfortable Wohnung in einem neu erbauten Plattenbau in Aussicht stellte, obwohl er sich beharrlich wehrte, in die Partei einzutreten. »Mit Bad, Lieschen, hörst du, mit Bad«, versicherte er ihr immer wieder, wenn sie bedrückt war. »Dort werden wir es ganz fein haben.«

Im März 1951 war es dann so weit. Am frühen Morgen, kurz nach dem Aufstehen hielt sich Luise stöhnend den Bauch. Robert, der gerade im Begriff war, zur Arbeit zu fahren, erkannte an Luises schmerzverzerrtem Gesicht, dass es nun losging. Hektik befiehl ihn, und er wusste nicht, was er zuerst tun sollte. Ausgerechnet jetzt waren Hans und Johanna mit dem Bollerwagen zum Fluss gegangen, um Weiden zu schneiden, die Hans meist an den Abenden zu Körben und anderem Nützlichen verarbeitete. Gott sei Dank behielt Luise die Nerven. So bat sie Robert ruhig und besonnen, dass er sie auf seinem Motorrad in die nicht allzu weit entfernte Klinik bringen solle.

Froh über diese konkrete Anweisung, hätte er alles getan, was ihn in diesem Moment ablenkte.

Und es lenkte ihn ab. Schließlich galt es ja, sich auf die Fahrt zu konzentrieren, die vor allem für Luise eine Tortur wurde. Bei jedem Schlagloch wurde ihr Klagen lauter. Außerdem war es kalt an diesem grau nebeligen Morgen. Auf der kaum befahrenen, schnurgeraden Alleestraße, die direkt zum Krankenhaus führte, sah sich Robert kurz vor dem Ziel sogar gezwungen, anzuhalten.

»Halt an!«, schrie Luise ihm ins Ohr. Als sie schwankend abgestiegen war, bestätigte sich ihr Verdacht. Mit entrücktem Blick knöpfte sie ihren Mantel auf, und wie unbeteiligt zeigte sie auf ihre durchnässte Strumpfhose. Im ersten Moment dachte Robert, sie habe sich vor lauter Angst in die Hose gemacht, weil er zu schnell gefahren war. Aber bevor er sie danach fragen konnte, hörte er, wie sie in beinahe gleichgültigem Tonfall sagte, dass die Fruchtblase geplatzt sei und sie das Gefühl habe, dass sich der Muttermund öffne und sie jetzt auf der Stelle ihr Kind kriegen würde.

»Auf gar keinen Fall«, flehte Robert, sie solle sich zusammenreißen und sofort wieder aufsteigen. Sie hingegen lehnte es strikt ab, jetzt noch auf dem Motorrad weiterzufahren. Blass sah sie aus, als entzöge ihr das Kind im Bauch jegliche Kraft.

»Lieschen, höre auf mich, steig auf«, jammerte Robert in seiner Verzweiflung. Das ginge doch nicht, dass sie hier im Straßengraben niederkäme, dabei schlug er entnervt mit den Fäusten auf das Lenkrad. Unter dem Knattern des laufenden Motors bemerkte er zunächst nicht, wie sich aus seiner Richtung ein Lastkraftwagen näherte. Luise war es, die wortlos mit dem Finger darauf zeigte.

Ruckartig drehte sich Robert um, und gleich darauf sprang er mit hocherhobenen Armen in die Mitte der Fahrbahn. Dem Fahrer blieb nichts anderes übrig, als abrupt auf die Bremse zu treten.

Aus erhöhter Position heraus kurbelte er das Fenster herunter und sah finster auf Robert herab, der immer noch wild mit den Armen fuchtelte. Was denn los sei, fragte der Mann bärbeißig. Wenn es keinen treffenden Grund gäbe, ihn anzuhalten, solle man ihm gefälligst Platz machen, schließlich habe er seine Zeit nicht gestohlen. Das schwarze Haar stand ihm wirr vom Kopf ab, und sein Gesicht war rußgeschwärzt. Zuerst verstand er gar nicht, was Robert von ihm wollte, weil dieser in seiner Aufregung ziemlich unverständlich stammelte. Außerdem machte der Fahrer den Eindruck, wegen Luise abgelenkt zu sein. Trotz ihres leidenden Aussehens schien er Gefallen an ihr gefunden zu haben. Ohne seinen Blick von ihr zu lassen, versuchte er mit den Fingern sein Haar in Ordnung zu bringen. Erst als Luise einen spitzen Schrei ausstieß, wachte er auf. Jetzt war er plötzlich ganz Ohr, als Robert ihm in aller Deutlichkeit klar machte, um was es ging.

Sofort verkündete der Kerl, dass es quasi ein Glück gewesen wäre, gerade ihn anzuhalten, da er justament (er sagte tatsächlich justament) auf dem Weg ins Krankenhaus wäre, um dort eine Ladung Kohlen abzuliefern. Er sprang aus dem Führerhaus, öffnete die Beifahrertür und unverkennbar nervös bugsierte er Luise in den Lkw. Robert sah erstaunt zu, wie er ihr mit seinen schwarzen, grobschlächtigen Händen an den Po packte, um sie die zwei Stufen hoch auf den Sitz zu drücken. Kaum machte er Anstalten, ebenfalls neben ihr einzusteigen, bekam er von dem Kerl lautstark verordnet, er möge bei seiner Karre den Motor abstellen und das Dings in den Graben werfen und gefälligst hinten mit der Ladefläche vorliebnehmen, da es vorne zu dritt zu eng werden würde.

Der Wagen fuhr bereits los, als Robert noch mit seinem Motorrad beschäftigt war. Im Laufschritt hatte er große Mühe, auf die Ladefläche zu klettern. Endlich landete er bäuchlings im Kohlehaufen.

Die in sauberem Weiß gekleideten Ärzte und Schwestern wunderten sich schon sehr über ihn, als er über und über mit Kohlenstaub bedeckt Luise, die kaum mehr laufen konnte, achtsam in die Notaufnahme führte. Welch eine Freude, dass zu dieser Stunde Rebekka dort ihren Dienst verrichtete. Routiniert wurde Luise umgehend versorgt. Und Robert wurde angeraten, sich erst einmal draußen den Staub aus der Kleidung zu klopfen und sich anschließend auf der Toilette das Gesicht und die Hände zu waschen. Was würde denn sein Bub oder sein Mädel von ihm halten, wenn er wie der Mann von der Brockenhexe daherkäme? In das allgemeine Gelächter konnte er nicht mit einstimmen. Endlos erscheinende Minuten vergingen. Er hatte das Gefühl, dass der Sekundenzeiger der großen Uhr, die von der Decke hing, gar nicht weiterrückte, obwohl er das Ticken wie Hammerschläge in seinem Kopf hörte und inzwischen auch tatsächlich eine Stunde vergangen war. Unruhig lief er den langen Flur auf und ab, um jedes Mal an der Tür zur Entbindungsstation stehen zu bleiben. Am liebsten hätte er sie aufgerissen und wäre hineingestürmt. Aber man hatte ihm unmissverständlich gesagt, dass er keinen Zutritt habe! Was für eine Qual für ihn. Dahinter lag sein Lieschen, und er konnte ihr nicht beistehen. Aber über noch etwas anderes war er besorgt. An das Motorrad musste er denken, das wie ein *Nimm-mich-mit* im Straßengraben lag. Er verdrängte nur mit Mühe den Gedanken daran, was wäre, wenn es ihm gestohlen würde. Darum war er auch froh, als sich dann doch die Tür öffnete und Rebekka ruhig zu ihm sagte, dass es noch nicht so weit sei und er sich, wenn er möchte, mindestens für die nächsten drei, vier Stunden, wie auch immer, die Zeit vertreiben solle. Das ließ Robert sich nicht zweimal sagen. Im Laufschritt machte er sich auf den Weg, um nach etwa vier Kilometern an die Stelle zu gelangen, wo das Motorrad lag. Schweißnass und atemlos stieg er auf und brauste nach Hause. Im Torweg wurde er bereits von Johanna und Hans erwartet und mit zig Fragen bedrängt. Sie sahen sich entgeistert an, als Robert ohne zu antworten an ihnen vorbeilief. Johanna wollte hinterher, aber Hans hielt sie mit den Worten »Lass ihn« zurück.

Eine halbe Stunde später erschien Robert im Sonntagsanzug ordentlich gewaschen und gekämmt in der Küche, wo Johanna ihm vorsorglich ein Butterbrot und eine Tasse Malzkaffee bereitgestellt hat. Hastig kauend berichtete er ihnen, was es zu berichten gab. Dann brauste er wieder davon, während Johanna ihm mit dem Taschentuch nachwinkte.

Er kam gerade noch rechtzeitig ins Krankenhaus zurück. Rebekka wunderte sich, als sie ihn nun geschniegelt und gespornt im Flur umhergehen sah. Sie winkte ihm freudestrahlend zu, und er folgte ihr wie in Trance. Sie führte ihn in einen Raum, in dem er mit Geschrei aus vielen Kehlen begrüßt wurde. Zwischen allerlei medizinischen Geräten stand eine Reihe von Kinderbettchen, die mit ihren weißen Gittern, so kam es ihm jedenfalls vor, wie Säuglingsgefängnisse aussahen. Vielleicht schrien die Neugeborenen deshalb, weil sie nicht eingesperrt sein wollten? Obwohl sie ja, wenn man es genau nahm, soeben erst die Freiheit erlangt hatten. Etliche Schwestern waren dabei, sich um sie zu kümmern.

Robert traute sich gar nicht, in eines der Bettchen zu schauen, aus Angst, er könnte in seiner Spontanität dem falschen Kind Zuneigung schenken. Rebekka fasste seinen Arm und zog ihn mit sich, bis sie am Ende des Raumes vor dem richtigen Bettchen Halt machte. Anstatt etwas zu sagen, wies sie nur mit der Hand auf das Bündel Menschenleben, dessen rosig schlummerndes Gesicht gerade noch unter der bauschigen Zudecke zu erkennen war. Unfähig zu reagieren, starrte Robert den Säugling an. War das denn zu begreifen, dass plötzlich, wie aus des Weltenzauberers Zylinderhut gezogen, sein Kind vor ihm lag? Ein Kind, das bisher nur eine vage

Vorstellung gewesen war, das man nur mit viel Fantasie und Zukunftsplänen zum Leben erweckt hatte? Ein Wunder, mehr fiel ihm dazu nicht ein.

»Es ist ein Mädchen«, hörte er die Stimme seiner Schwester wie aus weiter Ferne. Langsam drehte er sich zu ihr um, und da erst fiel ihm auf, dass ihr weißer Kittel einige blutige Stellen aufwies. Obwohl er großes Verlangen danach hatte, die Kleine auf den Arm zu nehmen, war er insgeheim dennoch froh, als Rebekka davon abriet, weil sie so schön schlief. Und weil es nicht einfach wäre, ein neuer Erdenbürger zu werden. Als sie ihn aber fragte, ob er und Luise sich denn schon einen Namen ausgedacht hätten, wenn es ein Mädchen würde, betrachtete Robert das Neugeborene, als warte er darauf, dass ihm ein Name zuflog. Und tatsächlich, mit einem Schmunzeln wollte er von Rebekka wissen, ob sie nicht auch meinen würde, dass das kleine, rosig zerfurchte Gesichtchen wie eine aufbrechende Rosenblüte aussähe. Rebekka stimmte ihm verwundert zu, weil Robert ihr gegenüber noch nie solche Gefühlsanwandlungen hatte.

»Dann heißt sie Rosemarie«, bestimmte er.

Auch Luise schlief nach der Anstrengung scheinbar tief und fest. Ebenso wie er Minuten vorher sein Kind betrachtete, beobachtete er nun die schlafende Luise. Aber diesmal alleine, ohne Rebekka.

Vor lauter Rührung hatte er Mühe, seine Tränen zurückzuhalten. Vor ihm lag sein Lieschen, die Frau, die er liebte, die irgendwie auch für ihn all die Schmerzen auf sich genommen hatte, damit sie eine kleine, glückliche Familie wurden. Sie hatte es gut überstanden, und darüber war er sehr, sehr froh. Allerdings wunderte er sich auch darüber, dass sich ihr Bauch noch so dick unter dem dünnen Laken abzeichnete, obwohl das Kind doch geboren war. Und in seine Gedanken hinein fragte sie ihn mit geschlossenen Augen, ob er seine Tochter schon gesehen hat. »Ja«, sagte er nun doch mit Tränen in den Augen und küsste und umarmte sie vielleicht eine Spur zu heftig, als würde er befürchten zu träumen.

Wo sich eine Türe schließt, öffnet sich eine andere

Herr Adnan kam mit einer knappen Stunde Verspätung. Wir waren schon im Begriff zu gehen. Gut, dass wir gewartet hatten, denn er brachte noch eine Überraschung für uns mit, indem er uns wie nebenbei offerierte, dass er das Haus kaufen wolle. Wörtlich sagte er:»Es gefallen mir serr gutt.« Rosemarie und ich waren platt, wie man so schön sagt. Nein, damit hätten wir nicht gerechnet. Sollte das wirklich die Lösung sein? Rosemarie ging auf Herrn Adnans Offerte ein. »Wie viel wollen Sie denn dafür bezahlen?«, fragte sie geradeheraus.

Herr Adnan blies die Backen auf, versteckte dabei seine beiden Daumen in den schmalen Taschen seiner Weste und schaute nachdenklich zur Zimmerdecke. In seinem Kopf schien es zu rattern, obwohl ein Geschäftsmann wie er sicherlich schon alles bis ins Kleinste durchkalkuliert hatte. Schließlich, als sei ein Geistesblitz in ihn gefahren, streckte er seine linke Hand mit gespreizten Fingern nach vorne, um unter dem Motto erstens, zweitens, drittens, viertens und fünftens mit dem Zeigefinger der rechten Hand, Finger für Finger, seine Argumente zu verdeutlichen. »Bad muss neu, Gästetoilette muss neu, Holzdecke Flur nix gutt, Garage zumauern und Gästezimmer ausbauen, dafür Einstellplatz Auto. Kostet Vermögen!«

Jetzt entrüstete sich Rosemarie:»Aber ... aber all das brauchen Sie doch nicht machen. Meine Eltern haben sich in dem Haus auch so wohlgefühlt, wie es ist.« Als habe ihn der Einwand sehr traurig gemacht, klagte er in weinerlichem Tonfall:»So kann ich nix vermieten.« Er schüttelte sich wie ein nasser Hund. »Nix möglich!« Nun schaltete ich mich ein. Ich schlug vor, er möge uns für etwa eine Woche Bedenkzeit geben. Im Hinterkopf bewahrte ich die Option, dass sich vielleicht doch noch Interessenten auf unsere Anzeige im Internet meldeten. Schlichtweg hoffte ich darauf, dass sie sich bezüglich des Verkaufspreises in etwa auf unsere Wunschvorstellung einließen. Auf meinen Vorschlag hin brachte Rosemarie keinen Einwand vor. Komischerweise lächelte Herr Adnan zufrieden, als strahle er mit seinem Goldzahn um die Wette. Mein Angebot hatte ihn keineswegs verprellt. Ganz im Gegenteil, als er hörte, was wir vom Hausrat unbedingt noch für das Seniorenheim haben wollten, erklärte er sich sogar dazu bereit, uns die Sachen dorthin zu transportieren.

»Aber dann gutt!«, erbat er sich nachdrücklich, »alles andere gehört mirr!«

Wie bei einem Pferdehandel sah ich mich genötigt, ihm meine Hand darauf zu geben, was für Leute, wie er einer war, mit Sicherheit mehr Wert beinhaltete als eine Unterschrift in einem verklausulierten Vertrag.

Während Herr Leuthäuser uns wie immer sehr freundlich und aufgeräumt begrüßte, waren zwei Mitarbeiter von Herrn Adnan gerade dabei, den kleinen Transporter mit den Möbeln und diversen Utensilien hinter dem Haus am Lieferanteneingang abzustellen. Für Luises Sachen hatte uns Herr Leuthäuser großzügigerweise einen Lagerraum zur Verfügung gestellt, bis auch für sie ein Zimmer frei wurde.

Rasch trugen die kräftigen Burschen die Sachen für Robert in dessen zukünftiges Domizil. Als sie mit einem ordentlichen Trinkgeld in der Tasche wieder davonfuhren, machte ich mich umgehend daran, Roberts Zimmer mit seinen ganz persönlichen Dingen zu dekorieren, von denen ich mir erhoffte, dass dadurch seine Erinnerungen angeregt wurden. Zum Beispiel nagelte ich ein Ölgemälde von seinem Elternhaus so an die Wand, dass er direkt vom Bett aus darauf blicken konnte. Ein sehr gelungenes Bild übrigens, das wir vor Jahren von Clemens Riemenschneider, Rebekkas Mann, erhielten, der einst in der DDR als ein bekannter Kunstmaler gehandelt wurde. Es gab da noch ein weiteres Bild mit einer ihm bekannten Szene, die sich ebenfalls auf seine Heimatstadt bezog. Wie schon erwähnt, mein Hintergedanke dabei war, seine Erinnerungen an jene Zeit zu wecken, als er noch voller Zuversicht an die Zukunft in seiner Heimatstadt lebte. Am liebsten wäre mir gewesen, wenn er die neue Umgebung nicht mehr mit der schmerzlichen Trennung aus seinem bisher gewohnten Alltag in Verbindung brachte.

Rosemarie saß zwischenzeitlich im Büro bei Herrn Leuthäuser, um einige notwendige Formalitäten zu erledigen. Ich verstaute gerade mein Werkzeug, als die beiden ins fertig dekorierte

Zimmer eintraten. Ihren erstaunten Blicken nach zu urteilen, fand mein Werk Zustimmung.

»Sehr schön, sehr gemütlich, das finde ich ganz toll, was Sie aus dem kleinen Zimmer gemacht haben«, lobte mich Herr Leuthäuser, und Rosemarie nahm mich überglücklich in den Arm und drückte mich ganz fest. Obwohl ich eigentlich nicht nachfragen brauchte, wollte ich dennoch auch von ihr wissen, ob es ihr gefiel.

Meine Frage wurde erneut mit einem Kuss belohnt.

»Ja, natürlich gefällt es mir, Frederik, sehr sogar.« Sie hielt kurz inne. »Ich bin davon überzeugt, dass es Robert auch gefallen wird.«

Herr Leuthäuser schaute auf die Uhr. »Tja, dann muss ich wohl wieder, die Pflicht ruft.« Ebenso freundlich, wie er uns begrüßt hatte, verabschiedete er sich. Er war bereits auf dem Flur, da rief ihm Rosemarie nach: »Ach herrje, ich habe ja meine Tasche bei Ihnen im Büro liegen lassen!« Und schon war auch sie weg.

Wieder alleine, ließ ich das Zimmer in aller Ruhe auf mich wirken. Ich atmete tief durch die Nase ein. Roch es in dem Haus unangenehm? *In solchen Häusern wird doch auch gestorben*, kam mir in den Sinn. Roch es nach Tod oder war der geruchsfrei? Ich lauschte, ob nicht gar Gestöhne aus den Wänden drang. Nein, von irgendwoher waren nur die gedämpften Stimmen eines zu laut eingestellten Fernsehapparates und das Rauschen einer Toilettenspülung zu vernehmen, und riechen tat es nach Reinigungsmittel.

Die Terrassentür gab den Blick auf den gegenüberliegenden Haupteingang frei. Über der Tür stand in Großschrift der Name der Ordensgründerin. Rollstuhlfahrer begegneten sich an der automatischen Schiebetür. Die einen fuhren rein und die anderen kamen raus. Zudem waren Männer und Frauen zu sehen, die ihre Rollatoren vor sich herschoben. Andere nutzten die milde Nachmittagssonne, um sie auf einer Bank sitzend zu genießen. An besonders schönen Sommertagen waren die Bänke gewiss heiß begehrte Lieblingsplätze, weil man von dort eine prächtige Sicht auf das Kloster mit den bewaldeten Hügeln hatte, das ohne Zweifel ein Hingucker war.

Hier also wird Robert den Rest seines Lebens verbringen, dachte ich mir. Ich wünschte mir sehr, dass es ihm ebenso gefiel wie uns. Allerdings könnte es ja auch sein, dass er sich auf diesen etwa achtzehn Quadratmetern wie in einem Gefängnis vorkam. Ein Gefängnis mit Vollpension und freundlicher Rundumbetreuung. Da ich ihn und seine innere Einstellung recht gut kannte, bekam ich plötzlich immer mehr Zweifel, vor allem natürlich auch wegen seiner Demenz. Ich versuchte, mich in ihn hineinzuversetzen, und ich sagte mir: *Das also bleibt am Ende des Lebens von all den Träumen, Wünschen und Hoffnungen übrig.*

Von der großen weiten Welt, die er in jungen Jahren erobern wollte, waren nun achtzehn Quadratmeter übrig geblieben. Ich wusste natürlich nicht, ob Robert so denken würde, aber was ich wusste, war, dass er mit Luise wirklich die große, weite Welt entdecken wollte, als er damals mit ihr aus der elterlichen Enge ausriss, um hinter der Grenze die Freiheit zu suchen. Anfangs verlangte ihm die neugewonnene Freiheit dennoch einiges ab. Freiheit bedeutete schließlich nicht, in der Fremde arm wie eine Kirchenmaus zu sein. In solch einem Fall wären es die alltäglichen Zwänge und Sorgen, die einem die vermeintliche Freiheit auf eine ganz eigene Art raubten. Ich erinnerte mich an seine Darstellungen, wie schwer es für ihn und Luise damals gewesen war, in der Fremde Fuß zu fassen.

»Was, ihr wollt hierbleiben?«, fragten ihn Arnold und Margot an jenem Abend erstaunt, nachdem sie kurz nach ihrer Ankunft zusammen Abendbrot aßen. Und verwundert fragte Arnold vorsichtshalber noch einmal nach, wie sie sich das denn vorstellten. In der Heide gäbe es Heidschnucken und ein paar armselige Gehöfte, von was sie denn leben wollten und vor allem wo wohnen. Obwohl Arnold Luises Cousin war, sagte Robert geradeheraus, dass sie sicher irgendwo ein Plätzchen im Haus frei hätten, aber nur so lange, bis sie etwas anderes finden würden. Dabei entging ihm nicht, wie Margot ihren Mann von der Seite ansah und für einen Moment die Luft anhielt. Arnold kratzte sich daraufhin den Nacken, und sein ohnehin düsteres Gesicht wurde noch finsterer, was aber daran liegen konnte, weil er, die dichten Brauen zusammengezogen, angestrengt nachdachte. Und in diese Stille hinein fragte Margot, was denn mit Rosemarie wäre, wenn auch sie noch käme, ob sie daran auch gedacht hätten. Die würde ja ebenfalls ihren Platz brauchen. Kinder könne man ja nicht anbinden wie einen Hund. Da sprang Luise auf, und von den fragenden Blicken der anderen verfolgt, verließ sie eilends die Küche. Jetzt war es an Robert, sich den Nacken zu kratzen. »Sie will wohl zur Toilette«, meinte er gleichgültig tuend.

Arnold schlug mit der flachen Hand auf den Tisch. »Also gut«, sagte er, »Familie muss zusammenhalten. Bleibt, solange ihr wollt. Es wird sich auch für dich irgendwo eine Arbeit finden, Robert.«

Margot lächelte gequält. Dann stand auch sie wortlos auf, um die beiden Männer alleine zu lassen. Arnold füllte die Biergläser. Mit einem zuversichtlichen »Prost« hielt er Robert das volle Glas entgegen, und sein Trinkspruch endete mit: »Wir werden schon gut miteinander auskommen, meinst du nicht auch?« Ohne abzusetzen tranken beide ihr Glas leer.

Tatsächlich fand Robert Arbeit. Bauer Husmann war sogar froh, einen kräftigen Kerl gefunden zu haben, der gelehrig und sich für keine Arbeit zu schade war. Robert lernte sehr schnell, die Kühe zu melken, auszumisten und neben zig anderen Aufgaben, die in einer Landwirtschaft anfallen, auch mit dem Traktor ordentliche Furchen auf dem Acker zu ziehen. Es war nicht viel, was er dabei verdiente, aber für den Lebensunterhalt reichte es allemal, vor allem auch, weil einige Nahrungsmittel wie Eier, Kartoffeln, Gemüse, Wurst und mehr für ihn und Luise dabei abfielen. Robert fand sogar Gefallen an all seinen Tätigkeiten, und Luise sorgte dafür, dass er es in der kleinen, möblierten Wohnung im separaten Trakt des Hauses der Verwandtschaft zum Feierabend immer recht gemütlich hatte.

Auch Margot profitierte von der Anwesenheit der Cousine, die ihr da und dort und vor allem bei der großen Wäsche half, die einmal im Monat in großen Waschkesseln gekocht und mit körperlichem Kraftaufwand gewaschen wurde. Auch die an der frischen Luft getrocknete Bettwäsche erforderte anschließend viel Mühe. Zu zweit zerrte man so lange an den Laken herum, bis sie wieder einigermaßen in Form gebracht war. So ging die Zeit dahin, und als Margot einmal fragte, wann Rosemarie endlich käme, bekam sie von Luise die knappe Antwort, dass es Schwierigkeiten mit der Ausreise gäbe. Und Robert meinte lapidar, bei den Großeltern habe sie es doch gut, ihr fehle es an nichts! Damit gab sich Margot zufrieden, man hörte ja nicht nur diesbezüglich so allerhand an Ungerechtigkeiten vonseiten der Ostzone. In den Briefen, die Rebekka schrieb, bekam es Luise sogar schwarz auf weiß, dass Robert und sie unbedingt etwas unternehmen müssten, bevor Rosemarie ...

An dieser Stelle schrieb Rebekka nicht weiter, sie beließ es bei den drei Punkten. Aber Luise konnte ahnen, was sie bedeuteten. Aus diesem Grund war sie immer sehr aufgeregt, wenn ein Brief von Rebekka ins Haus flatterte. Und Aufregung sollte es schon bald geben. Aber ganz anders, als man erwartete. Dieser Brief war nur an Robert gerichtet. Wie versteinert stand dieser in seinem Arbeitszeug auf dem Hof, als er ihn wieder und wieder las. Luise, die ihn vom Küchenfenster aus beobachtete, rannte zu ihm, und ungeduldig zupfte sie ihn fortwährend am Ärmel, er solle doch endlich sagen, was in dem Brief stehe. Wortlos reichte Robert ihr das Blatt Papier. Sie las, was Robert nicht glauben wollte. Hans, sein Vater, war völlig überraschend an einer Sepsis gestorben.

»Wie kann man aber nur auf eine derart dumme Idee kommen, sich mit einer rostigen Schere die Warze von der Nase zu schneiden?«, fragte Luise, ohne den Blick von den Zeilen zu lassen, doch Robert konnte darauf keine Antwort geben, der war inzwischen im nahen Schuppen verschwunden.

Was Rosemarie betraf, wurden mit den Jahren Rebekkas Zeilen immer verzweifelter, weil Johanna inzwischen regelmäßigen Besuch vom Jugendamt bekam und man ihr unverhohlen mitteilte, Rosemarie zur Adoption freizugeben, sobald sich die passenden Adoptiveltern finden ließen, die im Gegensatz zu ihr dazu in der Lage wären, dem Kind das sozialistische Rüstzeug fürs Leben mitzugeben. Denn eine alte Frau mit einem kleinen Kind, das wären ja wohl keine Zustände!

Nur gut, dass ich einflussreiche Freunde habe, schrieb Rebekka, aber sie wüsste nicht, wie lange sie diesen Einfluss noch geltend machen könne.

»Hallo, träumst du?«

Ich hatte gar nicht mitbekommen, dass Rosemarie mich bereits eine Weile beobachtete. Ich stand mit dem Rücken zur Tür und schaute gedankenverloren auf den Klosterberg.

»Wie? Ach so, nein. Doch … ich habe anscheinend doch geträumt. Mir ist so einiges durch den Kopf gegangen. «

Rosemarie stellte sich neben mich. »Grüble nicht, Frederik, ich denke, wir haben getan, was wir tun konnten.«

»Du hast also kein schlechtes Gewissen?«

»Nein, ich hätte ein schlechtes Gewissen, wenn wir weiterhin zugeschaut hätten, wie die beiden im Haus herum wurschteln. Denk dran, wie es war. Robert hat seine Medikamente nicht zuverlässig bekommen, und auf eine ausreichende Ernährung haben sie auch nicht mehr geachtet. Ich zweifle auch daran, dass Robert sich ordentlich gewaschen hat. Er lässt sich ja nichts sagen und wehrt alles ab. Und wenn ich an die steile Kellertreppe denke, um Himmels willen, dann gruselt es mich jetzt noch. Wie oft bin ich nachts wach geworden, weil ich im Traum gesehen habe, wie er kopfüber die Steinstufen hinuntergestürzt ist.«

»Hör auf, Liebling, ich will es mir gar nicht vorstellen! Hast du mit Herrn Leuthäuser abgeklärt, wie es weiter geht?«

»Ja, er hat mit Frau Nosseck telefoniert. Robert wird morgen kurz vor zwei mit dem Krankenwagen hierhergebracht.«

»Gut, das ist sehr gut.« Ich schaute mich noch einmal prüfend um, dann sagte ich vor Erleichterung aufstöhnend: »Also dann, lass uns fahren. Das heißt, bist du damit einverstanden, wenn wir drüben im Café noch eine Tasse Kaffee trinken?«

Rosemarie lachte. »Du willst doch bestimmt noch ein Stück Kuchen dazu!«

»Nun ja, bevor ich mich schlagen lasse.«

Ich hatte schon die Türklinke in der Hand, da blieb ich noch einmal stehen.

»Was ist?«, fragte mich Rosemarie verwundert.

Ich zeigte mit dem Finger auf die Anrichte. »Wir können doch noch etwas für Robert tun.«

»Und was?«

Wir kaufen ihm morgen Vormittag einen Fernseher! Du weißt doch, er schaut so gerne *Bares für Rares.*

Nach langer Zeit hatten wir, ausdauernder als gedacht, mal wieder richtig gemütlich im Café gesessen und Kaffee und Kuchen genossen. Später zu Hause telefonierten wir mit Luise und berichteten ihr, wie es mit Robert weiterging. Sie hatte nicht nur Verständnis dafür, dass sie, was unsere Besuche bei ihr betraf, augenblicklich zurückstehen musste, ich konnte aus ihrer Stimme auch Freude heraushören, dass Robert gut versorgt war. Vielleicht war sie auch froh gestimmt, weil ihre Wundheilung und ihre allgemeine Verfassung gute Fortschritte machten.

»Ich werde bald schon in die Reha verlegt«, teilte sie uns mit, als wäre es das Selbstverständlichste von der Welt. Aber wenn ich ehrlich zu mir war, dann hätte ich das, vor allem nach dem Zwischenfall auf der Intensivstation, nie für möglich gehalten. Anfangs gingen meine Befürchtungen sogar so weit, dass ich an eine lange Bettlägerigkeit mit all den schweren Folgen für einen alten Menschen dachte.

Am nächsten Tag fuhren wir frühzeitig in einen Elektromarkt und besorgten für Robert einen Fernseher. Da wir nach dem Aufstehen nur eine Tasse Kaffee getrunken hatten, gönnten wir uns, bevor wir im Heim unsere Erledigungen verrichteten, in einem Bistro ein verspätetes Frühstück.

»Fast wie im Urlaub«, kommentierte Rosemarie genüsslich kauend.

»Ach, es könnte alles so schön sein«, bestätigte ich, und die Bedienung, die noch ein Kännchen Kaffee brachte, lächelte mir freundlich zu.

Gestärkt und mit einem guten Gefühl im Magen machten wir uns daran, die allerletzten Vorbereitungen für Robert zu treffen. Während ich den Fernseher anschloss und die Sender einrichtete, wartete Rosemarie am Empfang auf ihren Vater. Von seinem Zimmer aus konnte ich sie durch das Fenster beobachten, wie entspannt sie sich mit der freundlichen Nonne unterhielt und sogar lachte. Es tat mir gut, sie so zu sehen. In diesem Moment fiel mir der Spruch von Molière ein: *Wo sich eine Türe schließt, öffnet sich eine andere.*

Hatten wir für Robert die richtige Tür geöffnet? Ich war inzwischen ohne Wenn und Aber dieser Meinung.

Das Zimmer war, wie erwähnt, zwar nicht groß, aber gemütlich und absolut bewohnbar. Damit würde Robert zufrieden sein. Schließlich wusste ich aus seiner Lebensgeschichte, wie beengt er bereits in der Vergangenheit notgedrungen gelebt hatte. Es war die Zeit, wo er damals alleine von der Heide ins Bergische zog.

Obwohl es Robert in der Heide recht gut gefiel, hatte er dennoch nicht die Ostzone verlassen, um Knecht auf einem Bauernhof zu bleiben, nur weil er in der näheren Umgebung keine Anstellung in seinem Beruf fand. Schließlich waren seine Träume in eine ganz andere

Richtung gegangen. Freiheit, Reisen, wohin man wollte, keine aufgezwungenen politischen Gesinnungen hinnehmen zu müssen und nicht zuletzt gutes Geld verdienen, um sich Maßanzüge und ein schickes Auto leisten zu können, das schwebte ihm vor. Und so kam es, dass er eines Tages, für Luise völlig unerwartet, vorschlug, ins Ruhrgebiet zu fahren, um sich dort eine Arbeitsstelle zu suchen. Und bis er eine schöne, große Wohnung gefunden hatte, damit sie und Rosemarie so schnell wie möglich nachkommen konnten, wollte er sich irgendeine billige Unterkunft mieten. Warum denn ins Ruhrgebiet, das wäre doch weit weg, fragte sie nach dem ersten Schreck. Weil dort die Stahlbetriebe wären, in denen er als Handformer arbeiten könnte.

Luise zeigte sich nicht begeistert von seinem Vorhaben. Sie sagte ihm klipp und klar, dass sie zum einen nicht gewillt sei, mit Rosemarie alleine zurückzubleiben, und zum anderen hatte sie im Nachbarort eine Anstellung gefunden, die ihr Spaß machte. Für sechs Tage in der Woche arbeitete sie neuerdings im Hause eines Pantoffelfabrikanten als Kindermädchen und Haushaltshilfe, was ja eigentlich einer Ironie des Schicksals gleichkam, wenn man bedachte, dass sie ihre Zeit und ganze Aufmerksamkeit einem fremden Mädchen im Alter von Rosemarie widmete, sie aber viele Jahre nicht mit ihrem eigenen Kind verbrachte. Auch wenn es nur eine Mark in der Stunde war, die sie verdiente, so war es dennoch Geld, das sie gut gebrauchen konnte. Robert aber zeigte sich festentschlossen, sein Vorhaben unverzüglich in die Tat umzusetzen. Er versprach Luise, alles daranzusetzen, so schnell wie möglich Arbeit und eine passende Wohnung zu finden.

An einem Sonntag, einem trüben, nieseligen Sommermorgen im August, setzte er sich auf sein Motorrad, auf dessen Gepäckträger sich ein Koffer mit dem Nötigsten befand, warf den Motor an und fuhr eingehüllt in eine Abgaswolke los.

Am späten Nachmittag erreichte er die Stadt Essen, wie er auf dem Straßenschild las.

Das Wetter hatte sich Gott sei Dank gebessert, aber allmählich brach die Abenddämmerung herein. In der Dunkelheit wollte er nicht weiterfahren. Und so beschloss er, die Nacht über in der Stadt zu bleiben. Was ihm zuerst auffiel, war der Geruch, der ihn an seine Heimatstadt erinnerte. Es roch nach Kohlenbrand, den er sogar auf der Zunge schmeckte, und es schien ihm, als strömten die Häuser, wie wohl in allen Arbeiterstädten, den Schweiß von harter Arbeit aus. Aus hohen Schornsteinen quoll dunkler Rauch, als wären es die Zigarren der Bonzen, die in diesem Augenblick wohlgenährt in ihren mit Leder bezogenen Schreibtischsesseln wippten, während sie die Umsatzkurven lasen. *Graf Koks von der Gasanstalt* – davon hatte er schon gehört.

Plötzlich bremste er ab. Von der Straße aus konnte er ein Bergwerksgelände einsehen, das interessierte ihn. So etwas hatte er noch nie gesehen. Auf dem Lagerplatz türmte sich eine kaum überschaubare Ansammlung von Holzstämmen. *Das muss doch ein ganzer Wald sein,* dachte er sich. Er wusste, wofür man die brauchte: um damit die Abbruchstollen unter Tage abzustützen.

Ein Auto hupte, weil er die halbe Fahrspur blockierte. Staunend guckte er dem Wagen nach. Ein himmelblauer Opel Kapitän mit weißem Dach brauste an ihm vorbei. Robert lächelte in sich hinein. *Hier bin ich richtig!*

Pfeifend setzte er seine Fahrt fort. Allmählich nahm der Verkehr zu.

Er beschloss, zum Hauptbahnhof zu fahren. Der war nicht schwer zu finden. Das war schon ein anderer Anblick als das Dorf in der Heide. Straßenbahnen quietschten über die Schienen, und riesige Gelenkbusse querten die belebte Kreuzung. Vielleicht hatte er sogar den Mund offenstehen, als er all die schicken Autos sah. Ein Mercedes fuhr nur wenige Meter entfernt an ihm vorbei. Nun zeigte sich endgültig, dass seine Träume Realität werden könnten. Direkt am Bahnhof stellte er sein Motorrad ab. Mit dem abgeschnallten Koffer in der Hand stromerte er ziellos durch die Straßen. Nie gesehener Wohlstand umgab ihn.

Inzwischen waren ringsherum die Neonlichter angezündet worden. Die Schaufenster protzten mit den unterschiedlichsten Waren. Leuchtreklame an den Hauswänden gaben ihm so etwas wie wärmende Geborgenheit. Von überall blinkte ihn Reklame an. War er denn im Schlaraffenland gelandet? Fein gekleidete Leute flanierten durch die Straßen. Ungläubig blieb er vor dem Schaufenster einer Konditorei stehen. Auf einer mit Samttüchern drapierten Pyramide lockte, auf silbernen Tabletts dekoriert, die herrlichste Confiserie. Beinahe hätte er die Nase an die Scheibe gedrückt. Jetzt erst bemerkte er, dass er Hunger und Durst hatte. Ganz in der Nähe entdeckte er eine Würstchenbude, und sogleich stieg ihm der verlockende Duft von gebratenen Würstchen in die Nase. Gleich zwei Stück und eine Flasche Bier bestellte er sich. Etwas abseits von der Bude hatte er Mühe, die heißen Würstchen zu essen, denn am liebsten hätte er sie verschlungen. Sie wärmten ihn innerlich, und das tat ihm gut, da ihm die klamme Feuchte während der Fahrt mittlerweile bis in die Knochen gezogen war und ihn unangenehm frösteln ließ. An Lieschen dachte er, die es jetzt warm und gemütlich in der kleinen Stube hatte. Er hätte sein Bier auch liebend gern mit ausgestreckten Beinen auf dem Sofa getrunken. Und da erst fragte er sich, wo er die Nacht über bleiben sollte. Mit dem Geld, das er sich eingesteckt hatte, musste er sorgsam haushalten, somit käme eine Übernachtung im Hotel nicht infrage. Da blieb ihm nur die harte Bank im Wartesaal vom Bahnhof.

Wegen der Unruhe, die im Saal herrschte, und wegen der harten Bank, hatte er, wenn es hochkam, nur zwei Stunden geschlafen. Nur gut, dass er einen Koffer dabeihatte, der ihn für andere als Reisenden auswies. Womöglich hätte man ihn sonst für einen Landstreicher gehalten.

Schon in Allerfrühe belebte sich die Halle. Arbeiter strebten mit stumpfen Gesichtern zu den Zügen. Andere drängten sich palavernd am Kiosk, um sich dort die Bildzeitung zu kaufen. Bereits im Weggehen blätterten sie eilig die Seiten auseinander. Hier gab es etwas Sensationelles zu lesen, wie die Überschrift der Titelseite versprach.

16 MILLIONEN hinter Stacheldraht. Berlin kocht vor Empörung. Tränengas und Panzer.

Robert verstand nicht, was das bedeutete. Er opferte die fünfzehn Pfennige für die Zeitung und kaufte sich noch eine Tüte Kekse und eine Flasche Bluna. Kauend saß er auf seiner Schlafbank und glaubte nicht, was er zu lesen bekam.

In der Nacht haben 20.000 Volkspolizisten, Soldaten und DDR-Kampftruppen, begonnen, Berlin zu teilen. Ulbricht:»In den Häusern, die Ausgänge nach West-Berlin haben, werden diese vermauert. An anderen Stellen werden Stacheldrahthindernisse errichtet. Das kann alles sehr schnell geschehen. Schwieriger wird es mit dem Verkehr. Wir werden die Bahnsteige für das Umsteigen nach West-Berlin umbauen.«

Sprachlos starrte Robert in die Menge um sich herum, die ihre eigenen Probleme zu haben schienen. Aber er konnte sich in etwa vorstellen, was sich nicht nur in Berlin entwickeln könnte.

Würden die Amis dabei zusehen? Hier standen sich zwei Weltmächte, Ost und West, mit grundverschiedenen Interessen, bis an die Zähne bewaffnet, Nase an Nase gegenüber. Da genügte doch ein unüberlegter Schuss, der das Pulverfass hochgehen ließ. Ihm war, als würde sich der Stacheldraht, mit dem seine Heimat eingesperrt wurde, um seine Brust schnüren. Was für ein Glück, dass Rosemarie noch rechtzeitig rausgekommen war. Aber Mutter und die Geschwister saßen nun in einem Gefängnis. Anders konnte er sich das nicht vorstellen. Ja, eingesperrt, denn davon war doch auszugehen, dass Ulbricht das ganze Land absperren würde, damit auch da die Flucht unmöglich war. Robert fühlte sich bestätigt, warum er den Kommunisten früh genug den Rücken gekehrt hatte.

Obwohl er in diesem Augenblick etwas von einem Freiheitsgefühl spürte, kam er sich zwischen all den vielen Menschen eingeengt vor. Er sprang auf und stolperte auf den Vorplatz hinaus. Dort atmete er tief durch. Beim Blick zum Himmel stellte er fest, dass es ein schöner Tag zu werden schien. Wer oder was drängte ihn eigentlich, sich heute noch nach Arbeit umzusehen? Nichts und niemand! Und so beschloss er, sich die Gegend genauer anzuschauen.

Er packte seinen Koffer auf das Motorrad und fuhr einfach der Nase nach, und was er unterwegs sah, gefiel ihm. Die Landschaft beruhigte ihn, sogar an einen See kam er vorbei, an dem er hielt. Dort aß er auch seine Kekse auf und trank die Limo dazu. Aus der am Gepäckträger befestigten Seitentasche kramte er die Esso-Straßenkarte heraus, um nachzusehen, wo er sich genau befand. Dabei fiel ihm die Stadt Wuppertal ins Auge. Und plötzlich, als habe es ihm eine innere Stimme gesagt, beschloss er, sich die Schwebebahn anzusehen, von der er schon einiges gehört hatte.

Kurz vor Wuppertal durchfuhr er ein beschauliches Städtchen, darum drosselte er seine Geschwindigkeit. Als würde er etwas suchen, tuckerte er, neugierig links und rechts guckend, durch die Gegend, als ihm das Firmenschild einer Gießerei auffiel. Er drehte um, und aus purer Intuition heraus lenkte er das Motorrad auf das Firmengelände. Ohne lange darüber nachzudenken, fand er sich schon bald darauf im Büro des Firmeneigners wieder. Und eine weitere halbe Stunde später war er eingestellt worden. Wiederum zwei Stunden darauf zeigte ihm eine hagere, ältliche Pensionswirtin ein kleines, kärglich eingerichtetes Zimmer. Ein ebenso kleines wie klägliches Frühstück inbegriffen.

Vom Flur kommende Schritte rissen mich aus meinen Gedanken. War das Roberts Stimme? Ich lauschte. Nun hörte ich seine unverkennbar dunkle

Stimme, die mit Lachen beantwortet wurde. Rosemaries Lachen konnte ich heraushören.

Während ich darüber nachdachte, öffnete sich mit Schwung die Tür, und Robert stand in voller Größe im Rahmen. Hinter ihm blieben Rosemarie und Herr Leuthäuser mit zufriedenen Gesichtern stehen. Robert jedoch sah mich verwundert an.

»Du, Frederik?«, sagte er. »Was machst du hier, wohnst du hier?«

»Hallo Robert, nein, ich wohne nicht hier. Ich warte auf dich.«

»Du wartest auf mich?« Zögerlich trat er näher und sah sich dabei nicht minder erstaunt um. »Das sind ja meine Möbel und meine Bilder. Wie kommen die hierher?«

Jetzt mischte sich Rosemarie ein. »Wir haben dir doch gesagt, Vater, dass du hier auf dein Lieschen warten sollst. Und damit du dich wohlfühlst, haben wir dir das Zimmer mit einigen deiner Möbel eingerichtet. Gefällt es dir?«

Robert schüttelte den Kopf wie jemand, der nicht versteht, was um ihn herum vor sich geht. Schwerfällig stützte er sich auf seinen Gehstock ab.

Herr Leuthäuser trat rasch hinzu und half ihm, sich auf das Bett zu setzen.

Blass um die Nase geworden schaute Robert wortlos durch das Fenster zum gegenüberliegenden Eingang hinüber. Herr Leuthäuser goss Wasser in ein Glas und gab es ihm. Ohne Widerspruch trank er es leer.

Das Wasser schien ihm gutgetan zu haben, denn seine Mimik belebte sich. Erstaunt meinte er: »Wo ist denn das zweite Bett für Lieschen?«

Rosemarie und ich sahen uns wie ertappte Kinder an. Nein, auf diese Frage waren wir nicht vorbereitet. Wie sollten wir ihm klarmachen, dass Luise ihr eigenes Zimmer bekam? Er würde es wohl nie verstehen, nachdem er und Luise über sechzig Jahre beinahe jede Nacht Hand in Hand nebeneinander eingeschlafen waren.

Rosemarie setzte sich neben ihn, legte den Arm um seine Schulter und gab ihm einen Kuss auf die Wange. »Hier ist doch kein Platz für ein zweites Bett, Vater.« Ich hörte heraus, wie traurig sie wegen der Situation war.

Wieder sah er sich um. Da blieb sein Blick auf dem Bild an der Wand haften, auf dem sein Elternhaus abgebildet war. »Mein Häuschen!«, freute er sich. Sofort begann er von früher zu erzählen. Seine Mutter, sein Vater, Brüder und Schwester, keinen ließ er aus. Sogar die Geschichte von Bruno hörten wir, der gerne die Hühner vom Nachbarn gekillt hatte, wie er sich ausdrückte. Dabei warf er einiges von früher und heute durcheinander.

Erneut zeigte er auf sein Elternhaus. »Wohne ich noch darin?«

»Nein, Robert, da ist doch vor vielen Jahren Hänschen eingezogen.«

Wie erleichtert war ich, als er sich, ohne weiter nachzufragen, damit zufriedengab. Als in dem Moment hinter uns die Türe leise geschlossen wurde, bemerkten wir, dass Herr Leuthäuser sich diskret zurückgezogen hatte.

Erstens kommt es anders, und zweitens, als man denkt

Vom Wintergarten aus, der direkt zur Straße hin gebaut war, hatte Robert uns sogar zugewunken. Danach beobachteten wir noch, wie er sich neben einige Frauen und Männer setzte und sich angeregt mit ihnen unterhielt. Auch sie hatten irgendwann einmal die Diagnose Demenz erhalten.

»Nur gut, dass der Parkplatz abseits liegt und er nicht sehen kann, wie wir mit seinem Auto losfahren. Er wird sicherlich vergessen haben, dass er es uns überlassen hat«, sagte ich erleichtert zu Rosemarie.

»Oje«, antwortete sie, »wer weiß, was ihm dann durch den Kopf gegangen wäre?«

Ohne dass ich es zunächst bemerkte, war Rosemarie stehen geblieben.

Verwundert drehte ich mich nach ihr um. »Was ist, warum kommst du nicht?«

»Warte doch mal, Frederik«, bat sie mich.

Neugierig ging ich zu ihr. »Und?«

»Ach, eigentlich ist es ja nicht der Rede wert«, meinte sie, »aber ich frage mich die ganze Zeit, wie Vater mit den anderen Demenzkranken zurechtkommen wird. Er selbst weiß ja nicht, dass er dement ist. Hoffentlich geht alles gut. Du weißt, wie direkt er in seinen Äußerungen sein kann.«

Ich versuchte sie damit zu beruhigen, indem ich sie darauf hinwies, dass wir auch als Kinder unserer Eltern nicht alle Verantwortung übernehmen könnten. An ihrem schmerzlichen Gesichtsausdruck bemerkte ich, dass mein Versuch gescheitert war.

Nach einem kurzen Zwischenstopp bei Luise waren wir froh, endlich wieder zu Hause zu sein. Es war ein außergewöhnlich heißer Tag gewesen, der uns ziemlich geschlaucht hat. Dennoch, eine große Hürde war genommen. Wir wussten Robert gut untergebracht, und er hatte sich für den Anfang recht gut eingefügt. Das war die Hauptsache.

»Trinkst du ein Glas Wein mit?«, fragte ich Rosemarie.

»Gerne, aber ich mache uns erst eine Kleinigkeit zum Abendbrot fertig. Mein Magen hängt mir schon in den Knien. Du hast sicher auch Hunger. Danach machen wir es uns gemütlich, ja?«, rief sie aus der Küche.

»Einverstanden, Liebling. In der Zeit, wo du beschäftigt bist, setze ich mich an den Laptop und rufe die Mails ab, ob sich zwischenzeitlich jemand wegen dem Haus gemeldet hat.« Wir hatten als Kontakt bewusst keine Telefonnummer angegeben, weil wir ja kaum zu Hause waren.

Nach einer Weile lugte Rosemarie neugierig um den Türrahmen. »Und, wie sieht es aus?«

»Wir können uns vor Anfragen kaum retten«, scherzte ich.

»Nichts? Wieder nichts?«

»Weniger als nichts!«

»Tja, als Bonn noch Bundeshauptstadt war, da war die Nachfrage nach Wohnraum im Speckgürtel noch groß, aber wer will heutzutage noch aufs Land ziehen? In den Städten spielt die Musik!«

»Bist du enttäuscht?«, wollte ich wissen.

»Ach, was heißt enttäuscht, aber das Haus ist doch ein arger Klotz am Beim. Und wer weiß, wie viel Geld wir für die beiden brauchen werden. Ich jedenfalls habe noch keine Kontoauszüge von ihnen gesehen, und einen Pflegegrad haben bisher weder Luise noch Robert zugesprochen bekommen. Schließlich sind es allerhand Euros, die monatlich ans Heim gezahlt werden müssen. Alles kein Pappenstiel, Frederik.«

Ich konnte ihr nur zustimmen.

»Weißt du was? Weißt du, was ich am liebsten tun würde?«

»Um dir darauf eine Antwort geben zu können, muss ich erst meine Glaskugel holen, Liebling«, gab ich ihr breit grinsend zur Antwort.

»Sehr witzig. Aber im Ernst. Am liebsten würde ich diesen Herrn Adnan anrufen und ihn fragen, ob er immer noch gewillt ist, das Haus zu kaufen. Er räumt aus und behält obendrein das Haus, praktischer geht es ja nun wirklich nicht mehr.«

»Ich mache dir einen Vorschlag«, schlug ich vor, »jetzt essen wir, dann trinken wir ein schönes Glas Wein oder auch zwei, danach geht es in die Heia, und wenn wir morgenfrüh frisch und ausgeschlafen sind, werden wir noch einmal in aller Ruhe darüber nachdenken. Okay?«

Rosemarie schlug sich mit der Hand vor die Stirn. »Abendbrot, ja sicher. Herrje, ich habe ja ganz vergessen, die Teebeutel aus der Kanne zu nehmen.«

Es war wohl so gegen 23 Uhr, als ich mir die Rotweinflasche vor die Augen hielt und sagte:»Leer, ich denke, es ist Zeit, ins Bett zu gehen. Morgen ist ja auch noch ein Tag.«

Rosemarie stimmte mir gähnend zu, und während sie die Gläser abräumte, sang sie:»Guten Morgen liebe Sorgen, seid ihr auch schon alle da, habt ihr auch so gut geschlafen, na dann ist ja alles klar ...«Da meldete sich das Telefon.

Wie eingefroren blieb sie stehen.»Nein, was ist jetzt schon wieder?«

»Ich geh schon, ich geh schon!« Ich sprang aus dem Sessel hoch und eilte in den Flur.

Teilnehmer unbekannt war auf dem Display zu lesen. Für einen Moment zögerte ich, den Hörer aus der Station zu nehmen. Keiner aus unserer Familie rief so spät noch an.

Dann griff ich aber doch zu.»Bitte?«, meldete ich mich.

Am anderen Ende vernahm ich eine Frauenstimme.»Guten Abend, mein Name ist Schürmann, entschuldigen Sie, wenn ich so spät störe, aber kennen Sie einen Herrn Reinartz?«

Im Flurspiegel konnte ich mein verdutztes Gesicht sehen.»Ja, natürlich. Herr Reinartz ist mein Schwiegervater.«

»Das ist gut«, begann die Stimme von Neuem. »Ihr Schwiegervater ist nämlich bei uns.« Nun nannte sie genau den Ort, wo wir uns vor Stunden von Robert verabschiedet hatten. Sofort meinte ich, dass es sich bei der Anruferin um eine Schwester handeln würde, die noch eine Auskunft von uns brauchte. Und somit sagte ich ihr:»Das finde ich auch gut, dass mein Schwiegervater bei Ihnen ist, aber was kann ich denn um diese Uhrzeit für Sie tun?«

»Sie sollten wissen, Ihr Schwiegervater sitzt hier bei uns im Wohnzimmer und hat mich gebeten, Sie anzurufen, damit Sie ihn abholen.«

»Wie bitte? Bei Ihnen im Wohnzimmer?« Ich war geschockt. »Rufen Sie denn nicht vom Heim an?«

»Nein!«, war die knappe Antwort.

Inzwischen hatte sich Rosemarie neben mich gestellt und sah mich mit großen Augen erwartungsvoll an. Sie konnte sich natürlich keinen Reim auf die Wortfetzen machen, die sie mitbekam.

»Aber nun sagen Sie mir doch bitte, wie mein Schwiegervater in Ihr Wohnzimmer kommt?«, hakte ich beunruhigt nach. Als Rosemarie mich drängte, ihr das Gespräch zu übersetzen, winkte ich hektisch ab, weil die Verbindung schlechter wurde. Dennoch konnte ich noch so viel heraushören, dass Robert bereits am Nachmittag am Grundstück der Anruferin aufgetaucht wäre und, wie sie schilderte, einen verwirrten Eindruck auf sie gemacht habe. Eine Zeit lang sei er mit unsicherem Schritt direkt an der Hecke hin und hergelaufen. Sie habe vorgehabt, ihm etwas zu trinken zubringen, weil die Sonne ja wolkenlos vom Himmel stach und er im Gesicht gerötet und verschwitzt aussah. Aber als sie ihren Mann hinzugerufen hatte, war er verschwunden, wie vom Erdboden verschluckt, wie sie zwischen Rauschen und Knacken in der Leitung mitteilte. Danach wurde die Verbindung wieder besser.

»Ja … und dann?«, wollte ich wissen.

»Vor etwa einer halben Stunde, ich wollte gerade am Küchenfenster die Jalousien runterlassen, da sah ich ihn im Laternenlicht wieder vor unserem Haus stehen. Abermals habe ich meinen Mann gerufen, und der ist dann schnell rausgelaufen und hat Ihren Schwiegervater zu uns reingeholt.« Sie wies noch daraufhin, dass er sehr nett wäre und ihnen einiges aus seinem Leben erzählt habe.

»Gott sei Dank, dass Sie sich um ihn gekümmert haben. Aber wie sind Sie überhaupt an meine Telefonnummer gekommen?«

»Nun, zuerst wollten wir ja die Polizei anrufen, weil wir gemerkt hatten, dass ihr Schwiegervater … wie soll ich sagen.«

Ich unterbrach sie. »Es ist schon gut, ich weiß, was Sie meinen.«

»Ach so, ja … jedenfalls hat er dann ganz klar und deutlich gesagt: Rufen Sie meinen Schwiegersohn an, der holt mich ab. Er nannte Ihren Namen, und ich habe im Telefonbuch Ihre Nummer gefunden.«

»Puh«, entfuhr es mir. »Mein Schwiegervater ist heute den ersten Tag im Heim, und ich verstehe überhaupt nicht, wie er es unbemerkt verlassen konnte. Sicher wird man ihn vermissen.« In meinem Kopf begannen die Rädchen zu rattern. Nachdem ich fast eine Flasche Rotwein getrunken hatte, konnte ich mich unmöglich ins Auto setzen, um ihn bei den freundlichen Leuten abzuholen.

»Hallo«, hörte ich es aus dem Hörer rufen, »sind Sie noch dran?«

»Ja, ja, sicher, ich bin noch dran. Ich überlege nur, wie ich am besten vorgehe.«

»Ich mache Ihnen einen Vorschlag«, sagte die Frau, als wäre es das Selbstverständlichste der Welt, »das Heim ist ganz in unserer Nähe. Wir bringen Ihren Schwiegervater zurück, dann brauchen Sie sich in der Dunkelheit nicht extra auf den Weg machen, wo Sie doch die größte Strecke durch den Wald fahren müssen. Bei dem Wildwechsel ist das gar nicht so ungefährlich.«

»Wirklich?«, schoss es aus mir heraus, »das würden Sie tatsächlich tun?«

»Ja doch, wenn ich es Ihnen sage. Es macht uns wirklich nichts aus, und wie gesagt, es ist mit dem Wagen nur fünf Minuten von uns entfernt.«

Mir fiel ein Stein vom Herzen. Beinahe hätte ich vergessen, mich nach der Adresse der Anruferin zu erkundigen. Ich notierte mir alles, bedankte mich mehrmals, und ohne mich darüber zu wundern, warum ich der Frau so viel Vertrauen entgegenbrachte, legte ich auf.

Rosemarie war sehr aufgeregt, als ich ihr von dem Gespräch berichtete. In düsteren Vorstellungen malte sie sich aus, was Robert alles hätte passieren können, obwohl es ja gut ausgegangen war. Dennoch hatte auch ich in der folgenden Nacht Schwierigkeiten, einzuschlafen. Als ich dann gegen Morgen doch noch völlig übermüdet eingeschlafen war, wurde ich kurz darauf von Rosemarie geweckt, die ungewohnt früh aus den Federn stieg.

»Was ist, warum stehst du mitten in der Nacht auf?«

223

»Ich kann einfach nicht mehr liegen«, klagte sie ebenfalls übermüdet. »Soll ich schon das Frühstück zubereiten?«

»Sei so gut«, antwortete ich ihr gähnend. »Für den Kaffee kannst du ruhig eine Bohne mehr nehmen. Ich glaube, mit dem munter werden klappt das heute sonst nicht.«

Mit fast geschlossenen Augen schlurfte ich durch den Flur, als genau neben mir das Telefon diese viel zu fröhliche Melodie spielte. Ich zuckte vor Schreck zusammen, so weit war es schon gekommen. Zumindest hatte das Telefon es geschafft, dass ich nun hellwach war.

»Gehst du ran!«, rief mir Rosemarie aus dem Bad zu. Aber da hörte ich schon aufmerksam Herrn Adnan zu, der mit uns in aller Herrgottsfrühe einen Termin für die Räumung vereinbaren wollte. Ich bat ihn, in etwa einer Stunde zurückrufen zu dürfen, womit er sich einverstanden erklärte. Während des Frühstücks besprach ich mit Rosemarie nicht nur den uns passenden Räumungstermin, sondern auch, wie wir Herrn Adnan am besten den Hausverkauf schmackhaft machen können, falls er noch daran interessiert war.

Um halb neun meldete sich Rosemarie bei ihm zurück. Ja, Herr Adnan war noch interessiert. Sie kam mit ihm überein, zwei Tage später, im Zuge der Räumung, alles weitere mündlich zu besprechen.

Mit einer guten Flasche Wein und Blumen als Geschenk fuhren wir am späten Vormittag zu den

Schürmanns, um uns persönlich bei ihnen zu bedanken.

Das Haus war schnell gefunden, und nachdem wir die Hausglocke gedrückt hatten, stand die ganze Familie mit einem Lächeln um die Lippen in der Tür. Herr und Frau Schürmann sowie ein niedliches Mädchen mit langen blonden Zöpfen und ein sommersprossiger Junge, beide jeweils im schulpflichtigen Alter. Sie baten uns herein, und wir verwiesen darauf, nur wenig Zeit zu haben, was ja keine Ausrede war. Aber dennoch nahmen wir uns die Zeit, um alle Einzelheiten über Roberts Besuch zu erfahren. Dabei kam Frau Schürmann erneut darauf zu sprechen, wie freundlich und liebenswürdig Robert sich verhalten habe und dass es doch selbstverständlich wäre, zu helfen, wo man helfen könne. Und Helene, das bezopfte Mädchen, meinte, dass der Mann gestern Abend zu ihr gesagt habe, er hätte auch eine kleine Tochter, die genauso aussehe wie sie. Daraufhin lachten Herr und Frau Schürmann. Rosemarie und ich verstanden zunächst nicht, was die Kleine damit meinte, doch dann lachten auch wir. In solch einer guten Stimmung verabschiedeten wir uns, und an der Haustür versprachen wir noch einmal, irgendwann wieder vorbeizuschauen.

Im Heim lief uns Herr Leuthäuser direkt in die Arme. Wir versuchten, ihm nicht allzu vorwurfsvoll entgegenzutreten, nachdem er sich so für uns eingesetzt hatte. Aber dennoch platzte mir die Frage heraus, wie es passieren konnte, dass Heimbewohner in der Dunkelheit durch die Gegend stromerten. Er sah nach oben, als suche er an der

Decke die Antwort. Schließlich meinte er:»Ach so, Sie meinen den kleinen Ausflug von Ihrem Vater. Davon habe ich leider eben erst erfahren.« Er zeigte zur Eingangstür, durch die in dem Moment etliche Bewohner ein und aus gingen.»Grundsätzlich möchte ich betonen, dass wir kein Gefängnis sind.« Jetzt mischte sich Rosemarie ein.»Aber bei den Demenzpatienten ist das doch wohl etwas anderes, da gibt es doch sicherlich so etwas wie eine Aufsichtspflicht.« Herr Leuthäuser bekam eine ernste Miene.»Natürlich habe ich das Pflegepersonal zur Rede gestellt«, beschwichtigte er,»aber mir wurde versichert, dass ihr Vater tagsüber mal hier und mal dort im Haus gesehen wurde. Und der Nachtdienst, den ich natürlich umgehend angerufen habe, um mich auch bei ihm zu erkundigen, erklärte mir, dass er Ihren Vater während der Schichtübernahme im Zimmer vor dem Fernseher sitzend angetroffen habe.« Herr Leuthäuser zuckte bedauernd mit den Achseln.»Wie gesagt, wir sind kein Gefängnis, aber wenn es Sie beruhigt, uns ist noch nie ein Bewohner für immer weggelaufen.« Sein sonniges Gemüt kehrte zurück, als er uns schmunzelnd die Hand reichte. Wir verstanden, dass er das Gespräch damit beendete. Im Weggehen drehte er sich noch einmal um.»Wir müssen mit Ihrem Vater Geduld haben, viel Geduld, er muss sich ja erst einmal bei uns einleben.«

Als wir auf die Station kamen, saß Robert mit zwei weiteren Herrn in ein lebhaftes Gespräch vertieft an einem Tisch in der Küche, auf dem drei gefüllte Biergläser standen. Robert beachtete uns kaum, offensichtlich führte er das Wort. Wie ein Boxer hob er die Arme, um seinem Gegenüber zu zeigen, wie er als Jüngling seinen Gegnern Respekt einflößte. Wir kamen natürlich gleich auf den gestrigen Abend zu sprechen. Vorwurfsvoll fragten wir ihn, wieso er das Haus verlassen und wo er überhaupt hinwollt habe. Er zuckte nur mit den Schultern. Er konnte oder er wollte unsere Fragen nicht beantworten, wahrscheinlich hatte er die Aktion längst vergessen.

Als die dunkelhaarige Schwester Elsa, eine recht attraktive Person mit ordentlich gepolsterten Rundungen, in die Küche kam, hatte Robert nur noch Augen für sie. Er schäkerte mit ihr herum, als wäre er auf Brautschau. Rosemarie und ich sahen uns belustigt an, nickten uns zu, und mit einem kurzen »Bis morgen, Robert« stahlen wir uns davon.

Robert gab uns tatsächlich das Gefühl, zu stören, was wir großartig fanden, weil es in unseren Augen ein kleines Zeichen des Ankommens war. Außerdem kam uns der rasche Abschied ganz gelegen, da wir ja noch vorhatten, ins Haus der Schwiegereltern zu fahren, um nicht nur ihre persönlichen Papiere herauszuholen, bevor am nächsten Tag alles Übrige in den Besitz des Herrn Adnan überging. Luise hatte uns übrigens verraten, wo sich alle wichtigen Unterlagen befanden.

Immer noch überkam uns beim Betreten des Hauses dieses komische Gefühl in der Magengegend, als überschreite man eine Grenze ins Niemandsland, in dem das Vergangene nur noch als Traum existierte. Zielstrebig machten wir uns daran, das, was uns am Herzen lag, für den Abtransport bereitzulegen. Da gab es neben den Dokumenten noch einiges an Figuren, Porzellan, Gemälden, die eine oder andere Lampe, persönlicher Krimskrams und natürlich Kleidungsstücke und Wäsche für die beiden. Ich war gerade dabei, die Schubladen im Flur zu durchstöbern, da rief Rosemarie ganz aufgeregt aus dem Wohnzimmer.»Frederik, FREDERIK! Komm und sieh dir das an.«

Ich dachte, wer weiß, was geschehen war, und hastete ins Wohnzimmer, wo Rosemarie auf der Couch saß und mir ein Foto entgegenhielt. Kaum hielt ich es in der Hand, fragte sie mich voller Ungeduld:»Na, was siehst du darauf?«

»Tja, was sehe ich darauf«, erwiderte ich, wobei ich mir das Bild ansah.

»Jetzt sag schon, wer ist darauf abgebildet?«

»Nun beruhige dich doch, Liebling, warum so aufgeregt? Ich sehe darauf deine Mutter als sehr junge Frau ...« Hier unterbrach ich mich, um es mir am Fenster bei Tageslicht noch genauer anzusehen. »Also man könnte auch sagen, dass sie noch keine Frau, aber auch kein Mädchen mehr war.«

»Und was siehst du noch?«, drängte mich Rosemarie.

»Ein kleines Mädchen erkenne ich daneben. Es mag zum Zeitpunkt der Aufnahme vielleicht im Einschulalter gewesen sein. Ein wirklich reizendes Kind mit blonden Zöpfen, und das ganze Gesicht scheint zu lachen.« Als ich Rosemarie das Foto zurückgeben wollte, sah ich, wie sie völlig verwirrt schaute. Was sollte ich davon halten? Ich setzte ich

mich neben sie, nahm sie in den Arm und fragte:
»Warum bist du so durcheinander?«

Beinahe flüsternd bat sie mich, das Foto umzudrehen und zu lesen, was auf der Rückseite stand. Ich drehte es um und las. *September 1944, Lore, mein Sonnenschein und ich.*

Wer ist Lore?

Rosemarie reichte ihr wortlos das Foto. Luises Hand zitterte, als sie es dicht vor ihre Augen hielt. Ohne Brille konnte sie nicht mehr gut sehen, und die lag auf dem Nachtschrank. Doch ich ahnte, dass sie genau wusste, um was für ein Foto es sich dabei handelte. Dennoch reichte ich ihr ungefragt die Brille. Umständlich setzte sie sie auf. Dann sank die Hand, die das Foto hielt, schwerfällig auf die Bettdecke. Regungslos und mit geschlossenen Augen lag Luise da, und ich spürte, wie sie darum rang, Worte zu finden.

Rosemarie schien das alles nicht zu bemerken, denn herausfordernd stand sie mit dem Fuß wippend vor ihrer Mutter. Als das Schweigen zu laut wurde, sagte sie fast vorwurfsvoll und geradeheraus: »Ist das Mädchen auf dem Bild etwa dein Kind?« Vor Aufregung stieg ihr Hitze in die Wangen. Seit sie das Foto gefunden hatte, war sie überzeugt davon, dass Lore ihre Schwester wäre, die man ihr aus welchen Gründen auch immer verheimlicht habe. Ich konnte es ihr nicht ausreden. *Wie anders soll ich die Bezeichnung Sonnenschein deuten?*, hatte sie mich gefragt. Luise schaute sie lange an. Begann Rosemarie zu schwanken?

Ich rückte einen Stuhl heran und bat sie, sich zu setzen. Sie setzte sich. Hinter ihr stehend legte ich ihr meine Hände zur Besänftigung auf die Schultern.

»Mutter, sag etwas! Ist Lore meine Schwester? Und wenn ja, warum habe ich nie davon erfahren? Wo ist sie überhaupt?«

Da Rosemaries Stimme lauter und schneller wurde, unterbrach ich sie. »Liebling. Beruhige dich!«

Verzweifelt schaute sie zu mir hoch.

»Lass ihr Zeit«, bat ich sie. Nach Luises Verhalten zu urteilen, schien es um mehr zu gehen, als nur eine lapidare Antwort zu geben.

Luise drehte ihren Kopf in Rosemaries Richtung, dabei griff sie nach der Hand ihrer Tochter.

Leise, kaum vernehmbar sprach sie. »Ich konnte nicht. Ich konnte nicht darüber reden.« Sie schloss die Augen, als wolle sie mit sich allein sein. Doch unvermittelt sagte sie dann: »Auch jetzt noch, nach all den Jahren, fällt es mir schwer, das zu sagen, was wohl zu meiner Erleichterung gesagt werden muss, denn viel Zeit wird mir dazu nicht mehr bleiben.«

Überwältigt von ihrer geheimnisvollen Andeutung fasste Rosemarie nun ihrerseits mit beiden Händen nach der Hand ihrer Mutter. Sicher war auch ihr in diesem Moment klar geworden, dass nun eine Art Lebensbeichte folgen würde, die ihre Mutter allem Anschein nach für immer in ihrem Herzen begraben wollte.

»Bitte gieß mir Wasser ein.«

Rosemarie tat es und reichte ihr das Glas. Luise trank. Ihre Stimme klang immer noch brüchig, und sie brauchte immer wieder Pausen, um sich zu sammeln.

»Lore ist nicht deine Schwester. Wo denkst du hin? Lore ist ... Lore war die Tochter meiner Schwester Gudrun, du weißt doch, die Marinehelferin, die, Gott habe sie selig, mit der Gustloff unterging und in der Ostsee ertrank. Ihr Mann Ferdinand hat Lore leider nie sehen dürfen. Kurz vor ihrer Geburt ist er gleich zu Beginn des Krieges in Polen gefallen. Ich lebte damals ja noch bei meinen Eltern, und immer, wenn Gudrun abkommandiert wurde, vertraute sie mir Lore an. Wo sollte das Kind denn sonst auch hin? Und da sie sehr häufig weg war, wurde meine Bindung zu Lore immer enger. Ich muss gestehen, dass ich, obwohl ich noch so jung war, oft das Gefühl hatte, Lore wäre wirklich mein Kind.« Luise atmete tief durch, und es war nicht zu übersehen, dass sie mit den Tränen kämpfte.

Jetzt zog auch ich mir einen Stuhl heran und setzte mich ebenfalls nah an ihr Bett. Aufmerksam hörten wir zu.

»Lore war wirklich mein Sonnenschein. Ihr ganzes kleines Leben schien nur aus Lachen zu bestehen. Auch wenn sie oft nach ihrer Mutter fragte, zeigte sie keine Traurigkeit, vielleicht auch, weil ich ihr all meine Liebe gegeben habe. Als das Bild aufgenommen wurde, war meine Schwester wieder einmal unterwegs im Einsatz. Obwohl zum Ende des Jahres 1944 die Lage in unserer Heimatstadt immer heikler wurde, hatten wir, und nicht nur wir, doch die Hoffnung nicht verloren, der Russe würde uns verschonen und wir kämen ungeschoren davon.«

Da wir bemerkten, wie es Luise immer schwerer fiel zu reden, fragten wir sie, ob sie es nicht besser darauf bewenden lassen wolle. Wir wüssten ja nun, um wen es sich bei Lore handelte. Denn wir mutmaßten, dass es manchmal besser war, die

Vergangenheit Vergangenheit sein zu lassen, weil alte Wunden, wenn sie nach so langer Zeit aufgerissen wurden, viel schlechter verheilten. Aber nein, nun bestand Luise darauf, uns die ganze Geschichte erzählen zu wollen. Sie bestätigte uns noch einmal glaubhaft, dass es ihr sicherlich helfen würde, die damaligen Ereignisse endlich aus ihrem inneren Gefängnis zu befreien. Viel zu lange würde sie die schlechten Erinnerungen mit sich herumschleppen. Und somit begann sie etwas gefasster zu erzählen.

Bereits seit dem Spätherbst 1944 hieß es, dass der Russe näher rückte, auch wenn die Stadtverwaltung und die Dienststellen der Partei, quasi bis zum letzten Tag, über den Drahtfunk kundtaten, dass es keinen Anlass zur Besorgnis gäbe. Selbst wenn man an Flucht gedacht hätte, wäre es nicht gegangen, weil Flucht verboten war und unter Strafe stand. Somit wurde die Nachricht »keinen Anlass zur Besorgnis« zu einer gemeinen Lüge. Dass es so war, sahen wir ja mit unseren eigenen Augen. Täglich war mehr los auf den mit Menschen überfüllten Straßen und Bahnhöfen. Mit allem, was auf diese Weise zum Transportieren möglich war, zogen endlose Kolonnen von Menschen jeglichen Alters, ihrem gewohnten Leben entrissen, dahin. Wer ein Pferd besaß, ließ seine Bagage von den Tieren ziehen, die sich oft ebenfalls mit letzten Kräften durch die Kälte und den hohen Schnee kämpften. Was wir allerdings bis zum Schluss, also bis zum 30. Januar 1945, nicht wissen konnten, war, dass sich die Verantwortlichen und die Parteibonzen längst abgesetzt hatten und nur ihre braunen Uniformen zurückließen. Damit hätte man nie gerechnet. Viele, auch meine Eltern, glaubten doch an das, was uns nicht nur Hitler versprochen hatte. Noch am 29. Januar, es war ein Montag, stand ich am späten Vormittag von der Neugierde getrieben mit Lore am Bahnhof. Ich wusste ja nicht, was ich mit der Zeit anfangen sollte, und ich wollte doch wissen, wie ernst die Lage wirklich war, denn es fühlte sich innerlich alles so ungewiss an. Mein lieber, guter Vater, obwohl im Ersten Weltkrieg verwundet, war, wie jeden Tag, schon in Allerherrgottsfrühe laut Befehl mit dem Volkssturm losgezogen, um Barrikaden zu errichten. Mutter kochte derweil auf einem Spirituskocher eine Suppe, denn es gab plötzlich keinen Strom. Wie wir später erfuhren, hatten Pioniere eine Straßenbrücke über die Warthe gesprengt, und dadurch wurde nicht nur der Strom, sondern auch die Versorgung mit Gas und Wasser unterbrochen. Wir blieben nicht lange am Bahnhof stehen, weil es, wie schon in den Tagen zuvor, lausig kalt war. Wenn ich mich recht erinnere, sank das Thermometer nachts bis auf zwanzig Grad minus. Staunend betrachteten Lore und ich den überfüllten Zug, der aus dem Osten kam. Obwohl Lore erst fünf Jahre alt war, blieb ihr wohl nicht verborgen, welch ein Unglück diesen Menschen gerade zustieß. Sie sagte keinen Ton, aber ich sah es ihrem entsetzt fragenden Gesicht an. Unter denen, die in den Waggons kauerten, waren ja auch viele verwundete Soldaten, die wegen der blutigen Verbände an Armen und Beinen und den Köpfen ihre schlimmen Verletzungen nicht verbergen konnten. Besonders auffallend war, dass alle, die sich in den Zügen befanden, mit gleichgültigen Gesichtern schauten, so als wären sie menschliche Attrappen.

Während ich mir das alles besah, dachte ich mir: *Wie soll man eines Tages von hier wegkommen, wenn der Russe tatsächlich die Stadt einnehmen wird. Die Züge sind ja jetzt schon bis zum Bersten gefüllt.* Dableiben ginge ja auch nicht nach alledem, was man an Schrecklichem gehört hatte von denen, die den mongolischen Horden noch auf den letzten Drücker entkommen waren. Sie berichteten von grässlichem Meucheln und Vergewaltigungen, wobei die Russen keinen Unterschied machten, ob ihnen junge oder alte Frauen und manchmal auch kleine Mädchen in die Hände fielen. Da nahmen die Bedauernswerten lieber die unhaltbaren Zustände auf den verschneiten und vereisten Landstraßen in Kauf, um nur nicht in die Klauen der Bestien zu geraten. Viele derer, die ins Ungewisse zogen, hatten inzwischen Erfrierungen. Vor allem Babys litten unter der Kälte, und so kam es nicht selten vor, dass man sie erfroren einfach am Straßenrand liegenließ, weil man sie in dem hart gefrorenen Boden nicht beerdigen konnte.

Ich hielt es keine Minute länger am Bahnhof aus. Und als würde ich wie ein Fischlein gegen einen reißenden Strom schwimmen, hastete ich, die Ellenbogen einsetzend und Lore hinter mir herziehend, nach Hause. Dankbar, in der warmen Stube angekommen zu sein, schloss ich die Tür hinter mir. Mutter rieb Lore die Hände warm. Als Vater von seinem Einsatz zurückkam, redete er nicht viel. Beim Eintreten in die Stube schaute er sich beim Anblick der brennenden Kerzen, die wir noch von Weihnachten übrig hatten, mit bestätigendem Ausdruck im Gesicht um, so als hätte er nichts anderes erwartet. Er sagte nur, dass es ganz in der Nähe einen ordentlichen Rumms gegeben habe. Außerdem würde nicht weit entfernt geschossen, und in der Ferne wäre bereits Feuerschein zu sehen.

Während er sich mit fahlem Gesicht und zittriger Hand ein Brot schmierte, sah ich ihm an, dass ihn große Sorgen quälten. Sogar Lore konnte ihn nicht aufmuntern. Sie setzte sich auf seine Knie und streichelte ihm die Wange. Doch er guckte sie an, als würde er durch sie hindurchsehen. Bald darauf drängte Mutter uns, schlafen zu gehen, man müsse schließlich für das, was eventuell kommen würde, ausgeschlafen sein.

Unerwartet schlug Vater mit der flachen Hand auf die Tischplatte, sodass wir vor Schreck zusammenzuckten. »Aus, aus, alles vorbei«, stöhnte er, und den Ernst des Augenblicks hörte man aus seiner Stimme heraus. Nun folgten so böse Worte, wie ich sie noch nie von ihm gehört hatte, in denen er sich selbst anklagte, dumm genug gewesen zu sein, solch einem Verführer wie dem Hitler nachzulaufen. Leider fing Lore daraufhin zu weinen an. Aber neben mir im Bett beruhigte sie sich schnell.

Am frühen Morgen des nächsten Tages, es mochte so gegen vier Uhr gewesen sein, saßen Lore und ich, vom Geschützfeuer geweckt, vor Schreck aufrecht im Bett. Ich warf die Bettdecke beiseite und eilte ans Fenster. Unweit von uns brannte ein Dorf, dessen war ich mir sicher. Es war übrigens ein schaurig schöner Anblick, wie die dunkle Schneelandschaft am Horizont rot aufglühte, als würde das Morgenrot einen friedlichen, sonnigen Frühlingsmorgen ankündigen. Lange konnte ich mir keine Gedanken über das machen, was ich sah, denn schon stand Vater in der Tür. Ohne Umschweife drang er in energischem Tonfall darauf, dass ich für mich und Lore umgehend ein Bündel schnüren sollte.

Ich verstand nicht recht, was das bedeutete. Aber auf meine Einwände duldete er keinen Widerspruch. »Lore und du, ihr müsst auf der Stelle weg!«, beschloss er rigoros. »Und pack keinen Koffer, damit ist es zu umständlich unterwegs. Verfrachte das Nötigste in meinen Rucksack, den ich dir mitgebe. So hast du die Hände frei. Und auf den Rucksack schnürst du zusammengerollte Decken, die werden euch wärmen, wenn ihr im Zug sitzt. Aber mach schnell, es bleibt nicht mehr viel Zeit«, redete er auf mich ein. »Und vor allem binde dir ein Kopftuch um und gehe mit krummen Rücken daher. Es braucht ja nicht jeder gleich sehen, dass du eine junge hübsche Frau bist.«

Lore war indes zu Mutter gelaufen, die bereits in der Küche Brote schmierte und Tee kochte.

»Aber wo sollen wir denn hin?«, entfuhr es mir, nun ebenfalls laut geworden.

»Zu Heiner und Grete nach Berlin natürlich«, wandte Vater ein. »Weihnachten habe ich mit ihnen schon alles telefonisch besprochen, wenn es mal so weit sein sollte. Da werdet ihr vor den Russen sicher sein.«

Ja, so redete Vater an diesem Morgen mit mir. Heiner und Grete mochte ich sehr. Oft war ich in den Schulferien bei ihnen gewesen. Außerdem freute ich mich jedes Mal, Levin wiederzusehen. Er war schätzungsweise zwei Jahre älter als ich und hatte so braune Locken, die lustig in seine Stirn tanzten, wenn er lachte. Und er lachte oft. Einmal hat er mich sogar in den Tierpark eingeladen. Julchen fiel mir ein, die ich seit Ewigkeiten nicht mehr gesehen habe. Daran dachte ich in diesem Moment. Obschon ich mich auf Mutters Schwester und Onkel Heiner freute, wollte ich meine Eltern in dieser unruhigen Zeit nicht im Stich lassen. Und als ich Vater ein wenig unwirsch erklärte, dass ich nicht ohne ihn und Mutter gehen würde, traf mich sein flehender Blick, der nichts anderes bedeutete als: *Rettet eure Leben!* Da half auch nicht mein Einwand, dass es in Berlin wegen der Luftangriffe ebenso gefährlich wäre. Aber Vater ging davon aus, dass es im Randbezirk von Berlin sicherer wäre, als zu Hause auf die Russen zu warten. Während er mir versicherte, dass dieser Scheißkrieg auch mal ein Ende haben würde und ich danach wieder zurückkäme, nahm er mich in den Arm und strich mir tröstend übers Haar. Also ließ ich mich überreden.

Es war ein stiller Abschied ohne große Worte. Auch Lore hatte den Ernst der Lage gespürt. Sie gab sich nicht widerspenstig. Allerdings fragte sie, ob Mami nicht mitkommt.

Hier unterbrach sich Luise. Sie bat erneut um ein Glas Wasser. Ich stand auf, um erst einmal das Licht im Zimmer einzuschalten, denn es war bereits schummrig im Raum geworden. Im hellen Schein der Deckenlampe erkannte ich, dass Luise sehr mitgenommen aussah.

»Schalte das Licht bitte wieder aus«, bat sie mich. »Es lenkt mich zu sehr ab.«

Vielleicht war es auch der angespannte Blick ihrer Tochter, der sie in der Helligkeit verunsicherte, dachte ich mir. Bevor ich das Licht löschte, reichte ich ihr das Wasser. Sie trank in kleinen Schlückchen, und es dauerte noch eine ganze Weile, bis sie den Faden wieder aufnahm und weiterreden konnte.

»Sobald Mami Zeit hat, wird sie dich in Berlin besuchen«, sagte ich dem Kind treuherzig. »Sei nicht traurig. Mami wird dir auch bestimmt etwas Schönes mitbringen.« O Gott, o Gott, o Gott, ich konnte ja nicht ahnen, dass genau zu der Zeit, als ich Lore dieses sagte, die Gustloff mit Tausenden Flüchtlingen an Bord, denen es unter den größten Strapazen gelungen war, endlich auf das sie rettende Schiff zu gelangen, in Gotenhafen Richtung Kiel ablegte, um neun Stunden später, von russischen Torpedos getroffen, in der eisigen Ostsee unterzugehen. Unter den fast zehntausend Menschen, die ertranken, befand sich auch Lores Mami, meine Schwester Gudrun. Aber zurück zum Abschied von zu Hause.

Wenige Minuten später standen Vater und Mutter in der zweiten Etage am geöffneten Fenster und winkten uns nach, als würden sie insgeheim sagen wollen: Bleibt doch hier! Wegen der eisigen Böen wehten die Enden der Gardine im heulenden Wind. Mit der einen Hand hielt Mutter sich fröstelnd den Kragen der Bluse um ihren Nacken, während die andere mit einem Taschentuch wedelte. Wir blieben noch einmal auf dem Bürgersteig stehen. Würde ich meine lieben Eltern je wiedersehen?, ging es mir durch den Kopf. Ich zwang mich dazu, kein Selbstmitleid aufkommen zu lassen, wem würde es nutzen. Entschlossen fasste ich nach Lores Hand, und ohne mich noch einmal umzudrehen, reihten wir uns in die Massen ein. Schon bald verschwanden wir im Gewühl der Umherziehenden. Obwohl es überall drüber und drunter ging, schien es in den einzelnen Trecks dennoch eine gewisse Ordnung zu geben. Was auch an den Pferdegespannen sichtbar wurde, auf denen die Namen der Dörfer zu lesen waren, damit sich die Menschen in dem Trubel nicht verloren. Die Pferde zogen mit gesenkten Köpfen gleichmütig durch den mittlerweile verdreckten Schnee, und unter den mit Sack und Pack beladenen Fuhrwerken, auf denen sich teils provisorisch zusammengezimmerte kleine Hütten befanden, liefen im Schutz der Holzplanken verlotterte Dorfköter. Der heftige Wind wehte von Osten, als triebe er die Flüchtlinge vor sich her, als wolle er sie für alle Tage und für immer vertreiben. Nur gut, dass Mutter in weiser Voraussicht der kleinen Lore zu Weihnachten eine dicke Mütze, Schal und ebensolche wärmenden Handschuhe gestrickt hatte. Zudem trug sie einen dicken Wintermantel, eine Flanellhose und wollende Strümpfe, die in festen Stiefeln steckten. Auch ich war gut eingepackt. Vater hatte recht behalten mit dem Rucksack, so konnte ich immer abwechselnd eine Hand in den tiefen Manteltaschen verstecken, um mit der anderen Lore festzuhalten. Aus lauter Angst, dass sie mir verloren ging, ließ ich sie nicht los, auch wenn sie hin und wieder bettelte, nur zu den Hunden laufen zu wollen.

Als wir am Bahnhof ankamen, bot sich uns ein seltsames Bild. Auf dem großen Platz vor dem Bahnhof standen unzählige verlassene Schlitten, auf denen das Hab und Gut derer transportiert wurde, die nun auf einen Platz in der Eisenbahn hofften, um auf diese Weise ihr Glück in der Ferne oder wo auch immer zu suchen. Die verlassenen Hunde streunten unruhig witternd in der Hinterlassenschaft umher, ob sie nicht doch noch ihren Menschen wiederfanden. Wir waren keine Minute zu früh angekommen. Aber vielleicht zu spät, wie ich beim Anblick des bereits im Bahnhof haltenden Zuges befürchtete, der zum Teil aus Güterwaggons bestand. Auch in diese zweckentfremdeten Waggons drängten und zwängten sich die Menschen. Es herrschte ein totales Durcheinander. Alte Frauen und greise Männer wurden rücksichtslos geschubst und gestoßen. Und zwischen all dem aufgeregten Rufen und Schimpfen schrien Kinder nach ihren Müttern oder aus Angst und Schmerzen, weil sie sich auch gegen die Kälte nicht anders zur Wehr setzen konnten. Es wäre zum Erbarmen gewesen, aber man gehörte ja selbst dazu. Es gab sogar Mütter, deren Babys die Strapazen nicht überstanden, die wurden dann mit ihrem toten Kind im Arm wieder aus den Abteilen gedrückt, mit vereinten Kräften hinaus an den bereits auf den Trittbrettern Lauernden vorbei. Ich beobachtete sogar, wie man ein lebloses Bündel aus dem Fenster reichte und es wie ein überflüssiges Gepäckstück neben die Schienen legte, wo es keine weitere Beachtung mehr fand.

Nun fing auch Lore an zu weinen. Sie zerrte an mir herum, weil sie unbedingt von diesem schrecklichen Ort wegwollte. Nach Hause wollte sie, dorthin, wo ihre Spielsachen auf sie warteten. Außerdem war ihr eingefallen, dass sie ihre Puppe nicht mitgenommen hatte. Aber ich hatte andere Sorgen. Wie sollte ich es anstellen, in den Zug zu kommen? Es schien ausweglos. Aber dennoch musste es einen Weg geben.

Die störrische Lore hinter mir herziehend lief ich an den Abteilen vorbei. Der Zug war sehr lang, und die letzten Waggons standen außerhalb des Bahnhofs. Ich wunderte mich, dass es ganz am Ende drei oder vier Waggons gab, an denen kein solches Chaos herrschte. Dafür machte ich etliche kriegsverletzte Soldaten aus, die beim geordneten Einsteigen Befehle befolgten, soweit sie dazu körperlich in der Lage waren. Wenn nicht, bekamen sie Hilfestellungen von den Sanitätern. In einigen Metern Abstand fiel mir ein nicht mehr ganz junger Offizier auf, der die Kommandos gab. Soweit ich es der Entfernung nach erkennen konnte, machte er seinem Aussehen nach einen liebenswürdigen Eindruck. Auf eine innere Eingebung hin zog ich mir das Kopftuch herunter, band es mir um den Hals und kämmte mir mit den Fingern das Haar wuschelig. Lore beobachtete mich interessiert, wie ich umständlich den Rucksack von den Schultern bugsierte, neben mir abstellte und eine der beiden Decken nahm, die ich mir dann in Höhe des Bauches unter den Mantel stopfte. Verwundert meinte Lore, dass ich jetzt wie Tante Schaluppke aussähe. Frau Schaluppke war eine unserer Nachbarinnen und stand kurz vor der Entbindung. »Das ist schon recht so«, sagte ich zu ihr und ermahnte sie eindringlich, so traurig zu gucken, wie sie nur konnte, wenn ich jetzt mit ihr zu dem Offizier da hinten ging. Aber eigentlich hätte ich es ihr gar nicht zu sagen brauchen, sie sah mit ihrem tränenverschmierten Gesicht, in dem sich die Kälte gnadenlos abzeichnete, ohnehin bemitleidenswert aus. »Und du sagst keinen Mucks«, mahnte ich sie obendrein. Also schnallte ich mir wieder den Rucksack über und ging breitbeinig mit hohlem Rücken und schmerzverzerrter Miene direkt auf den Offizier zu. Er drehte sich in Gänze zu uns herum und stemmte seine beiden Fäuste erwartungsvoll in die Hüften. Ich war mir damals durchausbewusst, wie ich auf Männer wirkte, und ich unterstrich meinen Jungmädchenreiz mit Augenaufschlag und einem raffinierten Lächeln, als ich ihm Auge in Auge gegenüberstand. Ich erkannte, dass es sich bei ihm rangmäßig um einen Hauptmann handelte. Weil ich alles auf eine Karte setzen musste, erklärte ich ihm klagend, dass es bald so weit wäre und ich mich davor fürchten würde, unter freiem Himmel in Eis und Schnee zu gebären. Dabei verdrängte ich die Befürchtung, er würde bemerken, dass ich ja noch ein halbes Kind war. Übermütig wies ich außerdem darauf hin, mein Mann, der als Hauptmann an der Front seine Pflicht täte, hätte noch vor Kurzem in einem Brief geschrieben, dass, wenn ich einmal in derartigen Schwierigkeiten wäre wie im Augenblick, ich mich nur an einen Hauptmann wenden bräuchte, weil man sich unter Kameraden helfen würde. Der Hauptmann, immer noch die Hände in die Hüften gestemmt, gab einem in der Nähe vorbeirennenden Unteroffizier Order, in dem plötzlich entstandenen Sauhaufen weiter hinten vor den Abteiltüren Ordnung zu schaffen. Damit meinte er einige verwundete Soldaten, die wohl die Schnauze voll hatten von Disziplin und Gehorsam und sich beim Einsteigen gegenseitig zur Seite stießen. Dann wandte sich der Hauptmann wieder uns zu, und mir entging nicht, dass sich neben seinen Augen Fältchen bildeten. Diese Art von Fältchen, die Freundlichkeit und heitere Leichtigkeit ausdrückten. Er schaute auf Lore herab, und sie sah zu ihm hoch, wie sie es am letzten Nikolaustag getan hatte, als der Nikolaus mit erhobener Rute vor ihr stand. Lange hielt der Hauptmann ihrem Blick nicht stand. Nachdenklich schob er seine Schirmmütze nach vorne und kratzte sich den kahlen Nacken. Ich nutzte den Augenblick, um noch hinzufügen, dass es einzig seine Kinder wären, die meinem Mann den Sinn fürs Weiterkämpfen gäben, wie ebenfalls in seinem Brief gestanden habe. Unerwartet legte der Hauptmann seine linke Hand, die in einem feinen Wildlederhandschuh steckte, auf Lores Wollmütze, als wolle er sie segnen, die direkt ein paar Zentimeter kleiner wurde. Er habe auch eine Tochter im gleichen

Alter, die ebenfalls zu Hause in Köln auf ihn warten würde, erklärte er, wobei er geräuschvoll den Inhalt seiner Nase hochzog. Und während er es sagte, zwinkerte er Lore lächelnd zu. Wir schraken zusammen, als unvermittelt ein Pfiff in unseren Ohren gellte, den der Hauptmann gekonnt aus breitem Mund ertönen ließ und der augenscheinlich dem Unteroffizier galt, der unverzüglich Anstalten machte, herbeizueilen. Während wir auf ihn warteten, unterrichtete mich der Hauptmann darüber, dass der Zug über Berlin fahre, falls der Iwan nicht inzwischen irgendwo auf der Strecke die Gleise gesprengt habe. Er zuckte mit den Achseln. Dann müsse man wohl oder übel per pedes das Weite suchen. Mit dem Handschuh wischte er sich einen Tropfen von der Nase. Einstweilen war auch der Unteroffizier angekommen. In strammer Haltung schlug er abwartend die Hacken zusammen. »Schröder«, bellte der Hauptmann los, »sehen Sie zu, dass die beiden Damen hier einen Platz bei den Kameraden bekommen.« Mir tat der Soldat sogar ein wenig leid, wegen uns so angebrüllt zu werden, aber ich war gleichzeitig überglücklich, nicht nur den Hauptmann getroffen, sondern auch den Mut dazu aufgebracht zu haben, ihm diese Komödie, die ja eigentlich eine Tragödie war, vorzuspielen.

»Alles Gute für Sie und die Kleine«, rief der Hauptmann uns nach, als wir uns dem Unteroffizier anschlossen. »Und grüßen Sie Ihren Mann von mir, wenn der da oben es will.« Dabei zeigte er mit dem Finger zum Himmel.

Wir waren schon fast am Einstieg, da brüllte der Hauptmann an den Unteroffizier gerichtet, dass er sich schon einmal darauf einstellen könne, Hebamme zu werden. Bei aller Angst konnte ich mir ein Lächeln nicht verkneifen. Doch das Lachen sollte mir schon bald vergehen. Zwischen all den kriegsmüden Männern suchten wir uns einen Platz. Es war nicht so einfach, sich einen Weg durch die vollen Abteile zu bahnen. Dabei musste man noch achtsam sein, keinen von jenen, die an den Gliedmaßen dick bandagiert waren, anzurempeln. Selbst bei denen, die einen Kopfverband trugen, war Vorsicht geboten, da sie zum Teil auf den Gängen lagen. Ich wollte schon aufgeben und mich vollkommen erschöpft nicht mehr von der Stelle bewegen, als zwei Soldaten, die wie Burschen aussahen, die noch nicht lange konfirmiert waren, uns trotz ihrer durchgebluteten Verbände und übermüdeten Gesichter ihre Sitzplätze anboten. Wegen meiner Verkleidung bekam ich ein schlechtes Gewissen, weil ich ja unter meinem Mantel nur eine Decke trug und nicht hochschwanger war, wie sie wohl annahmen. Aber für Lore war ich froh. Sie wirkte apathisch, als würde sie Fieber ausbrüten. Schläfrig kauerte sie sich eng an mich. Ich hatte einen Platz am Fenster eingenommen, und sie saß eingeengt zwischen mir und einem bereits schlafenden Soldaten, der genau so elend und ausgemergelt aussah, wie die Frontkämpfer, die ich noch vor gar nicht langer Zeit im Kino in der Wochenschau gesehen hatte, als von dem schnellen Voranrücken im Osten und dem ungebrochenen Siegeswillen der Deutschen Wehrmacht berichtet wurde.

Eigentlich hätte ich gerne Mutters Stullen und den Tee ausgepackt und Lore etwas zu essen gegeben, aber in Anbetracht der sicherlich hungrigen Männer ringsum ließ ich es sein. Darum war ich froh, dass Lore, von den Körpern zu beiden Seiten gewärmt, tief und fest eingeschlafen war und nur ganz kurz wach wurde, als die

Türen zugeknallt und von innen fest verriegelt wurden. Ich hauchte das Scheibenfenster an und rieb mit dem Handballen ein Loch ins allmählich auftauende Eis. Dann harrte ich in angespannter Erwartung, ob der Zug uns sicher ins Ziel brächte. Nun erst fiel mir auch das Stöhnen und Jammern in unmittelbarer Nähe auf. Und weiter von vorne, dort, wo das vertriebene Volk den Zug füllte, drang lautes Klagen und Schreie. Dann ruckte das Abteil, und eingehüllt in graue Dampfwolken setzte sich der Zug fauchend und schnaubend in Bewegung.

Lore und der Mann neben ihr öffneten für Sekunden die Augen, um sie gleich darauf wieder zu schließen. Lores Wangen glühten mächtig. Sollte ich ihr doch einen Becher Tee reichen? Nein, ich tat es nicht. Ich war froh, dass sie wieder schlief. Ich selbst hüllte mich halb in den Fenstervorhang ein und sah dösend in die vorbeiziehende Landschaft. Es hatte wieder zu schneien begonnen. Im Flockengestöber machte ich immer wieder mal kleine, schwer bepackte Grüppchen aus, die mit nach vorne gebeugten Körpern gegen das Schneetreiben ankämpften, wobei die Kleineren Schutz suchend hinter den Großen hermarschierten. Einmal lag ein Pferd mit den Beinen nach oben am Wegrand, und ich wunderte mich darüber, weil es mich nicht im Herzen berührte. Auch denen, die daran vorbeizogen, schien es egal zu sein. Außer einem, von der Statur her ein kräftiger Kerl. Der blieb stehen und schlug mit einem Knüppel unbarmherzig auf den Leib des Tieres. Aber da war der Zug schon vorbei an dieser Stelle.

Die Bilder, die ich folgend sah, gehörten zu einem Traum, der so wirr war, dass ich im ersten Moment froh war, geweckt worden zu sein, wenn auch nicht gerade behutsam. Quietschend kam der Zug zum Stehen.

Aufgeregte Stimmen erhoben sich. Allgemeine Unruhe machte sich breit. Lore begann im Halbschlaf zu wimmern. Mit Kraftaufwand wurden neben und hinter mir die Fenster geöffnet. Eiskalte Luft strömte herein. Auch ich schaffte es schließlich, das Fenster mit größter Mühe herunterzuziehen. So weit ich konnte, beugte ich mich mit dem Oberkörper hinaus. Im schwachen Schein einer im Wind schaukelnden Lampe versuchte ich, die Buchstaben zu entziffern, die auf dem Voranzeigeschild standen, das den Bahnhof ankündigte, der in einiger Entfernung gerade noch schemenhaft zu erkennen war.

»Berlin-Charlottenburg«, flüsterte ich. Gut, dass ich wach geworden war, dachte ich mir, denn hier war meine Fahrt ohnehin zu Ende. Aber warum hielt der Zug nicht direkt im Bahnhof? Aus dem Schornstein der Lokomotive dampfte es kräftig weiter. Im Schneetreiben und im Qualm, der vom böigen Wind nach unten gedrückt wurde, konnte ich menschliche Gestalten ausmachen, die wie gespenstische Schatten von außen an den Türen zerrten, die ihnen aber verschlossen blieben. Einige der Schatten rannten bereits am Zug entlang in meine Richtung. »Lasst uns rein!«, hörte ich sie rufen. Ich spürte sofort, dass es hier nicht mit rechten Dingen zuging. Dies war kein planmäßiger Halt.

Viel zu grob weckte ich Lore und schnappte mir meinen Rucksack. Vorbei an murrenden Soldaten tapste Lore mir im Halbschlaf zum Ausgang hinterher. Doch ich bekam die Tür nicht auf, so sehr ich mich auch bemühte, sie war verriegelt, und ich befürchtete schon, der Zug würde auf der Stelle weiterfahren. Ich riss und zerrte vergeblich an dem Griff, bis ein junger Bursche sich kopfschüttelnd meiner erbarmte.

»Sie wollen wohl beim Russen bleiben«, zischte er mir zynisch zu. Aber da sprang ich schon vom Trittbrett in den Schnee. Lore brauchte eine Weile, um sich in meine ausgebreiteten Arme fallen zu lassen. Keine Sekunde zu früh hatte ich es geschafft, den Zug zu verlassen. Die Verwandten warteten doch auf mich, und wo sollte ich denn hin, wäre ich im Zug geblieben? Vielleicht hätte ich nie mehr meine Eltern gesehen. Schließlich hatte ich ja auch davon gehört, dass Züge aus der Luft angegriffen wurden.

Geräuschvoll setzte sich der Zug in Bewegung, und die Schatten, die eben noch um ihn herumsprangen, lösten sich im Zwielicht auf. Obwohl ich Lore an der Hand hielt, kam ich mir neben den verlassenen Gleisen mutterseelenalleine vor. Am liebsten hätte ich vor Verzweiflung laut geschrien. Aber alleine schon wegen Lore musste ich stark sein und mich zusammenreißen. Mir graute bei der Vorstellung, bei diesen widrigen Umständen mit der Kleinen den weiten Weg zu Onkel Heiner und Tante Grete anzutreten. Der war mir wohl bekannt, deshalb wusste ich ja auch, dass er selbst für mich eine Herausforderung war. Aber was sollte ich mir Gedanken darüber machen, es war nichts anderes zu erwarten gewesen, als nur zu Fuß das Haus der beiden zu erreichen. Worauf also warten.

Lore veranstaltete eine Quengelei, sie müsse aufs Klo, und ich bekam Angst, sie würde sich bei dieser Kälte in die Hose pinkeln. Also eilte ich mit ihr so schnell wie möglich zum Bahnhof. Nach dem Ansturm eben hielten sich dort überraschenderweise nur wenige Leute auf. Ein Glück, dass Lore bis zum Klo einhalten konnte. Danach bettelte sie darum, im Bahnhof zu bleiben, weil es da nicht so kalt war. Erst da fiel mir ein, dass das Kind seit unserem Weggehen von zu Hause noch nichts gegessen und getrunken hatte. Ich setzte sie im Wartesaal auf eine Bank und packte die Brote und den Tee aus, der leider nur noch lau war. Unter den scheelen Blicken einiger Vorbeigehender, die sicherlich auch Hunger und Durst hatten, verzehrten wir dennoch genüsslich unser Proviant.

Wir waren fast fertig, da kam eine Frau auf uns zu und stellte sich direkt vor uns hin, als wollte sie überprüfen, ob ich wirklich die wäre, für die sie mich anscheinend hielt. Auch ich warf ihr einen Blick zu und bemerkte, dass sie weitaus jünger war, als ich sie von Weitem eingeschätzt habe. Tatsächlich war sie mir zuvor schon deswegen aufgefallen, weil sie anstatt eines Gepäckstücks einen Schlitten über der Schulter trug und uns aus gebührendem Abstand freimütig beobachtete. Dann nannte sie geradeheraus meinen Namen, worüber ich, warum auch immer, erschrak. Sie sagte ihn noch einmal, und ich antwortete mit »Ja«. Ich war einigermaßen überrumpelt, als ich gleich darauf ihre Arme um meinen Hals spürte.

»Erkennst du mich denn nicht?«, fragte sie. »Ich bin es doch, Julchen.« Ich stieß sie ein wenig von mir weg, um mich zu vergewissern. Julchen? Julchen Matzerath? Ja sie war es. Als Kinder hatten wir viel miteinander gespielt oder waren in den Sommerferien gemeinsam schwimmen gegangen, wenn ich bei Heiner und Grete zu Besuch war. Sie wohnte nur wenige Häuser entfernt. Allerdings hatten wir uns in den letzten Jahren völlig aus den Augen verloren. Umso größer war jetzt die Freude über das Wiedersehen, auch wenn der Anlass nichts mit Freude zu tun hatte.

Im weiteren Gespräch brauchte es von meiner Seite her schon einige Überredungskunst, ihr klarzumachen, dass Lore nicht meine Tochter war. Irgendwie fühlte ich mich schäbig dabei, weil mir das Kind inzwischen im Herzen zu einer Tochter herangewachsen war. Mir war, als hätte ich sie in diesem Moment verraten. Aufgeregt und durcheinanderredend erzählten wir uns gegenseitig, was in der letzten Zeit so alles geschehen war und warum wir nun zu dieser Stunde im Charlottenburger Bahnhof nebeneinandersaßen. So erfuhr ich von ihr tränenreich geschildert, dass sie vor wenigen Monaten geheiratet habe und seit beinahe zwei Wochen jeden Tag zum Bahnhof käme, in der Hoffnung, ihren Mann in Empfang zu nehmen, der bei der russischen Offensive vor fast drei Wochen sein Augenlicht verlor. Sie hoffte fest, dass er mit einem der Verwundetentransporte zu ihr zurückkäme. Dafür habe sie auch stets den Schlitten dabei, um darauf sein Gepäck zu transportieren. Nein, auch diesmal war er nicht dabei gewesen. Aber ich war froh über ihren Vorschlag, Lore auf den Schlitten zu setzen, da sie uns begleiten wollte.

Von dem neben dem Bahnhof stehenden Baum brach Julchen kurz entschlossen einen etwas dickeren Ast ab. Den band sie an das Zugseil. So konnten wir beide mit vereinten Kräften die kleine Lore, die ich sorgsam in die Decken einwickelte, über den harschigen Schnee ziehen. »Auf gehts!«, ermunterten wir uns gegenseitig. Die Vorstellung, uns schon bald in einer geheizten Stube aufzuwärmen, trieb uns trotz Wind und Kälte voran, auch wenn uns unser Ziel mindestens eine Stunde Fußweg bescherte. Kaum ein Mensch, geschweige ein Auto, begegnete uns unterwegs. Darum erschraken wir wegen des hellen Lichts, von dem wir plötzlich hinterrücks angestrahlt wurden. Wir waren etwa die Hälfte des Weges schweigsam in Gedanken versunken gegangen, sodass wir gar nicht mitbekommen hatten, wie sich uns das Fahrzeug näherte, dessen Scheinwerferlicht uns nun traf. Hastig versuchten wir, den Schlitten von der Fahrbahn zu ziehen. Dabei wäre Lore beinahe runtergefallen. Direkt neben uns hielt ein Kübelwagen der Wehrmacht. Ein junger Unteroffizier öffnete freundlich lächelnd die Wagentür. Forsch sprang er in den Schnee, dabei rutsche ihm das Schiffchen weit in den Nacken. Julchen lachte hell auf. Ihr Lachen tat mir gut. Es hörte sich genauso an, wie wir früher als Kinder lachten. Als der Unteroffizier nach einem kurzen Wortwechsel erfuhr, wohin wir wollten, bot er sich an, uns mitzunehmen, da er in etwa das gleiche Ziel habe. Hatte der liebe Gott wahrhaftig mein stilles Gebet erhört, er möge uns Rettung schicken, bevor sicherlich nicht nur meine Kräfte am Ende waren?

Im Wagen rückten wir eng aneinander, und obwohl der Fahrtwind ordentlich durch das Verdeck wehte, waren wir froh, nicht mehr direkt der grausigen Witterung ausgesetzt zu sein.

Unser Chauffeur sprach nicht viel, der hatte wohl ebenfalls seine eigenen Gedanken. Schneller als ich zu hoffen wagte, hielt er an der angegebenen Adresse. Lore wollte gar nicht aussteigen, weil sie meinte, es wäre so kuschelig. Erst als ich auf das Haus mit den erleuchteten Fenstern zeigte und ihr sagte, dass sie gleich in einem warmen, weichen Bett schlafen könne, gab sie dem Soldaten zum Abschied die Hand und bedankte sich brav mit einem Knicks bei ihm. Der kramte mit der Hand in seiner Uniformjacke herum und zog dann einen Keks heraus, den er ihr schmunzelnd gab. Er strich ihr irgendwie mitfühlend über die roten Bäckchen, als sie den Keks hungrig abbiss. Ohne viele Worte lud er den Schlitten aus. Nachdem er sich mit einem nachlässig ausgeführten militärischen Gruß verabschiedet hatte, setze er sich wieder ans Steuer und brauste los.

Wohl von der Unruhe vor dem Haus neugierig geworden, wurde das Fenster geöffnet, und von Herzen froh winkte ich erleichtert der Tante zu. Julchen und ich umarmten uns und beschlossen, uns in nächster Zeit öfter zu treffen. Im letzten Moment fiel mir noch ein, sie nach Levi zu fragen, den sie ja von früher her auch gut kannte. Sie wunderte sich, dass ich ausgerechnet jetzt nach ihm fragte, sagte aber, dass sie nicht wüsste, wo er abgeblieben sei. Der kleine Zigarrenladen seiner Eltern wäre eines Tages geschlossen gewesen, und vor die zertrümmerte Schaufensterscheibe hätte man Bretter genagelt. Seither habe sie ihn nicht mehr gesehen. Dabei beließ ich es.

Mittlerweile stand Tante Grete frierend in der Haustüre. Ungeduldig rief sie unsere Namen.

Sie und Heiner hatten sich schon große Sorgen gemacht, weil es spät geworden war. Sie hatten viel früher mit uns gerechnet. Aber wir waren da, das war die Hauptsache.

Bevor wir bald darauf völlig erschöpft und durchgefroren in die Betten krochen, bekamen wir noch ein Abendbrot vorgesetzt.

Während wir gierig das Essen hinunterschlangen, erzählten wir von unseren Erlebnissen von unterwegs, worauf Grete immer wieder sagte;»Furchtbar, isses nicht furchtbar?« Aber was für eine Freude hatten Lore und ich, als wir kurz darauf gesättigt feststellten, dass

Grete uns derweil fürsorglich heiße Ziegelsteine unter die Zudecke gelegt hatte.

Luises Schilderungen wurden unterbrochen, weil die Schwester mit dem Abendbrot ins Zimmer kam. Wenn ich jetzt darüber nachdenke, glaube ich, sie war ganz froh über die Störung gewesen. Selbstverständlich hätten wir gerne gewusst, wie die Geschichte weiterging. Aber zumindest war Rosemarie erleichtert gewesen, dass ihr über all die Jahre keine Schwester vorenthalten wurde. Dennoch fragten wir uns, wo Lore abgeblieben war. Doch an diesem Tag beließen wir es dabei, zudem Luise meinte, wir sollten ihr nicht böse sein, weil sie jetzt wirklich ihre Ruhe brauche. Also bohrten wir nicht weiter nach und leisteten ihr, solange sie ihr Abendbrot zu sich nahm, noch Gesellschaft.

Erst zu Hause redeten Rosemarie und ich bis in den späten Abend hinein über das Gehörte. Und ich fragte mich, warum man heutzutage nicht dankbarer für das war, was man hatte. Nämlich ganz im Gegensatz zu dem, was unsere Elterngeneration damals durchstehen musste, heute ohne Angst vor derartigen Repressalien in Frieden und Freiheit leben zu können.

»Ja, dankbar sein für jeden neuen Tag!«, stimmte mir Rosemarie zu.

Und ich ergänzte: »Dankbar sein für jede Stunde!«

Leere Räume

Nicht nur Häuser können leere Räume vorweisen, auch im Leben werden immer wieder leere Räume geschaffen, in denen höchstens noch die Erinnerungen Platz haben. Nachdem wir einen weiteren letzten Karton mit scheinbar wichtigen Papieren erst zuhause in aller Ruhe durchsehen wollten, saßen wir voller Anspannung auf der Couch und warteten darauf, dass die Haustürglocke läutet. Durch das Fenster konnten wir dann endlich den Mercedes von Herrn Adnan heranfahren sehen.

»Er kommt«, sagte ich, obwohl Rosemarie ihn auch gesehen hatte.

»Ich bin wirklich gespannt, wie er reagieren wird, wenn wir ihm das Haus anbieten«, meinte sie.

Kaum gesagt, schellte es. Als ich ihm die Tür öffnete, war ich ein wenig über seine Aufmachung überrascht. Er trug diesmal einen Nadelstreifenanzug, ein weißes Hemd mit Einstecktuch um den Hals, und unter seinem Jackenärmel lugten Manschetten mit goldenen Knöpfen hervor. All das erfasste ich mit einem einzigen Blick.

Ich begrüßte ihn mit den Worten: »Guten Tag, wollen Sie das Haus etwa alleine ausräumen?«

Herr Adnan zeigte sich belustigt. »Nix, nix, Leute sind unterwegs.« Er zwängte sich an uns vorbei und ich bemerkte, wie er mit scheelem Seitenblick routiniert die Räumlichkeiten inspizierte. Vielleicht wollte er überprüfen, ob wir uns ja nicht zu viel von dem angeeignet hatten, was nach dem Handel nun ihm gehörte.

Wir folgten ihm wie zwei brave Hündchen. Ich bemerkte Rosemaries Zaudern, als wir das Wohnzimmer betraten. Sie schien mit der Frage zu ringen, wann die beste Gelegenheit wäre, Herrn Adnan wegen dem Hauskauf anzusprechen. Ich wollte mich dabei raushalten, irgendwie war es ja ihre ganz persönliche Angelegenheit.

Herr Adnan stellte sich vor uns hin und meinte kopfnickend:»Alles prima, wie vereinbart, bald is Haus leer, wie geleckt!«

»Wollen wir uns nicht noch einen Augenblick setzen?«, begann Rosemarie.»Ich hätte da noch eine Frage an Sie.«

»Schießen Sie!«, scherzte er.

Wir machten es uns bequem. Herr Adnan schlug die Beine übereinander, und mit seinen großen, dunklen Augen sah er Rosemarie erwartungsvoll an. Ich wunderte mich, dass seine Schuhabsätze schräg abgetreten waren. Das erschien mir gegenüber seinem smarten Outfit nicht passend. Ich saß direkt in seiner Nähe und atmete den Geruch von Knoblauch ein. Mir kam der irrwitzige Gedanke, dass es sein Faible wäre, nicht nur knollenweise Knoblauch zu kauen, sondern auch sein tiefschwarzes, wellig glänzendes Haar, das er im Nacken zu einem Zopf zusammengebunden hatte, mit Knoblauchöl einzureiben.

Als Rosemarie endlich ihre Frage loswurde, verfinsterte sich Herrn Adnans Gesicht.

Rosemarie verstand nicht, warum er ihr nicht gleich antwortete.»Aber Sie selbst haben doch den Vorschlag gemacht, das Haus kaufen zu wollen.«

»Sehen Sie«, begann er, »kaufen tu ich fast alles
… wenn Preis stimmt.«

Rosemarie war das Hin und Her leid. Prompt
nannte sie ihm den Preis.

Herr Adnan lachte über das ganze Gesicht.

Da ich meine Frau kenne, wartete ich gespannt
auf ihre Reaktion, denn auslachen ließ sie sich bestimmt nicht. Während ich darauf wartete, konnte
ich meinen Blick nicht von seinem goldenen oberen
Schneidezahn abwenden. Ich hatte richtig vermutet.

»Was ist daran so lustig«, fragte sie schlagfertig.

Herr Adnan begann über die abenteuerliche
Flucht seiner Verwandten aus Syrien zu berichten.
Wir sollten uns einmal eine Vorstellung davon machen, was es hieß, mit kleinen, hilflosen Kindern
die Heimat im Stich zu lassen, in der Krieg ist. Er
winkte ab. Solch eine Strapaze könne man sich gar
nicht vorstellen. Hungrig und bettelnd umherzuir-
ren, nur mit dem, was man am Leibe trägt, zu Fuß
ins Ungewisse zu laufen. Immer mit der Angst im
Nacken, wieder dahin abgeschoben zu werden, wo
Leben unter gar keinen Umständen mehr möglich
war. In einem Land anzukommen, dessen Menschen einem fremd sind und deren Sprache man
nicht spricht und versteht. Denen wolle er eine Unterkunft geben. Und dafür müsse das ganze Haus
umgebaut werden. Er hob die Arme hoch, als bete
er zu Allah.

Unbewusst saßen Rosemarie und ich kerzen-
grade ganz vorne auf der Sesselkante, als wären
seine Schilderungen auf unsere Mitschuld zurück-
zuführen. Um dem Gespräch eine Wendung zu

geben, unterbrach ich ihn mit den Worten: »Nun, Herr Adnan, ich könnte mir vorstellen, dass ihr Neffe mit seiner leidgeprüften Familie hier in dieser schönen Umgebung endlich zur Ruhe kommen könnte.« Und dann zählte ich all die Vorteile auf, die mir zu diesem Haus einfielen, die mehr einen immateriellen Wert hatten.

Herr Adnan richtete sich auf. Er zog die Augenbrauen hoch. »An ihnen is Verkäufer verloren gegangen. Mit die Talent können Sie bei mir Teppich verkaufen.«

Natürlich fasste ich sein Kompliment als eine Floskel auf. Als ich ihm darauf antworten wollte, trafen seine Leute ein. An der Haustüre wurde geklingelt.

Herr Adnan war schneller als ich. Er sprang förmlich auf und eilte zum Eingang. *Gehörte ihm dieses Haus bereits?*

Im Flur wurde laut in einer Sprache durcheinander lamentiert, die ich nicht verstand. Kurz darauf erschienen im Wohnzimmer vier kräftige, schwarzhaarige Burschen mit ebenfalls brauner Gesichtsfarbe. Einer von ihnen trug eine Leiter. Ohne Gruß und ohne Rosemarie und mich weiter zu beachten, begannen sie gleich mit der Arbeit. Jeder wusste, was er zutun hatte. Ohne weitere Anweisungen packte auch Herr Adnan mit an. Schon stand einer auf der Leiter und montierte den kostbaren Kristallkronleuchter ab. Den mit dem hübschen langen Lüstergehänge. Es klimperte, wie man es von einem Windspiel aus dem Garten kennt, wenn der Wind hindurch weht.

Wie gut, dass das Robert nicht mitbekommt, wie robust mit seiner geliebten Lampe umgegangen wird, dachte ich mir. Früher, als er noch einigermaßen fit gewesen war, stand er nach einem sich turnusmäßig wiederholenden Putzplan auf der Leiter und putzte jeden einzelnen Kristalltropfen mit einem besonders weichen Staubtuch ab. Und abends, nach getaner Arbeit, wenn das Lampenlicht prismamäßig in vielerlei Farben funkelnd ins Glasgehänge fiel, dann hatte er seine helle Freude daran.

»Der ist schwer«, sagte Rosemarie, als sich zwei weitere Männer hemdsärmelig daran machten, den massiven Marmortisch anzuheben, der vor ihr stand.

Da die Männer ihre Warnung nicht verstanden, war ihnen der Tisch scheinbar auch nicht zu schwer, denn sie trugen ihn mit Leichtigkeit fort. Der Kleinste von ihnen hatte es da schon leichter, denn er war anscheinend darauf spezialisiert, Bilder von den Wänden zu hängen. Das machte er so schnell und geschickt, dass im Nullkommanix leere Wände ohne Nägel zurückblieben. Bilder, die Robert zum Teil bei einem Antiquitätenhändler mit dem Vermerk *holländische Originale* erworben hatte, die, wie Herr Adnan bei der ersten Besichtigung behauptete, gute Kopien, aber fast nichts wert wären. Nichts wert vor allem deswegen, weil sich heutzutage kein Mensch mehr solche Schinken in die Wohnung hängen würde. Minimalismus, klare Linien wären angesagt.

Das Spektakel, das in den früher so ruhigen Räumen veranstaltet wurde, ging mir allmählich auf die Nerven. Das Geklirre von Geschirr ließ uns schließlich vollends aufschrecken. »Aufpassen! Das gute Geschirr«, stieß Rosemarie entsetzt aus.

An etlichen dieser Vasen, Schalen, Amphoren, Karnen, Teller und Tassen hingen schöne Erinnerungen, da Robert und Luise all das außergewöhnliche Porzellan eben auf jenen Reisen gekauft hatten, auf denen wir sie begleiteten. Einiges stammte direkt aus den Werkstätten bekannter Manufakturen aus Deutschlands Süden, von denen es nur noch wenige gab und die ihre Ware in Handarbeit herstellten. Uns wurde es zu viel, wir wollten weg. Wir wollten diese Fledderei nicht weiter mit ansehen. Das gab ich Herrn Adnan dann auch zu verstehen.

Als wäre er tatsächlich bereits der Hausherr, begleitete er uns zur Tür. Bevor Rosemarie noch einmal auf den Hauskauf zu sprechen kam, sagte er, dass wir uns sicherlich schon einigen würden. »Wird, wird schon. Ich mich melden telefonisch bei Ihnen!«, rief er uns noch hinterher.

Am nächsten Tag ging ich gleich nach dem Frühstück zum Haus. Ich wollte kontrollieren, ob es tatsächlich zu unserer Zufriedenheit leergeräumt war. Rosemarie blieb daheim. Leider hatte sie vergessen, Herrn Adnan ihre Handynummer mitzuteilen, und deswegen wartete sie ungeduldig auf seinen Anruf.

Zögerlich schloss ich die Tür auf. Beim Anblick der leeren Räume kam es mir so vor, als wäre ich in ein fremdes Haus eingebrochen. Nun gab es unabänderlich kein Zurück mehr.

Wie ich in den oberen Räumen feststellen konnte, hatte Herr Adnan sein Versprechen eingehalten. In keinem Zimmer befand sich noch irgendwas. Seine Männer hatten ihre Arbeit besenrein verlassen. Fremd kamen mir die Räume vor. In meinem Kopf stand alles noch an seiner Stelle, wie es sich gehörte. Freundlich und hell schien die Sonne genau auf den Platz, wo Robert tagsüber liebend gern auf der Couch lag. In meiner Fantasie dudelte Schlagermusik aus dem Radio. Und wenn Luise nicht gerade in der Küche hantierte und irgendetwas Leckeres herrichtete, dann saß sie neben ihm im Sessel und strickte. Vorbei. Aus. Geschichte. Vor meinem geistigen Auge sah ich das Haus bereits von syrischen Menschen belebt. Menschen, die sich aller Wahrscheinlichkeit nach nicht in altdeutschen Möbeln wohlfühlten. Auch war anzunehmen, dass sie Sonntagmittag nicht dem Schlagerwunschkonzert im Radio lauschen und auch nicht unterm Kruzifix auf der Eckbank sitzen und den Schweinebraten mit kühlem Bier runterspülen würden. Stark anzunehmen war, dass sie stattdessen im Schneidersitz auf Teppichen hockten und ihr Lamm und Couscous mit den Fingern verzehrten, während orientalische Klänge ihnen Heimatgefühle vermittelten.

Genau diese Vorstellung machte mir deutlich, dass das geistige Bild, das ich gerade gesehen hatte, ein Synonym für das Vergehen eines Zeitgeistes war. Hier ging im ganz privaten Bereich etwas zu Ende, was ich für mich im übertragenen Sinne auf den gesamten gesellschaftlichen Wandel in Deutschland bezog. Mit Roberts und Luises Leben verging allmählich auch all das, was man als die Werte der Nachkriegsgeneration bezeichnen könnte. Ich erinnerte ich mich an eine Diskussion mit Robert, als er sich noch für alles, was um ihn herum geschah, und vorrangig für Politik interessierte. Die Diskussion entstand, als wir seinerzeit auf das Buch von Sarrazin *Deutschland schafft sich ab* zu sprechen kamen. »Recht hat der Mann«, war Roberts feste Überzeugung gewesen, nachdem ich doch einige Einwände gegen diese gewagte These vorbrachte. »Quatsch«, meinte Robert, »sei nicht so verblendet, Frederik, du musst in unserm Land nur Augen und Ohren offenhalten, dann wirst du von all dem, was der Mann da schreibt, bestätigt. Außerdem ist das ein SPDler, da wirst du doch wohl nicht behaupten wollen, er käme aus der rechten Ecke. Nein, nein, der Mann hat recht. Wenn das so weitergeht, werde ich noch ein Fremder in meinem eigenen Heimatland werden.« Er fuchtelte aufgebracht mit dem Finger in der Luft herum. »Aber ich habe vorgesorgt! Frederik, ich habe vorgesorgt! Dieses Haus hier und dieses Grundstück wird, solange ich lebe, mein Deutschland bleiben, in das ich einst geboren und erzogen wurde. Indem ich von der Pike auf das gelernt habe, womit ich nach dem Krieg aus Schutt und Trümmern aufgebaut habe, wovon auch die heutige Generation profitiert. Und da soll mir jetzt keiner kommen und weise Ratschläge geben, wie man alles hätte besser oder klüger machen können. Gelebt haben sie bis heute alle gut damit! Hier in meinem Haus schreibt mir keiner vor, was ich zu denken, zu sagen und zutun habe oder wie ich leben soll.«

Ich hielt ihm vor, dass es in der Weltgeschichte doch immer schon Veränderungen gegeben habe und Stillstand auch als Rückschritt empfunden werden konnte. Als Beispiel nannte ich ihm die Vereinigung mit der DDR, die, und da wäre ich fest von überzeugt, in wenigen Jahren ohne weitere Ressentiments auch selbstverständlich sein würde. Spätestens dann, wenn die Kinder beider geografischen Landesteile nicht einmal mehr wüssten, dass es einst zwischen ihnen eine Grenze gab. Und so würde es in Zukunft auch auf anderen Gebieten sein. Der Zeitgeist suche sich schon seine Leute! Ja, diese Gedanken kamen mir beim Anblick der leeren Räume. Und dazu fiel mir noch ein, dass ich damals vergessen hatte, ihm die Tatsache vorzuhalten, dass es sich heutzutage bei vielen Migranten ja um Menschen handele, die, um ihr Leben zu retten, unfreiwillig auf die Flucht gegangen wären und sie folgerichtig natürlich dahin wollten, wo sie ohne Angst in Frieden und Freiheit leben könnten. Und dann hätte ich ihm noch gesagt, dass er doch wohl selbst am besten wisse, was es heißt, aus der Heimat vertrieben zu werden. Luise habe doch sicherlich mit ihm über ihre Flucht geredet. Außerdem habe er zum Ende des Krieges hin, wie er oft erzählte, mit eigenen Augen die armen, verstörten Flüchtlinge in seiner Heimatstadt umherirren sehen. Ich denke, er hätte daraufhin mit Bestimmtheit das Argument gebracht, dass man das nicht miteinander vergleichen könne. Schließlich hätte es sich damals um Deutsche gehandelt, die innerhalb *ihres* Landes bei *Deutschen* einen Neuanfang suchten und fanden.

Während der damaligen Sarrazin-Diskussion wies mich Robert zudem daraufhin, dass wir keine Muselmänner wären, sondern europäisches Abendland. Und das bereits seit 1500 Jahren. Das könne man doch nicht in wenigen Jahren einfach so über den Haufen werfen. »Muezin-Rufe anstatt das Läuten der Kirchenglocken? Ne, ne, Frederik, dem muss Einhalt geboten werden.«

In diesem Augenblick sah ich Roberts wehmütig verzweifeltes Gesicht vor mir, wenn er davon erführe, wie nun in *seinem Deutschland*, in seinem kleinen, mit Brokattapete tapeziertem Abendland höchstwahrscheinlich schon bald das Morgenland in Gestalt von Herrn Adnans Familie einziehen wird.

Rosemarie empfing mich ziemlich aufgekratzt. »Stell dir vor, Schatz, Herr Adnan kauft das Haus. Wir haben uns geeinigt.«

»Und?«, fragte ich zurück, »bist du zufrieden mit dem, was er geboten hat?«

»Durchaus. Ich habe zehntausend Euro nachgelassen und habe nun genau die Summe, die wir uns gewünscht haben. Das ist doch prima, oder?«

Ich nahm sie in den Arm und küsste sie. »Dann solltest *du* als Teppichverkäuferin bei ihm anfangen«, zog ich sie auf. »Und? Wie geht es jetzt weiter?«

»Genau, wie du gesagt hast. Ich werde nachher den Notar anrufen und einen Termin mit ihm vereinbaren, um alles schriftlich zu fixieren. Herr Adnan überweist das Geld, und dann bekommt er den

Schlüssel ausgehändigt. Ach Frederik, ich bin so froh, wenn wir diese allerletzte Hürde hinter uns gelassen haben.«

»Weißt du was«, schlug ich ihr vor, »jetzt setzen wir uns ins Auto, fahren an den Rhein runter und kehren bei unserem Lieblingsitaliener ein. Einverstanden?«

Nun war es Rosemarie, die mich in den Arm nahm. »Au ja, das machen wir!« Sie zögerte. »Meinst du, ich könnte das Kleid anlassen?«

»Besser wäre es«, erwiderte ich augenzwinkernd, »wir wollen schließlich nicht auf dem Polizeirevier essen.«

Sie verstand zunächst nicht, was ich damit sagen wollte, dann lachte sie aber doch. »Kann ich mich etwa nicht mehr in Unterwäsche sehen lassen? Bin ich dir zu dick?«

Auf solch eine verfängliche Frage gibt es bei allen Männern der Welt natürlich nur eine einzige Antwort, nämlich: NEIN! Aber aus meiner guten Stimmung heraus sagte ich: »Also, mir nicht!«

Ihre Antwort darauf war ein wütender Schlag auf meinen Oberarm, den sie mit bitterböser Miene ausführte. »Ach so, beinahe hätte ich es vergessen«, sagte sie wieder ganz bei sich. Sie zeigte auf einen Zettel, der auf dem Tisch lag. »Den habe ich in dem Karton mit den restlichen Papieren gefunden, kannst du etwas damit anfangen?«

Neugierig nahm ich den Wisch, auf dem mit krakeliger Handschrift geschrieben stand:

Schuldschein!

Ich, Erwin Kollotzki überschreibe hiermit Robert Reinartz meine Seele, für die ich von ihm eine Flasche Schnaps erhalte. Meine Seele bekomme ich erst zurück, wenn ich meine Schuld bei ihm beglichen habe.

Gez. Erwin Kollotzki, Neviges, Freitag, den 13. Oktober 1961.

Die Reha

Wir waren überrascht, so unvorbereitet Bescheid über Luises Verlegung in eine Reha-Klinik zu bekommen. Die war vor lauter Vorfreude richtig aufgekratzt, als sie uns davon berichtete. »Jetzt geht es endlich voran. Ach Kinder, ich bin ja so froh, hier rauszukommen. Die Schwestern haben immer keine Zeit und das Essen ist furchtbar.« Sie hob den Deckel der Menagerie ab, unter der sich ihr Mittagessen verbarg. Mir wäre es tatsächlich auch schwergefallen, es zu essen. Angewidert stülpte Luise den Deckel wieder darüber. »Und obendrein ist Frau Kemmerling auch entlassen worden«, klagte sie, »mit der konnte ich mich wenigstens unterhalten. Schade, dass sie nicht schon früher auf mein Zimmer gekommen ist, nachdem Frau Fröhlich das Zeitliche gesegnet hat. Aber jetzt werde ich nach vorne blicken. Wollt ihr Mal sehen, wie gut ich schon stehen kann?« Sogleich machte sie Anstalten, es uns vorzuführen.

»Leg dich bitte wieder hin«, bat Rosemarie, »wir glauben es dir auch so.

»Wann soll es denn losgehen?«, wollte ich wissen.

»Morgen Vormittag. Der Arzt meinte, dass die Reha-Klinik speziell für ältere Menschen konzipiert wurde, eine sehr gute Einrichtung für mich sei und ich mich in etwa drei bis vier Wochen rechtzeitig zu einem Marathonlauf anmelden sollte.« Sie kicherte. »Kinder, ich bin ja so froh, wenn ich wieder zu Hause bin.«

Ich sah Rosemarie ratlos an. Sie wollte etwas darauf sagen. Aber schon bei »Aber Mutter ...« wurde sie von Luise unterbrochen.

»Ja, ja, ich weiß! Ach, ich vergesse es immer wieder, ich komme ja nicht mehr nach Hause.« Und im gleichen Augenblick zählte sie auf, was sie alles noch unbedingt aus ihrem Haus benötigte. Vor allem wollte sie ihren Rollator haben. Daraufhin folgten weitere Dinge, von denen allerdings keine mehr in unserem Besitz waren. Vor allem Kleidung hatten wir an Sozialeinrichtungen weitergegeben. Wir konnten in unserem Haus doch nicht auf Abruf den Hausstand der Schwiegereltern zwischenlagern. Wie sollte das denn gehen?

Dann war es so weit. Von Luise erhielten wir die Nachricht: *Ich bin gut angekommen!* Rosemarie und ich einigten uns darauf, sie noch nicht gleich zu besuchen, sie sollte sich dort erst einmal eingewöhnen.

Nachdem der Pfingstsonntag recht kühl und verregnet war, fuhren wir bei schönstem Frühsommerwetter durch die aufblühende, linksrheinische Landschaft in Richtung Reha-Klinik. Wir waren gespannt, in welcher Verfassung wir Luise antreffen würden. Als wir am Telefon mit ihr sprachen, klang sie äußerst zuversichtlich. Zudem schwärmte sie von »ihrem« Zimmer, in dem sie sich sehr wohlfühle, wie sie ausdrücklich betonte. Umso überraschter waren wir, als wir das Gebäude betraten. Im Stil einer längst vergangenen Epoche erbaut, vermittelte es uns eine bedrückende Atmosphäre. Es hätte mich nicht gewundert, wenn ich auf dem Flur Professor Sauerbruch begegnet wäre.

Auch Luises Zimmer, das sie sich mit zwei weiteren hochbetagten Damen teilte, wirkte auf mich düster und beengt, trotz der hohen Decke. Ich hätte es nicht für möglich gehalten, dass es Luise behagte. Rein äußerlich war hier die Zeit irgendwann stehen geblieben. Aber diese Einrichtung war ja auch nicht für jüngere Leute gedacht, denn die zogen sich in aller Regel keine Oberschenkelhalsbrüche zu.

In der Ecke an dem großen Fenster, von wo aus man direkt auf eine Mauer schaute, die einen Hang abstützte, stand ihr Bett. Mit Kissen, Zeitschriften und einer kuscheligen Wolldecke hatte sich Luise ein richtiges Nest gebaut. Ihre Augen waren blank und lebhaft, und die Wangen zeigten trotz ihrer gewohnten Blässe nun einen rosa Schimmer.

Wie Rosemarie und ich gleich feststellten, gab Luise gegenüber ihren Zimmergenossinnen den Ton an. So hatte ich sie schon lange nicht mehr gesehen, sie wirkte richtig befreit. Was ja eigentlich verständlich war, wenn man bedachte, welch schwere Aufgabe ihr das Schicksal abgenommen hatte. Nun konnte sie nach all den Jahren der Mühe und des Verzichts Roberts Wohlergehen in die Hände geschulter Pflegekräfte legen. Abgesehen davon, dass sie körperlich eingeschränkt war, gewann ich den Eindruck, als gäbe es in dieser Klinik einen Jungbrunnen, in den sie nach ihrer Ankunft unverzüglich eingetaucht war, um daraus als die Grand Dame aufzutauchen, die ich von früher kannte.

Die Begrüßung verlief sehr herzlich.

»Wir haben hier eine schöne Cafeteria«, schwärmte sie. »Ihr freut euch nach der Fahrt doch sicherlich auch auf eine leckere Tasse Kaffee und ein Stück Kuchen? Ja? Den Kuchen backen die hier übrigens selbst. Mit Frau Lohmeier, meiner Bettnachbarin, gehe ich da jeden Nachmittag hin. Meist essen wir Erdbeerkuchen mit Sahne, die sind in diesem Jahr einfach köstlich.« Sie spitzte ihre Lippen, als würde sie in ihrer Vorfreude den Kuchen schon jetzt genießen. Natürlich freuten auch wir uns darauf.

Das Gehen am Rollator klappte schon ganz gut. Auch das fand ich erstaunlich.

Direkt am Fenster fanden wir einen vortrefflichen Sitzplatz, von dem aus wir einen eindrucksvollen Ausblick in den Park hatten, in dem der Rhododendron prächtig blühte.

Eingetaucht in Licht und Schatten wirkte die Anlage besonders üppig.

Bezüglich des Kuchens hatte Luise uns nicht zu viel versprochen. Der Erdbeerkuchen war fantastisch. Diese Köstlichkeit rundeten wir anschließend mit einem Eierlikör ab. Ich erhob das Glas und prostete den beiden zu. »Wenn Robert jetzt bei uns wäre, würde er bestimmt seinen Spruch loslassen.«

Rosemarie nahm ihn mir vorweg. »Komm, mein Schatz, wir trinken ein Likörchen, und dann flüstere ich dir was ins Öhrchen.«

Wir lachten unbeschwert. Luise schlug vor, im Park frische Luft zu schnappen. Wir einigten uns darauf, dass frische Luft nie verkehrt war.

Besorgt stellte ich aber schon bald fest, dass sie ziemlich blass um die Nase wurde.

Sie zeigte Schwäche. Die erste Bank kam uns gerade recht. Wir setzten uns, obwohl sie uns großspurig versicherte, dass sie eigentlich noch *viel* weiter gehen könne.

»Ach … was für ein herrlicher Platz!«, stöhnte sie. »Warum soll ich da weitergehen?« Eingerahmt von den Farben des Frühlings, die im Licht der milden Frühlingssonne wie von einem Maler auf die Rhododendronbüsche aufgetupft leuchteten, ließen wir es uns gut gehen. Luise wollte alles über Robert wissen, wie er sich machte und ob er mit der neuen Situation einigermaßen zurechtkam. Sie schmunzelte, als wir ihr sagten, dass er im Heim bereits eine kleine Freundin habe, die ihn gut umsorge.

Während wir uns angeregt unterhielten, bemerkte ich an Rosemaries schweigsames Verhalten, dass sie endlich ihre Frage nach Lore loswerden wollte. Auf der Hinfahrt hatten wir bereits darüber gesprochen. Ich hatte Zweifel, ob es angebracht wäre, Luise gerade jetzt nach Lore zu fragen. Aber ich wusste auch, wie sehr Rosemarie das Schicksal und der Verbleib dieses Kindes beschäftigten. Auch Luise schien bemerkt zu haben, dass ihre Tochter etwas auf dem Herzen hatte, denn sie fragte nach einer Weile: »Kind, warum bist du plötzlich so wortkarg?«

Rosemarie sah Luise in die Augen. Ich las Zweifel aus ihrem Blick. Vielleicht rang sie mit sich, um letztendlich nicht die gute Stimmung zu zerstören? Nun schaute Luise mich an, als erwarte sie von mir eine Erklärung. Ich zuckte mit den Schultern. Und als ich schon dachte, Rosemarie hätte es sich anders überlegt, sagte sie plötzlich recht bestimmend: »Ich muss einfach wissen, was aus Lore geworden ist!« Jetzt war es an Luise, Rosemarie lange in die Augen zu schauen. Mich machte diese Anspannung ganz nervös. Dann hörte ich Luise sagen: »Ja, du sollst es wissen, Kind!« Der Satz kam ihr überraschend leicht über die Lippen. So jedenfalls meinte ich herausgehört zu haben. Sie überlegte. »Wo war ich seinerzeit stehen geblieben?« Rosemarie brauchte nicht lange nachzudenken. »Du warst bis zu der Stelle gekommen, wo ihr endlich bei Onkel Heiner und Tante Grete angekommen seid und Grete euch für die Nacht heiße Ziegelsteine ins Bett gelegt hat, damit ihr es schön warm habt.« »Ja«, begann Luise, »wie ging es damals weiter? Also das war so ...

Am Tag nach unserer Ankunft, haben wir uns erst einmal ausgeruht. Ich fühlte mich so glücklich, dass Lore die Strapazen gut überstanden hatte. In ihrem scheinbar unerschütterlichen Lebensdrang zeigte sie sich nach ausgiebigem Schlaf viel munterer als ich. Überall wuselte sie gleichzeitig herum, weil sie uns überall und unbedingt im Haushalt zur Hand gehen wollte. Lächelnd ließ Grete sie gewähren, selbst, wenn sie danach wieder einiges in Ordnung bringen musste.

Grete redete Lore nur mit »Sonnenscheinchen« an. Und ihr Lachen erfüllte das Haus wirklich wie das Licht der Sonne. Zur Ruhe kam sie erst, wenn Grete und ich uns von früher erzählten. In diesen Momenten saß sie still und brav auf dem Sofa und bemalte etliche Bogen Papier, die Heiner ihr großzügig aus seinem Briefpapiervorrat überließ. Wenn aber Grete von den schlimmen Bombennächten berichtete und jeden ihrer Sätze mit »Furchtbar, furchtbar, isses nich furchtbar« beendete, dann spitzte Lore wachsam die Ohren. Ich wollte alles genau wissen, schließlich kannte ich Berlin noch in seiner Blütezeit. All die vielen Sehenswürdigkeiten waren mir in Gedanken noch sehr präsent. Und ich erinnerte Grete daran, wie ich damals mit ihr im KaDeWe bummeln war und wir es uns im Café bei Erdbeereis mit Sahne und russisch Ei gut gehen ließen. »Ach Kinder«, rief sie da aus, »und nicht zu vergessen die schönen Stunden im Zoo.« Den hatte es bei einem Luftangriff im November 1943 dann hart getroffen. Als Lore in diesem Augenblick aufs Klo ging, flüsterte Grete, dass damals viele Tiere umgekommen waren. Es war mir eine schauerliche Vorstellung, wie Elefanten in den Flammen starben. Und in der Krokodilhalle überlebte kein Tier, weil eine Sprengbombe mitten im Aquarium landete. Damit nicht genug, im Februar 1944 starben weitere Tiere. »Furchtbar, furchtbar, isses nich furchtbar.«

Gegen Nachmittag kam Julchen vorbei. Sie wollte sich nicht nur erkundigen, wie es uns erging. Sie war sehr aufgeregt. Freudig aufgeregt, weil sie am Morgen einen Brief von ihrem Franz erhalten hatte, den er wegen seiner verletzten Augen natürlich nicht selbst schreiben konnte. Darin stand, wann genau er endlich ankommen würde. Julchen sprühte förmlich vor Begeisterung. Voller Euphorie schlug sie mir vor, am Tag darauf mit ihr in die Stadt zu fahren. Nachdem, was ich kurz vorher von Grete gehört hatte, sagte ich sofort zu, weil ich ja neugierig darauf war, mit eigenen Augen zu sehen, wie sich Berlin nach all der Zerstörung verändert hatte. Auch Lore war sofort außer Rand und Band. Sie bettelte darum, dass ich ihr in der Stadt ihren ersten Schulranzen kaufte. Sie freute sich riesig auf die Schule. Sie war es auch, die dann am nächsten Morgen als Erste erwachte und zum Aufbruch drängte. Aus diesem Grund waren wir bereits in aller Frühe Richtung Stadtmitte aufgebrochen.

Es war ein Samstag, und obwohl es kalt war, genoss ich die klare Luft und den blauen Himmel, der mir eine Ahnung vom kommenden Frühling schenkte. Vielleicht sah ich deswegen die teilweise zerstörten Gebäude und die Menschen, die geschäftig ihrer Wege gingen, mit ganz anderen Augen an. Davon angeregt dachten wir nicht lange darüber nach, wo wir zuerst hingehen sollten, wir ließen uns einfach treiben. Wir waren derart miteinander beschäftigt, dass wir zunächst nicht mitbekamen, wie das Heulen der Sirenen begann. Zudem bemerkten wir auch kein verändertes Verhalten der Menschen ringsum. Lore aber hielt sich die Ohren zu, weil das Geheul nun ganz in unserer Nähe losging. Sie begann zu weinen, und ich sagte Julchen, dass ich Angst hätte. Ohne bewusst darüber nachzudenken, schaute ich zum Turm der Kirche hoch. Die Uhr zeigte kurz vor halb elf an. Diese Uhrzeit werde ich nie vergessen. »Was sollen wir jetzt bloß machen?«, fragte ich Julchen. Sie versuchte, ruhig zu bleiben, und meinte nur, dass es in der letzten Zeit schon viele solcher Alarme gegeben habe, die sich dann aber als blinder Alarm herausgestellt haben. »Außerdem, warum sollten die Alliierten ein weiteres Mal Berlin bombardieren?«, gab sie zu bedenken. Das hatten sie ja nun schon reichlich getan in den vergangenen Jahren. Dem ungeachtet vernahmen wir kurz darauf das typische Brummen als ein untrügliches Zeichen von schwer beladenen Flugzeugen. Die weißen Kondensstreifen am blauen Himmel konnte man bereits erkennen. Und dann sahen wir sie auf uns zufliegen, die feindlichen Bomberverbände.

Einige Menschen schrien erschrocken, andere verstummten vor Angst, als sie auf der Suche nach schützenden Kellerräumen oder einem Bunker auseinanderstoben und teils blindlings davonrannten, als würden sie einen Wettlauf mit dem Tod machen. Julchen, Lore und ich taten es ihnen gleich. Aber wohin? Zum nächstgelegenen Hochbunker wäre der Weg zu weit gewesen, wie wir die Lage einschätzten, denn inzwischen verfärbte sich der Himmel bereits dunkel von den vielen Flugzeugen. In der Hoffnung, zum Schutze unseres Lebens einen geeigneten Kellerraum zu finden, folgten wir im Laufschritt einer kleinen Gruppe Menschen, die wahllos in ein Haus eindrangen, das sich in einer langen Reihe von mehrstöckigen Häusern befand. Da saßen wir nun mit den anderen dicht zusammengedrängt und harrten der Dinge, die da kommen sollten. Keiner sprach ein Wort, sogar die Kinder verhielten sich mucksmäuschenstill. Ein jeder schien sich auf das näherkommende Dröhnen, das die Mauern mehr und mehr durchdrang und sogar erzittern ließ, zu konzentrieren, oder betete im Stillen. Und dann ging es los. Eine endlos erscheinende Zeit lang hörten wir das entsetzliche Donnergrollen der detonierenden Bomben. Mir kam es vor, als ließe Gott ein Unwetter über uns herniedergehen, bei dem es den Tod regnete.

Jetzt begann auch das entsetzliche Geschrei, das jedes Mal lauter wurde, wenn das Licht der Glühbirne flackerte und manchmal für eine Weile ganz erlosch. Man spürte förmlich die heftigen Einschläge über den Köpfen, wenn die Druckwellen der Explosionen, die sich durch jede Ritze zwängten, einem für Augenblicke die Luft zum Atmen nahmen. Bei jedem Beben löste sich Gestein von Decke und Wänden und rieselte bedrohlich auf uns herunter. Besorgt schaute ich hoch und gewahrte ein dickes Rohr, das vermutlich die gesamte Häuserzeile entlanglief. Ein älterer Mann, der mich wohl beobachtet hatte, erklärte mir den Sinn des Rohres. Er sagte, dass es sich dabei um ein Fernwärmerohr handele, in dem sich heißes Wasser befände. Seine Bemerkung –»Wehe uns Gott, wenn das Ding platzt, dann gute Nacht!« – verstörte mich vollends. Mit eingezogenem Kopf verbarg ich Lore in meinen Mantel. Ich versuchte Julchens Gesicht zu erkunden, das, wie ich erkennen konnte, zu einer Maske erstarrt war. *Das muss doch bald ein Ende hier haben,* flehte ich lautlos. Ich fragte den Mann, ob er nicht auch meinen würde, dass es draußen ein wenig ruhiger geworden wäre. Er schaute auf seine Armbanduhr und meinte, dass es Zeit würde, die Amis und die Tommys ballerten nun schon fast eine Stunde rum, machten sich wohl einen Spaß daraus, uns vollends auszuradieren. Er hatte es kaum gesagt, da gab es solch einen schweren Schlag, dass wir glaubten, die Decke stürze nun wirklich auf uns herab. Nein, sie tat es nicht, aber dafür hatte das Rohr etwas abbekommen. Nur wenig weit von uns entfernt ergoss sich sprudelnd heißes Wasser auf die darunter Kauernden. Ein jämmerliches Gekreische erhob sich. Vom Schmerz aufgescheucht und getrieben gab es sofort ein großes Durcheinander. Alles stolperte in Richtung Ausgang. Etliche stürzten, über die stiegen die anderen rücksichtslos hinweg. Wo eben noch gelähmte Anspannung herrschte, brach sich jetzt das Chaos bahn. Ich versuchte Lore zu packen, aber die wurde bereits, ebenso wie Julchen, vor meinen Augen mitgerissen. Augenblicke später war auch ich rechtzeitig draußen, bevor mich das Wasser verbrühte. Ich konnte die beiden nicht ausfindig machen, so sehr ich auch versuchte, sie zwischen den davonrennenden Gestalten zu erkennen. Überall war dichter Rauch, den ein glühend heißer Wind durch die brennenden Trümmer wehte. Er biss mir in die Augen, und ich glaubte zu ersticken. Ich war wegen eines Hustenanfalls noch nicht einmal dazu in der Lage, nach Lore und Julchen zu rufen. Seltsamerweise hatte ich keine Angst mehr vor den Bomben, die nur noch gelegentlich und in einiger Entfernung niedergingen. Meine Angst war, Lore zu verlieren. Sie war mir doch anvertraut worden.

Stumm betete ich, meine Schwester möge sie vom Himmel aus beschützen. Ratlos schaute ich zu dem zuvor strahlend blauen Himmel, der sich nun rabenschwarz und nur von rotem Feuerschein erleuchtet zeigte. Ich war unfähig, rational zu denken, geschweige denn zu handeln. Außerdem, woran sollte ich mich orientieren? Nichts sah mehr so aus, wie es ausgesehen hatte, bevor wir uns vor knapp einer Stunde in den Keller geflüchtet hatten. Bis auf wenige Häuserreste war alles unter Schutt und Asche verschwunden. In meinem Kopf wurde es plötzlich ganz still, alle Geräusche schienen aus der Welt gelöscht zu sein, da hörte ich, wie jemand laut und alles durchdringend »Mutti« rief. Es war Lore. In diesem Augenblick hätte ich ihre Stimme aus tausend anderen herausgehört! Und im gleichen Moment krachte es fürchterlich, und unweit von mir stürzte ein Giebel vom Himmel, genau auf die Stelle, von wo Lore Sekunden vorher nach mir gerufen hatte ...

Hier brach Luise ihre Schilderung ab. Ihr abwehrendes Handzeichen verdeutlichte, das sie nicht weiterreden konnte. Die Ergriffenheit stand ihr ins Gesicht geschrieben. Auch Rosemarie und ich sagten kein Wort. Unsere Fantasie reichte aus, um zu erahnen, was damals geschehen war. Alleine aus Rücksicht Luise gegenüber wäre es uns auch nie in den Sinn gekommen, weiter nachzubohren. Eine seltsame Stimmung umgab uns plötzlich, und es hätte mich nicht gewundert, wenn alles, was eben noch bunt geblüht hatte, nun von Frost überzogen gewesen wäre. Mir jedenfalls war eiskalt geworden.

Dass wir mit unserer Vermutung richtig lagen, erfuhren wir einige Wochen später bei Kaffee und Kuchen, als sich Luise inzwischen gut im Heim eingelebt hatte und sie sich nicht nur körperlich wieder besser fühlte. Innerlich gefasst bestätigte sie unsere Ahnung.

Tatsächlich waren Lore und Julchen unter herabstürzendem Gestein begraben worden. Es hatte noch einige Tage gedauert, bis die beiden, zusammen mit anderen Opfern und mithilfe vieler Hände, aus dem meterhohen Schutt geborgen werden konnten. Außerdem erfuhren wir, dass sich Luise wegen Lores Tod noch bis vor Kurzem täglich Selbstvorwürfe gemacht hatte, die mit Schuldgefühlen verbunden waren.

Sie sah es bis dahin als eine Art Bürde an, die ihr für den Rest des Lebens, von wem und warum auch immer, auferlegt worden war.

Über diese Aussage habe ich später noch oft gegrübelt, ob Lores Tod *der* Grund dafür war, dass es zwischen ihr und Rosemarie einen emotionalen Graben gab? Vielleicht lag für Luise die unüberwindbare Angst dazwischen, sie würde bei ihrer leiblichen Tochter erneut versagen? Konnte sie deswegen nicht die Herzenswärme zulassen, die sich ein Kind wünscht und nach der sich sicherlich auch Luise an jedem Augenblick des Tages gesehnt hatte, als sie und ihre Tochter voneinander getrennt waren?

An diesem Nachmittag gestand uns Luise allerdings auch, dass sie für sich endlich eine tröstliche Vorstellung gefunden hatte. Und zwar sei sie inzwischen davon überzeugt, dass Lore an jenem verhängnisvollen Tag nicht nach ihr, sondern nach ihrer richtigen Mutti gerufen hätte und Gudrun sie dann gnädigerweise zu sich holte, damit sie der Hölle auf Erden entrinnen konnte.

Nach so viel Herzerleichterung nahm Rosemarie die Gelegenheit wahr, nachzufragen, wie sie denn dann doch noch mit ihren Eltern, also Oma und Opa, zusammengekommen war. Auch darüber gab Luise freimütig Auskunft, obwohl, wie wir zu hören bekamen, ihre Eltern ihr gegenüber nur wenig über die Monate zu Hause in Angst und Schrecken erzählt hatten. Aber manchmal wären einzelne bruchstückhafte Begebenheiten durchgesickert, die Luise damals schaudern ließen. Denn wäre sie daheimgeblieben, wäre auch sie unweigerlich den

Russen in die Hände gefallen. Aufgestachelt vom Erlebten oder Gehörten hatten die russischen Krieger das gemacht, womit sie glaubten, sich ohne Skrupel rächen zu dürfen. Also wurde bei der besiegten Bevölkerung rücksichtslos vergewaltigt, gemordet, gebrandschatzt, verschleppt, gestohlen und gequält.

Im Juni 1945 erhielten Erna und Friedrich, geradeso wie die anderen Einheimischen von Landsberg, die mit Androhungen verbundene Aufforderung, ihre Heimatstadt von einem Tag auf den anderen zu verlassen. Mit einem Handkarren zogen sie los, bis sie auf vielen Umwegen in Sachsen-Anhalt Unterkunft fanden, wo sie später zusammen mit Luise ein neues Zuhause aufbauten.

Das Wiedersehen

Ich weiß nicht, ob Robert unsere Aufregung verstand. Aber gespürt hatte er sie sicher, wir konnten sie nicht vor ihm verbergen. Wenn Luise gleich durch die Tür kam, würde sie ihren letzten Lebensabschnitt antreten. Erneut fragten wir uns: *Haben wir alles richtig gemacht?* Natürlich trieb uns auch die Neugierde an, ob Luise das Zimmer gefiel, das wir ihr ausgesucht und eingerichtet haben. Meinem Geschmack nach war es bei Weitem der schönste Raum der Anlage. Von ihrem Bett aus konnte sie durchs Fenster auf grüne Wiesen und bewaldete Hügel blicken, wobei das romantisch wirkende Kloster mit seinen Türmchen auf höchster Höhe direkt ins Auge fiel.

Falls sie doch früher einträfe, hielten Rosemarie und ich uns bereits eine halbe Stunde vor vereinbartem Termin abwechselnd im Eingangsbereich des Heims auf. Nervös schauten wir ständig auf die Uhr. Jedes Mal, wenn Rosemarie an der Zentrale wartete, saß ich an Roberts Bett und wir schauten gemeinsam Fernsehen. Es lenkte zumindest mich ein wenig ab. Auch Robert schaute interessiert zu. Ich wunderte mich, wie er die Zusammenhänge der Beiträge rational erfasste, als gäbe es kein Vergessen in seinem Kopf. Gelegentlich kam es sogar vor, dass ich ihm Fragen stellte, wenn *ich* etwas nicht verstand. Nur als ich ihm sagte, dass sein Lieschen jeden Moment einträfe, guckte er mich mit großen, unverständigen Augen an.

»Wohnt sie denn nicht bei mir?«, fragte er, und ich erklärte ihm, was ich ihm schon so oft zu vermitteln versucht hatte. Diesmal gab er mir keine Antwort darauf. Er war abgelenkt. Auf einmal interessierten ihn die Menschen, die sich vor der Eingangstür unterhielten. »Hier sind nur alte Leute, Frederik«, sagte er breit grinsend. Ich finde es immer wieder erstaunlich, dass man das Alter meist nur bei anderen entdeckt. Man ist nicht selten davon überzeugt, dass die anderen einen so jung sehen, wie man sich subjektiv selber fühlt. Dabei war es inzwischen sehr auffällig, wie Robert sich in der kurzen Zeit im Heim rein äußerlich verändert hatte. Schlank war er ja schon immer gewesen, aber jetzt konnte man ihn als mager bezeichnen, obwohl vonseiten des Pflegepersonals sorgsam darauf geachtet wurde, dass er genügend aß und trank.

Sein Körper sträubte sich wohl dagegen, die Nahrung in Fett umzuwandeln. Dadurch wirkte er im Gesicht arg gealtert. Für ihn ein Grund zum Klagen? Nein! Solange ich ihn kannte, hatte ich ihn selbst bei größten Schmerzen nie klagen hören. Er nahm das Leben, ohne zu murren und wie es kam. Immer positiv denken, das war seine Losung. Seine Kunst war es, dem Leben in all seinen Facetten das Lebenswerte abzutrotzen.

So viel Lebensbejahung und Lebensstärke hatte ich bisher noch bei keinem anderen Menschen gesehen. Robert war ein Weltmensch, der gehörte in die Welt. Oder anders ausgedrückt, ihm *gehörte* die Welt. Früher, als er noch gut laufen konnte, da setzte er seine Schritte breit, fest und standhaft, als gehöre der Boden unter seinen Füßen tatsächlich ihm. Als verlange er seinen Fußsohlen ab, den direkten Kontakt zur Erde herzustellen, um mit ihr eine Einheit zu schaffen. Ja, standhaft war er, genauso war sein Charakter. Ich bin davon überzeugt, dass Robert, seitdem er seinen Kinderschuhen entwachsen war, noch nie gelogen hatte. Bei ihm traf die Aussage *eine ehrliche Haut bis auf die Knochen* hundertprozentig zu. Ein gradliniger Mensch, auf den man sich blindlings verlassen konnte.

Daran änderte sich auch jetzt nichts, nur weil er blass und schwach wirkte. Selbst das rüttelte nicht an seiner Zuversicht dem Leben gegenüber, auch wenn er kaum noch fähig dazu war, alleine herumzulaufen. Fernsehen und dabei auf dem Bett liegen war zu seiner liebsten Beschäftigung geworden. Große Freude bereitete es ihm allerdings, wenn wir ihn im Rollstuhl durch die Landschaft schoben. Durch Wiesen und an murmelnden Bächen vorbei. Mit den Kühen auf der Weide hielt er lange Gespräche. Aber auch für jeden Spaziergänger, der uns unterwegs begegnete, hatte er einen freundlichen Spruch parat.

Anfangs wehrte er sich mit Händen und Füßen gegen den Rollstuhl. »Ich bin doch kein alter Mann«, schimpfte er dann. »Ich kann noch gut zu Fuß gehen!«

Auf meine Frage, warum er es dann nicht tat, antwortete er, ohne lange zu überlegen: »Weil ich keine Lust dazu habe.«

Während ich über dies und das nachdachte, wäre mir beinahe entgangen, wie der lang erwartete Krankentransporter auf den Vorplatz fuhr. »Ich bin gleich wieder da«, rief ich Robert zu und verließ eiligst das Zimmer. Rechtzeitig gelangte ich zum Eingang, um noch mitzubekommen, wie Luise auf den Rollator gestützt ihr neues Zuhause betrat. Gut sah sie aus, auch wenn die geschminkten Lippen für meinen Geschmack ein wenig zu grellrot geraten waren. Auch das kurz geschnittene Haar war in gewohntem Rot frisch gefärbt.

Verfolgt von neugierigen Blicken der anwesenden Heimbewohner gingen Rosemarie und ich ihr mit ausgebreiteten Armen entgegen. Freudig, im Herzen berührt, schlossen wir sie nacheinander in unsere Arme. Obwohl ihr die Augen feucht wurden, sahen wir ihr an, wie glücklich sie war, wieder mit uns vereint zu sein.

»Hier ist Ihr Gepäck, junge Frau«, sagte der bereits leicht ergraute Fahrer augenzwinkernd, der Luise hergebracht hatte. Die beiden prall gefüllten Reisetaschen stellte er wegen seiner Leibesfülle schnaufend neben sie ab. Luise bedankte sich und steckte ihm eine Münze zu. »Aber nicht alles auf einmal ausgeben«, mahnte sie.

»Nein, nein, ich werde es sicher anlegen!«, frotzelte er. »Und passen Sie das nächste Mal auf, wenn Sie das Tanzbein schwingen!« Lachend ging er davon.

»Ihr scheint euch ja gut verstanden zu haben«, bemerkte Rosemarie.

»Ja, er ist ein wirklich sehr netter Mann«, bestätigte Luise, »der hat auch so einiges durchgemacht im Leben. Ein krankes Kind zu versorgen und die Frau ist ihm weggelaufen.« Bevor Luise ausführlicher über die privaten Verhältnisse des Fahrers berichten konnte, erschien die freundliche Nonne, die

Luise im Namen aller herzlich begrüßte. Insbesondere ließ Herr Leuthäuser Grüße ausrichten, da er bedauerlicherweise einen dringenden Termin wahrzunehmen habe.

Mich wunderte, wie vertraut Luise mit der Ordensfrau umging, da sie Nonnen, wenn sie im Fernsehen erschienen, mit einem Unterton der Belustigung *Pinguine* nannte. Die beiden Frauen fanden sofort Gesprächsstoff. Dabei ging es vor allem ums Stricken. Ich freute mich darüber, dass Luise nicht fremdelte, aber das tat sie, ihrem offenen Wesen gezollt, ja eigentlich nie.

Rosemarie und ich standen ein wenig abseits und beobachteten die beiden. Plötzlich stieß sie mich in die Seite. Ihr Blick forderte mich auf, in eine bestimmte Richtung zu schauen. Ich drehte mich um und erkannte, was sie meinte.

Am Ende des Flures stand Robert. Auf wackeligen Beinen stützte er sich auf seinen Gehstock. Anscheinend hatte er uns eine ganze Weile im Blick gehabt.

Rosemarie ging sofort zu ihm. Ich versuchte Luise darauf aufmerksam zu machen, dass Robert sie bereits gesehen hatte. Es war gar nicht so einfach, das Gespräch der Frauen zu unterbrechen, denn das hatte inzwischen ordentlich an Fahrt aufgenommen.

Luise beugte sich weit über den Tresen, hinter dem die Nonne ihr die neuesten Strickarbeiten zur Begutachtung überreichte.

»Hallo, Luise!« Die blieb beharrlich, sie ließ sich von mir nicht ablenken. Wie aufgedreht redete sie. Bewundernswert, dachte ich, so viel Energie steckte in dieser kleinen, alten Frau. »Luise, hallo ... Robert steht da hinten! Willst du ihn nicht begrüßen?«

Endlich war es bei ihr angekommen. Ein Strahlen ging über ihr Gesicht. Ohne sich weiter um ihre Gesprächspartnerin zu kümmern, schnappte sie sich den Rollator und schob los. Den halb fertigen Pullover in den Händen haltend, sah ihr die Nonne belustigt nach.

Inzwischen saß Robert in sich zusammengesunken auf einem der Stühle, die in einer Reihe an der Wand standen. Ich griff mir schnell Luises Gepäck und folgte ihr. Ich war gespannt, wie die Begrüßung ablaufen würde. Endlich waren die beiden wieder vereint. Das konnte doch nur sehr emotional werden. Aber es kam ganz anders.

Ziemlich vorwurfsvoll fragte Robert, warum sie täglich stundenlang in der Stadt herum flaniere. Ob sie das nicht mal einschränken könne. Schließlich sei sie verheiratet und habe bei ihm zu bleiben. Dann fragte er sie noch, ob ihr die Freundinnen wichtiger wären als er.

Rosemarie sah mich enttäuscht an, und auch ich war ernüchtert. Luise tat mir leid. Sie aber verhielt sich großartig, völlig unbeeindruckt. Sie strich ihm mit der Hand über sein schütteres Haar und gab ihm einen innigen Kuss direkt auf den Mund.

»Na, das ist aber ein freudiges Wiedersehen«, sagte die Nonne, die uns nachgekommen war, um uns den Zimmerschlüssel zu bringen, den wir bei all der Aufregung am Empfang vergessen hatten.

Zu viert fuhren wir mit dem Aufzug in die zweite Etage hoch. Robert wollte unbedingt mit, obwohl er nicht recht wusste, wo wir überhaupt hinwollten. Weit ab, am Endes des Ganges, befand sich Luises Zimmer. Um es ein wenig spannend zu machen, öffnete ich langsam die Tür und ließ ihr den Vortritt. Durch einen kleinen Flur mit Garderobe gelangte sie in ihr zukünftiges Reich, in dem ein Bett, ein Tisch mit zwei Stühlen, ein Kleiderschrank, ein Fernsehschrank, eine Glasvitrine, ein Fernsehsessel, eine Anrichte und ein Nachtschrank standen. Überdies hingen an den Wänden einige der ihr vertrauten Bilder aus dem Haus. Mitten im Raum blieb sie stehen. Staunend nahm sie alles in sich auf. Auch Robert erkundete das schmucke Zimmer. Aber im Gegensatz zu ihr begann er lauthals zu schimpfen. Wütend zeigte er mit dem Stock auf jedes einzelne Möbel. »Das ist doch meine Vitrine. Das Porzellan da drin. Meine Anrichte. Der Sessel dahinten. Die Bilder. Alles meins! Das habe ich gekauft! Wie kommt das hierher?«, legte er los. Er zitterte am ganzen Leib, und ich befürchtete, dass sein Blutdruck entgleiste.

»Vater, Vater«, versuchte Rosemarie ihn zu beruhigen, »das ist doch Lieschens Zimmer. Sie wohnt doch jetzt hier. Hier in deiner Nähe. Und sie soll es doch ebenso so gemütlich haben wie du.«

»Unsinn!«, brüllte Robert. »Lieschen wohnt bei mir. Oder willst du mir etwa sagen, dass sie in diesem Bett schläft?« Wieder zeigte er mit dem Stock umher. »Lieschen und ich waren noch nie getrennt. Wir schlafen seit über sechzig Jahren zusammen in einem Bett, also rede nicht solch einen Unsinn! Das ganze Zeugs hier ist mir gestohlen worden, und wenn das nicht sofort hier rauskommt, dann schlage ich alles eigenhändig kaputt!«

Rosemarie zog Robert auf das Bett, weil es am nächsten stand. Gehorsam setzte er sich. Was ich nicht begriff, war, dass Luise kaum Notiz von seinem verbalen Ausbruch nahm. Sie war immer noch damit beschäftigt, sich alles genauestens anzusehen. Robert hingegen stierte nur auf sie, als würde er überlegen, ob er die Frau kennt, die ihm da gegenübersaß.

Rosemarie unterbrach seine Grübelei. »Freust du dich denn gar nicht, dass Lieschen wieder da ist?«

»Lieschen wieder da ist?«, wiederholte er, als ging ihm jeder einzelne Buchstabe schwer über die Lippen. »Wo war sie denn?« Beängstigend bleich und verstört sah er aus. Mit wenigen Worten erzählte Rosemarie ihm, was seinem Lieschen passiert und von woher sie soeben angekommen war.

Das schien auf ihn einzuwirken. Als sei er von irgendwoher zurückgekehrt, straffte sich sein Körper. »Ich will hier raus«, flüsterte er Rosemarie zu.

»Ja, Vater, ich bringe dich nach Hause und verspreche dir, dass deine Sachen hier wieder ausgeräumt werden. Komm, ich helfe dir auf!«

Ohne uns eines Blickes zu würdigen, verließ er schlurfenden Schrittes mit Rosemarie am Arm das Zimmer. Ich atmete tief durch. Mich überkam das Gefühl, mich bei Luise für ihn entschuldigen zu müssen. »Puh, so kenne ich Robert nicht. So habe ich ihn noch nie erlebt. Aber sei nicht traurig, er meint es nicht so. Diese verdammte Krankheit verändert einen Menschen.«

Nachsichtig sah Luise mich an. »Nun habt ihr es selbst einmal miterlebt, wie es mir in der letzten Zeit ergangen ist, Frederik. Robert war manchmal von einem Augenblick auf den anderen wie verwandelt. Ach Gott, wenn ich euch alles erzählen würde.« Sie stöhnte auf. »Ich habe euch ja nicht glauben wollen, dass er krank ist, aber nun denke ich doch, dass es so ist. Aber ich will und kann es nicht verstehen. In all den Jahren unserer Ehe hat er nie ein böses Wort zu mir gesagt.«

Ich stand auf und gab ihr die Hand. »Herzlich willkommen in deinem neuen Zuhause!«

»Es ist schon gut«, sagte sie beinahe tonlos. Doch dann besann sie sich.

»Aber jetzt möchte ich mich endlich bei dir für alles bedanken, Frederik. So wohnlich und geschmackvoll habe ich es mir nicht vorgestellt. Danke!«

Ihr alles durchdringender Blick traf mich tief im Inneren, und im gleichen Moment spulten sich wie bei einem Film die schönen, unvergesslichen Bilder unserer gemeinsamen Vergangenheit vor dem inneren Auge ab, ohne dass sie oder ich etwas zu sagen brauchten.

Zwei Jahre später

Es war März geworden. Mitte März. Ein kühler, feuchter Vorfrühlingstag. Von Traurigkeit ergriffen, stehen Rosemarie und ich vor einem frisch geschlossenen Grab. Zwei Holzkreuze stecken in der lockeren Erde, auf denen jeweils die Namen von Robert und Lieschen eingraviert zu lesen sind. Robert verstarb bereits im November und Luise folgte ihm vor vierzehn Tagen, vier Monate später. Zwei gelebte Leben, nun stillschweigend mit Erde bedeckt, als hätte es sie nie gegeben. Zwei heruntergebrannte Kerzen, die vor ihrem gänzlichen Verlöschen noch einmal für kurze Zeit aufgeflackert waren. Zumindest was Luise betraf.

Hier an ihrer letzten Ruhestätte kam es mir tatsächlich so vor, als hätte ihre Lebensflamme in der Heimgemeinschaft neue Nahrung erhalten. Sie war keinesfalls mehr mit der Frau zu vergleichen, die damals, abgeschottet in ihrem Haus, ein, wie ich im Nachhinein finde, tristes Dasein führte, in dem es, außer wenn wir sie besuchten, wenig Abwechslung für sie gab. Die Rommé-Schwestern, die Chorfreundinnen und die aus der Gymnastikgruppe und anderweitige Bekannte von früher ließen sich zumindest zum Schluss nicht mehr bei ihr sehen. Mag dafür auch Robert der Grund gewesen sein. Ich denke, sie kamen nicht damit zurecht, wenn er sich ohne Zusammenhang in ihre Gespräche einmischte oder seinen nicht immer harmlosen Schabernack mit ihnen trieb.

Luise litt unter dieser Einsamkeit, das war ihr anzumerken gewesen, obwohl sie nie ein

Sterbenswörtchen darüber verloren hätte. Das machte sie, wie so vieles, mit sich selber aus. Aber sie bot an manchen Tagen schon ein trauriges Bild, wenn sie tagsüber im Torweg zur Straße hin mit offenem, schlafmüdem Mund auf dem Gartenstuhl einnickte, obwohl ihr eine geschützte, von Rosen umrankte Terrasse mit herrlichem Fernblick, zur Verfügung stand. Aber vielleicht bekam sie auf diese Weise das Gefühl, noch nicht völlig abgeschrieben zu sein, wenn Autos an ihr vorbeifuhren oder Nachbarn ab und zu ein Hallo herüberriefen. Aus verschiedenen, unserer Ansicht nach trefflichen Gründen, die ich nicht alle aufzählen möchte, trauten wir uns auch gar nicht mehr, die beiden mit dem Auto durch die Gegend zu kutschieren, wie wir es früher sehr oft taten.

Doch bereits kurz nach ihrer Ankunft im Heim war diese ... ich nenne sie mal Lebensmüdigkeit, wie weggeblasen. Im Kreis der Mitbewohner nahm Luise mit völlig neu gewonnener Energie an den verschiedensten Beschäftigungen teil, die im Haus angeboten wurden. Tonangebend und froh gelaunt wurde sie in ihrer liebenswerten, menschlichen Art rasch von allen geachtet. Vor allem nach ihrem grandiosen Auftritt als Karnevalsprinzessin wählte man die »Fussige«, wie man sie inzwischen ungeniert nannte, sogar zur Vorsitzenden des Seniorenbeirats. Und nicht selten überreichte ihr Herr Schwalm, dieser alte Sonderling, dem die Baskenmütze wohl auf dem Kopf angewachsen war, mit einer tiefen Verbeugung einen Strauß Blumen, den er ihr ohne besonderen Anlass beim Aldi gegenüber besorgte. Wenn wir Herrn Schwalm begegneten, sagte Luise frank und frei heraus: »Da kommt ja mein Verehrer.«

Robert hingegen lebte in seiner eigenen Welt, in der nur seine Gedanken und die Anweisungen des Pflegepersonals den Tagesablauf für ihn bestimmten. Besonders gut ging es ihm, wenn die Sonne schien. Dann saß er stundenlang vor seinem Zimmer im Garten und sonnte sich. Oft ermahnte ich ihn, sich nicht verbrennen zu lassen, aber er winkte nur ab. »Sonne bedeutet Leben«, belehrte er mich. Inzwischen hatte ich längst mitbekommen, dass es nicht nur die Sonne war, die ihn nach draußen lockte. Seine Augen blitzten jedes Mal, wenn adrette, hübsche Frauen an ihm vorbeigingen. Sogleich wurden sie mit einem Spruch bedacht. Dieses Schäkern gefiel nicht nur ihm, wie man an den Reaktionen erkennen konnte. Dem weiblichen Pflegepersonal gegenüber zeigte er sich nach alter Schule sehr galant, was ebenso mit einem freundlichen Lächeln und lieben Worten quittiert wurde. Besonders wenn sich die kleine Olga, die Dunkelhaarige aus der Ukraine, um ihn kümmerte, zeigte er sich von seiner zuvorkommenden Seite. Da kam es auch schon mal vor, dass er ihr, wenn sie ihm bei ihren Verrichtungen mit dem Gesicht zu nahekam, unversehens einen Kuss auf die Wange drückte.

In seinem letzten Sommer, der ihm auf Erden verblieb, verließ er nur noch selten sein Bett. Rosemarie hatte ihm einen schicken Hausanzug besorgt, und damit lag er selbstzufrieden auf seiner Bettstatt und schaute rund um die Uhr Fernsehen. Rosemarie sorgte auch dafür, dass auf seinem Nachtschrank immer eine Schale mit süßen

Knabbereien stand. Wenn ich ihm Gesellschaft leistete, fragte er ab und zu, wo denn Lieschen sei. Immer wieder suchte ich nach einer Ausrede, die er aber nie gelten ließ. Er war es, der seine Frage selber beantwortete: »Da hinten sitzt sie! Da hinter dem Fenster ist sie und spielt Rommé.« Tatsächlich hatte er meist recht. Hinter der Gardine im gegenüberliegenden Gebäude war sie zu erkennen. Anderseits fragte er sie nicht selten nach ihrem Namen, wenn sie bei ihm war. Verabschiedete sie sich von ihm, wurde er oft widerspenstig, weil er nicht verstand, warum sie ihn alleine ließ.

Damit Robert einigermaßen mobil blieb, bot ich oft alle meine Überredungskünste auf, ihn nach draußen zu locken. Trotz seines Sträubens gelang es mir hin und wieder, ihn in den Rollstuhl zu setzen. Saß er erst im Garten, vom lauen Wind und Sommerdüften umweht, verlor er sich vollkommen in seiner Gedankenwelt. Mir kam es dann so vor, als sei nur noch sein Körper anwesend. Es waren jene innigen Momente, in denen auch ich die Gemeinsamkeit mit ihm in Ruhe genoss. Doch dieser Zustand hielt nicht lange an.

Obwohl ich es ja bereits kannte, schreckte ich jedes Mal hoch, wenn er mich mit wirrem Gesichtsausdruck fragte, ob ich das nicht auch gehört hätte. Fragte ich meinerseits nach, was er meine, zeigte er in Richtung Berg. »*Von dort oben ruft jemand nach mir.*« Und das sagte er mit voller Überzeugung. »Hör doch! *Robert, Robert, komm* wird gerufen.« Davon war er nicht abzubringen. Dieses gerufen werden häufte sich mehr und mehr in den folgenden Wochen, egal wo er sich aufhielt. Aus dem Radio wurde nach ihm gerufen und aus dem Fernseher. Er möge doch endlich kommen, forderte die Stimme immer verlangender. Und nicht selten, wenn er auf seinem Bett lag und sich von mir unbeobachtet fühlte, dann verfolgte er mit flattrigem Blick und bebenden Lippen irgendwelche unsichtbaren Szenarien an der weißen Zimmerdecke. Zu gerne hätte ich gewusst, was es da zu sehen gab, aber ich wollte ihn nicht brüskieren.

Als ich eines Tages am frühen Nachmittag in sein Zimmer ging, war er ein wenig missgelaunt aufgewacht, weil ich ihn mit meinem forschen Eintreten geweckt hatte. Vorwurfsvoll meinte er, dass ich ihn aus einer wunderschönen märchenhaften Landschaft herausgerissen habe, in der er sich nach einer langen Wanderschaft gerade an einen frischen Wasserfall setzen wollte, dessen glasklares Wasser in eine nicht einsehbare Tiefe stürzte. »So ein Mist!«, schimpfte er, jetzt wisse er nicht, wie es da unten aussieht.

All das versetzte mich in Erstaunen, vor allem, weil Robert nie ein Mensch gewesen war, der sich mit mystischen Dingen beschäftigt hatte. Zeitlebens war er durch und durch Realist gewesen, der alles für Fantastereien hielt, was sich nach den Aussagen gewisser Spinner, wie er sie nannte, außerhalb der fassbaren und sichtbaren Wirklichkeit abspielte. Ich hatte seine ablehnenden Reaktionen zu diesem Thema am eigenen Leibe zu spüren bekommen, wenn ich mit ihm, als er noch geistig auf der Höhe war, über den Glauben und über Gott diskutierte. »Quatsch, Frederik, alles Quatsch!« Das war noch das Harmloseste, was er dazu sagte. »Und hör mir auf mit ewigem Leben. Tot ist tot. Aus und vorbei. Da beißt die Maus auch keinen Faden mehr ab. Ich habe noch nie jemanden gesprochen, der aus der Grube zurückgekehrt ist. Mensch, lass dich doch nicht für dumm verkaufen! Das Pfaffengesindel predigt Wasser, und selber saufen sie Wein. Ne, ne, lass mal!«

Deswegen war ich so überrascht gewesen, als er mich eines Tages fragte, ob man überhaupt sterben konnte, wenn man zwei Seelen besaß. Obwohl ich ja einiges an skurrilen Äußerungen von ihm gewohnt war, blieb mir nun doch vor Verwunderung der Mund offenstehen.

»Was meinst du damit?«, fragte ich ihn verblüfft. Und er gestand mir, dass er nun endlich wüsste, wer ihn da dauernd rufe. Es wäre sein ehemaliger Kollege Erwin Kollotzki, der nun seine Seele von ihm zurückverlange. Im ersten Augenblick konnte ich nichts damit anfangen, aber dann dämmerte es mir. Der Schuldschein fiel mir ein, den wir im Schuhkarton fanden, als wir im Haus klar Schiff gemacht hatten. Aber ich vermied es, ihn darauf anzusprechen. Stattdessen wollte ich wissen, was das mit den zwei Seelen auf sich habe. Bereitwillig erzählte er mir die Geschichte, dass Erwin Kollotzki sein Arbeitskollege gewesen war, als er noch in Neviges in der Gießerei gearbeitet hatte. Erwin wäre als Kollege ein wirklich patenter Kerl gewesen, aber er trank sehr viel, und in seinem Portemonnaie war ständig Ebbe, weil er sein Geld überwiegend fürs Saufen ausgab. Eines Tages, als er wieder einmal totalblank war und sein Durst umso größer, bat er Robert händeringend, ihm doch Geld für

Schnaps zu geben. Robert, der Gefallen an diesem ansonsten liebenswerten Kerl gefunden hatte, wollte seine Ausschweifungen nicht unterstützen und lehnte dessen Drängen ab. Erst als Erwin nicht nachließ und wie ein Hündchen bettelte, machte Robert ihm, mehr aus einem Spaß heraus, den Vorschlag, ihm nur Geld für eine Flasche Schnapszugeben, wenn er dafür seine Seele bekäme. Erwin reichte Robert umgehend die Hand, um die Sache damit zu besiegeln. Nein, mit einem Händedruck allein war Robert nicht einverstanden, ein richtiger »Vertrag« sollte aufgesetzt werden, in dem auch stehen sollte, dass er, Robert, ihm seine Seele erst wieder zurückgab, wenn er, Erwin, seine Schuld bei ihm beglichen hätte. So kam dieser Zettel zustande. Im Wissen um den Vertrag, der nun offensichtlich nicht vernichtet wurde, wollte ich natürlich von Robert wissen, ob es denn nach Begleichung der Schuld zur Aufhebung des Vertrages gekommen sei. Sehr niedergeschlagen antwortete Robert, dass ja gerade das jetzt sein Problem wäre. »Also hat er nicht bezahlt?«

»Nein«, bekam ich zur Antwort und ich hatte beim Anblick seines verstörten Verhaltens das Gefühl, als hätte Robert sich damit selbst für das Jenseits und für alle Ewigkeit gerichtet. Zögernd bekam ich von ihm zu hören, dass Erwin Kollotzki noch am selben Tag von einem Auto überfahren worden war. Genau in dem Augenblick, als er nach Feierabend schwankend das Betriebsgelände verließ und die Straße überqueren wollte, erfasste ihn ein heranbrausender Lieferwagen. Vor Roberts Augen blieb er mit verrenkten Gliedern regungslos auf dem regennassen Asphalt liegen. Erwin Kollotzki war sofort tot.

Ehrlich gesagt empfand ich die Geschichte als ziemlich gruselig. Wir sprachen dann auch nicht mehr darüber.

Ein anderes Mal kam ich wegen Roberts Verhalten ins Grübeln, als ich ihn mit einem Strauß Rosen besuchte. Es war schon eine kuriose Sache für sich genommen, an die Rosen zu kommen. Eigentlich waren es ja Roberts Rosen, die er vor vielen Jahren in seinen Garten gepflanzt und ebenso lange gehegt und gepflegt hatte. Bei einer regelrechten Nacht- und Nebelaktion hatte ich sie von seinem ehemaligen Grundstück gestohlen. Obwohl das Haus noch nicht neu bewohnt war, überkam mich dennoch ein schlechtes Gewissen, als ich wie ein Dieb die Stiele der letzten schönen Blüten des Jahres mit der Schere abzwickte und mich rasch aus dem Staub machte. Mit den Rosen in der einen Hand und mit der anderen vorsichtig die Tür öffnend, betrat ich sein Zimmer. Wie immer guckte ich gleich um die Ecke, wo sein Bett stand. Ruckartig blieb ich stehen. Was für ein Bild bot sich mir! Ohne sich zu rühren, quasi ohne Lebenszeichen lag Robert dort mit angelegten Armen und weit aufgesperrten Mund und unnatürlich aufgerissenen Augen, die ins Leere starrten, lang ausgestreckt auf seinem Bett.

Er ist tot!, schoss es mir durch den Kopf. Mein Blick fiel auf die Rosen.

Hatte ich ihm einen Totenstrauß geschnitten? Was sollte ich nun zuerst tun? Hilfe rufen? Rosemarie herbeiholen? Wie es Luise beibringen?

In meiner Erstarrung traf es mich wie ein Blitz, als ich Roberts Stimme vernahm, die sagte: »Setz dich, Frederik.«

Stotternd fragte ich: »Robert, was ist, warum liegst du so komisch da?«

»Ja, wie soll ich denn liegen, dass es dir gefällt?«

Beinahe hätte ich laut aufgelacht. Ich begründete meine Verwirrung damit, dass es für mich so aussah, als würde es ihm sehr, sehr schlecht gehen.

»Ach was, papperlapapp. Mir geht es gut, ich wollte nur mal sterben üben.«

War es eine Vorahnung?

Diesmal kam er erneut auf Kollotzki zu sprechen, indem er mit vollem Ernst meinte, dass es tatsächlich gar nicht so einfach sei, mit zwei Seelen zu sterben, weil eine, wie er soeben festgestellt hätte, immer überlebte.

Heute denke ich, ja, es war eine Vorahnung. Denn schon bald darauf im November zeigte sich, dass es doch einfach war, zu sterben. Vielleicht holte ihn der Tod genau zu dem Zeitpunkt, als er Kollotzkis Seele freigab?

Jedenfalls saß ich noch an besagtem Nachmittag an seinem Bett, und nichts sah zunächst danach aus, als würde Robert nur noch wenige Stunden auf dieser Welt sein. Sicher, er wirkte kraftloser als sonst, was mir vor allem auffiel, als er versuchte, sein Brot zu kauen. Nachdem seine »Freundin« das Abendbrot ins Zimmer getragen hatte, half ich ihm beim Essen, indem ich das Brot in kleinste Stücke schnitt und ihm diese reichte. Dabei bemerkte ich, wie schwach und schwerfällig sich seine Kiefer bewegten, wenn er minutenlang darauf herumkaute.

Zudem fiel ihm das Schlucken schwer. Rosemarie, die sich derweil bei Luise aufgehalten hatte und kurz nach der Essensausgabe hinzukam, blieb das ebenfalls nicht verborgen. Sie löste mich ab. Aber nun wollte er nichts mehr essen. Vergeblich versuchte sie, ihm die klein geschnittenen Häppchen zu reichen. »Bitte iss doch«, bettelte sie, »du magst doch gerne Honigbrot.« Beinahe klang es wie eine Entschuldigung, als er sagte, dass er einfach keinen Appetit habe.

In der Hoffnung, dass er später doch noch Hunger bekam, ließ sie das Brot auf dem Nachtschrank stehen. Als wir uns bald darauf von ihm verabschiedeten, blieb Rosemarie noch einmal nachdenklich am Fußende seines Bettes stehen. Lange schaute sie ihn an. Und ich winkte ihm aufmunternd zu, um dann bei geöffneter Tür zu warten.

Ebenfalls um Zuversicht bemüht verabschiedete sich Rosemarie: »Bis morgen, Papa.«

Noch heute klingen mir seine leise gesprochenen Worte in den Ohren: »Wer weiß, wer weiß.«

Ja, wie konnten wir denn wissen, dass es die letzten Worte waren, die wir von ihm zu hören bekamen? Nur eine Stunde später verabschiedete sich Robert auf seine ganz spezielle Weise von dieser Welt.

Es war etwa gegen 18 Uhr, als sich Luise in der Kantine von ihren Tischnachbarn verabschiedete, um zu ihm zu gehen. Einem unbestimmbaren Gefühl nach, wie sie uns später verriet, wollte sie zu dieser Stunde auf ihr gewohntes Rommé-Spiel nach dem Essen verzichten. Sie versuchte, ihn nochmals zu überreden, vom Honigbrot zu essen, aber er wollte nur ihre Hand halten. Mit scheinbar neu gewonnener Energie begann er, ohne seinen Blick von ihr zu lassen, aus der Vergangenheit zu erzählen. Er erinnerte Luise an die vielen schönen Momente, die sie in den langen Jahren ihrer Ehe hatten. Plötzlich stutzte er, versuchte, sich aufzurichten. Luise fragte ihn noch, was denn wäre, und er fragte sie, ob sie es nicht rieche. Luise verstand nicht, also fragte sie ihn, wonach es denn rieche. »Das Mädesüß«, flüsterte er. »Riechst du es denn nicht?«

Luise hielt sich das Brot an die Nase. »Es wird der Honig sein, den du riechst«, meinte sie.

Ganz groß wurden seine Augen. »Lieschen, weißt du denn nicht mehr, wie Mädesüß riecht? Hast du vergessen, wie wir im Mädesüß lagen?«

Ein Lächeln huschte über sein plötzlich völlig verändertes Gesicht. Man konnte ihm die Anstrengung ansehen, als er ihre Hand anhob und sie küsste. Er versuchte sie festzuhalten, doch dann verließen ihn die Kräfte vollends, und mit seinem letzten Atemzug murmelte er kaum vernehmbar die Worte: »Im Herbst verblüht das Mädesüß.«

Ich möchte nicht näher darauf eingehen, welch erschütternde Szene sich daraufhin abspielte. Es war herzzerreißend gewesen, wie ich später von Olga erfuhr, die genau in dem Moment ins Zimmer kam, um das Geschirr abzuräumen.

Wir waren kaum zu Hause eingetroffen, als sie uns benachrichtigte. Umgehend rasten wir los. Noch während ich das Auto durch die Landschaft jagte, fragte ich mich, warum wir uns überhaupt so beeilten. Damit würden wir die Situation auch nicht retten und Robert schon gar nicht. Seltsamerweise waren wir sehr gefasst, als wir vor seinem Bett standen. Jetzt sah er fast genauso aus, wie ich ihn schon einmal gesehen hatte, als er noch übte. Der große Unterschied bestand darin, dass jetzt nun wirklich eine leere Hülle vor uns lag, obwohl es seinen Augen nach zu urteilen den Anschein hatte, er würde sie immer noch vor Staunen aufreißen. Gab es etwas, was ihn im letzten Moment in Erstaunen versetzt hatte?

Leider blieb uns nur wenig Zeit, uns in aller Stille von ihm zu verabschieden. Denn schon bald darauf traf der Arzt ein, der von Amtswegen den Tod festzustellen hatte.

Auf der Station setzte sich das Routinerad in Bewegung, das dem Tod abrupt Ehrfurcht und Besinnung nahm. Der Augenblick war nun gekommen, um uns voll und ganz, um Luise zu kümmern, der man ein Beruhigungsmittel gegeben hatte. Relativ ruhig lag sie auf ihrem Bett. Erst als wir uns umarmten, flossen die Tränen, die auch Rosemarie und ich nicht zurückhalten konnten und auch nicht wollten.

Nach etwa fünf Wochen tiefster Trauer erholte sich Luise mental überraschend schnell, wie es für uns den Anschein hatte. Von einem Tag auf den anderen nahm sie wieder regen Anteil am Geschehen im Haus. Auch konnte man wieder ihre Stimme in den Gängen hören, wenn sie sich da und dort einmischte oder einen Scherz zum Besten gab. Was sich allerdings änderte, war ihre körperliche

Verfassung. Auffallend war ihre gekrümmte Körperhaltung, und auf ihren zuvor stets hellwach wirkenden Augen lag mitunter ein Schatten von Lebensmüdigkeit, den ich nicht anders als so beschreiben kann. Für mich sah es so aus, als würden sich ihre Augen mehr und mehr in das Dunkle ihrer Augenhöhlen zurückziehen, weil sie, meiner einfachen Erklärung nach, genug von der Welt gesehen hatten. Greisenhafte Züge bestimmten nun ihren unnatürlich grauen Gesichtsausdruck. Bald schon machten wir uns ernsthafte Sorgen um sie. Vor allem auch, weil sie plötzlich über Ereignisse sprach, die nicht zu ihrem früheren Weltbild passten. Denn in ihrer Ablehnung gegenüber Glauben und Religion im weitesten Sinne lag sie einst ganz auf der Linie von Robert. Aus diesem Grund staunten wir auch bei ihr nicht schlecht, als sie uns beiläufig mitteilte, dass Robert sie jetzt öfters besuchen käme. Meist an den Abenden stünde er zunächst schweigsam, aber mit herausforderndem Blick an ihrem Bett, um sie nach geraumer Zeit ungehalten zu fragen, wann sie denn endlich zu ihm käme.

Aus Spaß fragte ich sie mal, was er denn für Kleidung trage.

»Frederik, was soll die Frage?«, antwortete sie mir empört. »Die blaue Hose natürlich und sein blaues Hemd.«

Nun, das war die eine Seite, die uns an Luises verändertem Verhalten befremdete. Auch ihr Auftreten bekam etwas Herrisches, was sie nicht selten am Pflegepersonal ausließ, weil sie mit diesem und jenem nicht einverstanden war. Zum Beispiel war ihr die Milch mal zu kalt und mal zu heiß. Zudem ließ sie sich das Essen von jetzt auf gleich nur noch auf ihrem Zimmer servieren. Wobei das Essen überhaupt zu einem großen Problem wurde, weil ihr kaum noch etwas schmeckte. Luise war in früheren Jahren eine sehr gute Köchin gewesen, und nun meinte sie, dem Koch erklären zu müssen, wie er das ein oder andere Gericht zuzubereiten habe. Dazu ließ sie ihn manchmal sogar auf ihr Zimmer zitieren. Des Weiteren fiel uns auf, dass sie regelmäßig davon sprach, endlich wieder aufräumen zu müssen. Energisch wirkte sie auf Rosemarie ein, ihr dabei zu helfen. Allerdings gab es nichts aufzuräumen. Aber sie meinte, es wäre dringend nötig, die T-Shirts, Hemden, Pullover, Leibwäsche und die Handtücher im ständigen Wechsel von da nach dort zu legen.

Im März stand ihr Geburtstag an. Wir wollten ihr zu diesem Anlass einen besonders schönen Tag bereiten. Was uns auch gelang. Wie glücklich war sie darüber, dass sich auch ihre Enkel und Urenkel einfanden. In der Kantine hatte man ihr einen hübsch geschmückten Tisch zurechtgemacht, an dem wir gemütlich beisammensaßen, Kuchen aßen und Kaffee tranken. Luise sah chic gekleidet aus wie eh und je. Sie war bester Stimmung. Ihre Friseurin kam extra in der Frühe, um sie zu kämmen. Die Schminke hatte Luise allerdings zu dick aufgetragen, aber das spielte ja keine Rolle. Vielleicht wollte sie etwas damit überdecken?

Ich war es, der Rosemarie später darauf aufmerksam machte, dass es Luise meiner Meinung nach wesentlich schlechter ging, als sie uns mit ihrer übertünchten Aufmachung weismachen wollte. »Sie führt einen inneren Kampf aus«, sagte ich noch. Und dabei hatte ich die schlimme Befürchtung, dass es ein Kampf war, den sie nicht gewinnen konnte.

Nur zwei Tage darauf sollte sich meine böse Vorahnung bestätigen.

Morgens früh, nachdem Luise im Bad gewesen war, um sich für den Tag herzurichten, legte sie sich nach einem plötzlichen Anfall von Schwäche wieder ins Bett. Das war der Anfang ihrer Niederlage im Streit mit einer »höheren Macht«, so möchte ich es benennen. Als wir sie nämlich am frühen Nachmittag besuchten, empfing uns bereits ein Bild des Jammers. Sie war regelrecht in sich zusammengefallen. Ganz klein wirkte ihr um Jahre gealterter Kopf zwischen einem Berg aus Kissen. Kraftlos und ohne einen Zug von Lächeln um ihre Mundwinkel reichte sie uns die Hand. Sie sprach kaum, und wenn sie uns etwas mitteilte, dann waren ihre Worte nur noch ein schwaches Nuscheln. Zunächst meinten wir, dass sie eine Grippe oder einen anderen Infekt ausbrüten würde, aber es war nicht so. Von da ab verschlechterte sich ihr Zustand täglich. Ihr Appetit ging völlig verloren. Was man ihr auch anbot, sie verweigerte es. Das einzige, was sie gerne zu sich nahm, war ihre geliebte Milch und ab und zu mal Joghurt oder Früchte. Aus Sorge, sie könnte verhungern, besorgten wir ihr sogenannte hochkalorische Astronauten-Kost mit Vanille oder Schokoladengeschmack, aber auch damit war wenig Erfolg zu erzielen.

Stundenlang saßen wir an ihrem Bett, um mit anzusehen, wie sie sich quälte.

Hin und wieder schreckten wir von unseren Stühlen hoch, wenn sie mit unerwarteter Energie unsichtbare Wesen flehend und zeternd darum bat, sie endlich in Ruhe zu lassen, weil sie nicht mehr könne. Dass sie keine Kraft mehr habe, sich zu wehren. Und je mehr sie die Kraft verließ, desto deutlicher zeichnete sich der Tod in ihrem Gesicht ab.

Nicht selten dachten wir, sie wäre bereits gestorben, wenn wir in den folgenden Tagen mit flauem Gefühl im Magen ins Zimmer kamen und sie mit ihrer Totenmaske in den Kissen lag.

Doktor Schneidereit, der behandelnde Arzt im Heim, machte uns keinerlei Hoffnung mehr, was eine eventuelle Genesung oder zumindest Besserung betraf. Im Gegenteil, er teilte uns mit, dass er jegliche Medikation absetzen würde und es dann nur noch eine Frage der Zeit sei, wann sie erlöst wäre. Somit stellten wir uns schweren Herzens darauf ein, stündlich mit ihrem Ableben zu rechnen. Es ging sogar so weit, dass wir bereits mit dem Pflegepersonal darüber sprachen, was man ihr anziehen sollte, wenn es so weit war.

Ihren Lieblingsanzug wählten wir für sie aus. Nicht ahnend, dass es deswegen noch zu einer makabren Situation kommen würde, hängten wir die Jacke griffbereit an die Eingangstür zu ihrem Zimmer. Mag es Zufall gewesen sein oder nicht, von da ab veränderte sich erneut schlagartig ihr Zustand. Entgegen allen Voraussagungen zeigte sie sich jetzt etwas wacher, auch sprach sie wieder mehr. Sicherlich war das zum Großteil den starken

Schmerzmitteln geschuldet, die sie trotz der Medikamentenabsetzung gespritzt bekam.

Als ich ihr in Vorbereitung auf das nahende Osterfest das Zimmer etwas österlich schmückte, machte sie sogar Zukunftspläne, indem sie mich bat, ihr das Zimmer zu Weihnachten ebenso schön zu dekorieren. Uns kam es wie ein Wunder vor. Völlig unerwartet verlangte sie sogar nach Leckereien, die wir ihr aus dem Supermarkt gegenüber besorgen sollten. Nur noch die Jacke an der Tür erinnerte an die dramatischen Stunden. Als Rosemarie an einem besonders harmonischen Nachmittag entschlossen aufstand, um sie wegzuhängen, meinte Luise nachdrücklich, dass die Jacke bleiben solle, wo sie war, denn so könne sie vom Bett aus im Wandspiegel besser sehen, wenn jemand zur Tür hereinkäme. Beim Gedanken daran, warum die Jacke dort überhaupt hing, zog es mir vor innerer Beklemmung die Brust zusammen. Makabrer ging es wirklich nicht.

Auch wenn Luise ganz kleine Fortschritte machte, war nicht zu übersehen, wie sie zusehends wie eine Blume verwelkte. Ein trauriger und erschreckender Anblick, der sich noch verstärkte, wenn sie röchelnd schlief. Es brodelte und rasselte dann in ihrer Brust, dass man nur noch Erbarmen mit ihr bekam.

Eines Tages saßen Rosemarie und ich schweigsam an ihrem Bett, während sie schlief. Aus dem Schlaf heraus erwachte sie zuckend. Den Oberkörper leicht aufgerichtet, blickte sie mich an. Ich fuhr zusammen, da auch ich ein wenig eingeschlummert war. Verblüfft fragte ich sie, ob etwas wäre.

»Ich muss unbedingt meine Tasche packen.«
Deutlich und klar gab sie mir die Anweisung, ihr
die Handtasche aus dem Nachtschrank zu geben.
Mit einem fragenden Blick vergewisserte ich
mich bei Rosemarie. Sie nickte. Ich reichte Luise die
Tasche. Natürlich wollte Rosemarie von ihr wissen,
wozu sie denn die Tasche brauche. Prompt bekamen wir von ihr zu hören, dass sie verreisen
würde.
»Was meinst du, Frederik, was ich für die Reise
alles brauchen werde?«
Ich war davon überzeugt, dass sie ein Spiel mit
mir spielen wollte. Also machte ich ihr einige Vor-
schläge, was mir gerade einfiel. Ich nannte ihr der
Reihe nach all das, was meiner Meinung nach nicht
fehlen dürfte: Kamm, Taschentuch, Lippenstift,
Nagelfeile, Geld, Notizbuch, Kuli. Damit war Luise
einverstanden. Umgehend verlangte sie die ge-
nannten Gegenstände, die ich ihr schmunzelnd
gab. Sichtlich zufrieden legte sie sich die gepackte
Tasche auf die Zudecke, lehnte sich ins Kissen zurück und schloss seufzend die Augen.
Nach einer Weile, in der sie sich nicht rührte,
glaubten wir, sie wäre eingeschlafen. Leise erhoben
wir uns von den Stühlen, um uns aus dem Zimmer
zu stehlen. Keinesfalls wollten wir sie mit einem
Abschiedsgruß wieder aufwecken. Wir waren froh,
dass sie endlich Ruhe gefunden hatte. Doch wir kamen nur bis zur Tür, als wir ihre Stimme vernahmen, in der Unverständnis mitschwang. Sie war
schlichtweg pikiert, weil wir eben im Begriff waren, klammheimlich zu verschwinden. Gleichzeitig
gab sie aber zu, sehr, sehr müde zu sein und sie uns

wirklich nicht böse wäre, wenn wir sie nun allein ließen. Aber halt, einen Wunsch habe sie noch. Wir glaubten, unseren Ohren nicht zu trauen, als sie uns inständig bat, am nächsten Tag Hering in Gelee mitzubringen.

Wie aus einem Mund sagten wir:»Hering in Gelee?«

»Ach Kinder, ja, es ist wegen der Gelüste.«

Ganz davon abgesehen, dass sie, für uns völlig unverständlich, Appetit auf Hering in Gelee bekommen hatte, amüsierten wir uns noch auf dem Weg zum Auto köstlich über die Formulierung *Gelüste*.

Am nächsten Morgen, wir saßen gerade beim Frühstück, erhielten wir die Nachricht, das Luise vor wenigen Minuten für immer die Augen geschlossen hatte. Bereits mit besagter Kleidung angetan, lag sie auf dem Bett, als wir ankamen.

Da ihr der Anzug nach der körperlichen Auszehrung viel zu groß geworden war, sah sie ziemlich verloren darin aus. In den Wochen des Überlebenskampfes hatte der Tod wenig von ihr übrig gelassen. Aber ihrem selig zufriedenen Gesichtsausdruck nach zu urteilen war sie nicht in aller Endgültigkeit von ihm besiegt worden.

»Meinst du nicht auch, dass es ihnen jetzt gut geht?«, fragte mich Rosemarie, während sie die Tulpen in der Grabvase ordnet. Noch in Gedanken versunken schwieg ich.

Als sie sich erhob, wiederholte sie die Frage mit ihrem Blick.

»Ja«, antwortete ich ihr, »ich bin fest davon überzeugt.« Tröstend legte ich meine Hand auf ihre Schulter. »Weißt du, während wir hier stehen, habe ich mir vorgestellt, dass man mit der Geburt einen Rucksack aufgebürdet bekommt, in den jeder schöne oder nicht so schöne Augenblick gepackt wird, bis man eines Tages froh ist, ihn altersschwer in die Ecke stellen zu dürfen, weil man ihn lange genug mit sich herumgeschleppt hat. Robert und Lieschen hatten in letzter Zeit zu schwer daran zu tragen gehabt. Wo auch immer sie nun sind, in meiner Vorstellung sehe ich sie beschwingt Hand in Hand gemeinsam ihren Weg gehen, wie sie es zu Lebzeiten schon immer taten.«

»Ach Frederik, das ist ein schönes Bild«, freut sich Rosemarie. »Du hast recht, lassen wir sie in Frieden ziehen!«

Ende

Der Autor

Rainer Mauelshagen wurde im März 1949 geboren. Von Geburt an lebte er bis zu seinem 35. Lebensjahr in Wuppertal. 1984 zog er von dort nach Vettelschoß in Rheinland-Pfalz.

Rainer Mauelshagen ist verheiratet und hat zwei erwachsene Kinder und vier Enkelkinder. Nach Abschluss einer Lehre als Schaufenstergestalter übte er im Laufe seines Berufslebens die unterschiedlichsten Berufe aus, wobei er bis zu seiner Berentung in der klinischen Krankenpflege und in verschiedenen medizinischen Funktionsbereichen gearbeitet hat. Seit seinem Ruhestand widmet sich der Autor dem kreativen Schreiben. Der ganz eigene Schreibstil ist es, der seine Bücher in dem Sinne lesenswert macht, weil es dem Autor immer wieder gelingt, die Leser emotional in seine literarischen Erzählungen hineinzuziehen. Ein weiterer Roman ist bereits in Arbeit.

Besuchen Sie den Autor auf seiner Facebookseite:
https://www.facebook.com/Autor-Rainer-Mauelshagen-159088234580801

Weitere Bücher

ISBN: 978-3734767937

Das Kastanienherz

Was hat er hier verloren? Nach so langer Zeit? Was hat ihn gedrängt, gerade jetzt die Stätte einer längst vergangenen Lebensepisode aufzusuchen, die allerdings so entscheidend für alle Beteiligten gewesen war? Sind es nicht die schlimmen Träume, die ihn all die Jahre aufforderten zurückzukommen, um die Fratze der Vergangenheit mit der Gegenwart zu beschwichtigen? O ja, in der Rüstung des unverwundbar erscheinenden Alters will und muss er sich dem stellen! Felix Liebtreu, ein inzwischen an Jahren und Erfahrungen gereifter Mann, kehrt an einem heißen Sommertag zurück zum Ort seiner Kindheit. Allem Anschein nach hat er dort etwas aufzuarbeiten. Der inzwischen stillgelegte Bahnhof von Leitheim ist es, den er als erstes aufsucht. Denn hier hatte damals alles begonnen.

ISBN: 978-3746000121

Herr Jonas erwartet Besuch

Was ist Zeit? Zeit ist im Grunde lediglich die Vermischung von Vergangenheit, Gegenwart und Zukunft. Doch über allem steht als Grenzwächter das Alter. Herr Jonas, ein hochbetagter Herr, muss an einem besonders herrlichen Sommertag feststellen, dass er zwar auf eine lange Vergangenheit zurückblicken kann, ihm aber die Neugier auf die Zukunft fehlt, denn schon die Gegenwart ist ihm fremd geworden. Allein gelassen mit Erinnerungen, Verzweiflung und Hoffnungslosigkeit lebt er zurückgezogen hoch unterm Dach in einer schäbigen Mansardenwohnung. Wäre er in der Vergangenheit nicht so ein Pedant und Querulant gewesen, niemand in seiner Umgebung hätte von der Existenz eines Friedbert Jonas gewusst. Deshalb trifft er eine wohlbedachte Entscheidung. Es gibt da jemanden, dem er alle seine Nöte aufbürden will. Er zieht den guten Anzug an und kocht ein opulentes Mahl, denn: Herr Jonas erwartet Besuch! Rainer Mauelshagen ist es gelungen, die Unaussprechlichkeit der Einsamkeit in Worte zu fassen und damit ein Mahnmal für die moderne Gesellschaft zu erschaffen.

ISBN: 978-3752836226

Lieb Vaterland ... Gottfried Krahwinkels Erbe

1918: Der große Krieg und das deutsche Kaiserreich werden bald Geschichte sein, als der dreizehnjährige Gottfried Krahwinkel vom Heldentod seines Vaters erfährt. Gewaltsam aus ihrem bürgerlichen Leben herausgerissen, müssen Gottfried und seine Mutter Meta mit Hunger, Not und den politischen Wirrnissen fertig werden. Sie verlassen ihre Heimatstadt und ziehen zum Großvater aufs Land.

In der freundlichen Obhut des Alten wächst Gottfried zu einem jungen Eiferer heran; nach dem Tod des Großvaters zieht es ihn wieder in seine Heimatstadt. Hier beginnt er eine Ausbildung und schließt sich den Nationalsozialisten an. Dies bringt ihn wegen seiner Liebe zu der Jüdin Libsche in arge Bedrängnis.

Der Zweite Weltkrieg bricht aus. In Ostpreußen heiratet Gottfried Hetty Hallmann. Während des Russland-Feldzugs lernt er endgültig den Irrsinn des Krieges kennen, der ihm auf grausamste Weise alle Ideale raubt. Hetty erwartet ein Kind und Gottfried gerät in russische Gefangenschaft. Während Mutter Meta daheim auf Nachricht ihres Sohnes hofft, erfasst der Krieg mit seinen verheerenden Bombardements die Zivilbevölkerung. Deutschland ist vom Feind eingekreist - und in einem endlosen Treck begibt sich Hetty 1945 mit Mutter und Tante auf die Flucht aus Ostpreußen.

ISBN: 978-3744836302

Grab 47

Ein Autounfall beendet das alte Leben von Marc Levante auf dramatische Weise, aber damit beginnt für ihn auch eine neue Existenz als Albert Mertin, der wegen seiner schrecklichen Brandnarben schon rein äußerlich keine Ähnlichkeit mehr mit dem Menschen hatte, der er vorher gewesen war. Doch damit nicht genug, Mertin hat auch keinerlei Erinnerung an den Unfall, sein neues Leben in Südfrankreich wird zu einem unlösbaren Rätsel. Aber er ahnt, dass in seiner Vergangenheit etwas Grausames geschehen sein muss.

In Deutschland ist derweil Hauptkommissar Hartmut Schnapp mit einem Vermisstenfall beschäftigt. Eine gewisse Constanze Cramer rückt dabei in den Fokus der Ermittlungen, denn ein ominöser Brillantring wird dabei zu einem roten Faden, der die Schicksale mehrerer Menschen verknüpft.

ISBN: 978-3748111245

Im Schrei des Fisches

Ein Herzstillstand reißt Robert Lichtenberg aus seinem gewohnten Alltag. Mehr tot als lebend wird er in das Krankenhaus eingeliefert, in dem seine Frau Anja als Krankenschwester arbeitet. Nachdem sich sein Gesundheitszustand nach erfolgreicher Reanimation wieder verschlechtert, drängt Doktor Samuel Merzhadaj, der Anja nicht nur beruflich sehr nahesteht, darauf, dass Robert ein neues Herz transplantiert wird.

Das Schicksal will es, das bald darauf ein geeignetes Spenderherz zur Verfügung steht. Nach erfolgreicher Transplantation sieht es zunächst danach aus, als könnte Robert mit seiner Frau und seinem Sohn Julian wieder ein einigermaßen normales Familienleben führen, wären da nicht seine schrecklichen Visionen und Albträume, die er schon bald mit dem Spender in Verbindung bringt. Er kann sich keinen anderen Reim darauf machen, warum ihn ein ominöser Fisch mit seinem Schrei quält. Und was hat es mit der jungen Frau auf sich, die ihm in ihrem blutverschmierten Kleid verstörend real begegnet?

Und so setzt Robert Lichtenberg alles daran, die Vergangenheit seines Spenders zu erforschen, was noch mehr Probleme nach sich zieht.

ISBN: 978-3743177055

Hinter der Zeit
Im Land ohne Wiederkehr

Was würdet ihr denken, wenn ihr euch plötzlich in einer Welt wiederfindet, in der die Toten wieder leben?

Klara ist genau das passiert. Mitten in der Nacht kommen die Zeitgeister zu ihr, um sie in die Vergangenheit zu entführen. Viel Aufregung gibt es, als sie dort nicht nur ihren geliebten Opa Edi, sondern auch ihren Bruder Max und dessen Freund Lasse antrifft. Als es wegen ihres Großvaters, der hinter der Zeit noch ein Kind ist, zu einem tragischen Ereignis kommt, verstößt Klara trotz aller Warnungen gegen die Gesetze der Vergangenheit, was zur Folge hat, dass sie und die beiden Jungs mit der Verbannung ins Land ohne Wiederkehr bestraft werden. Es beginnt eine abenteuerliche Reise. Wird es am Ende für die drei eine Rettung geben?

»Hinter der Zeit, im Land ohne Wiederkehr« ist eine fantasievolle Geschichte über Freundschaft, Mut und Vertrauen.

ISBN: 978-3751954150

Wie viele Träume hat die Nacht

»Liebe ist doch nur ein Wort.« Diesen Satz seines Sohnes will Holger Hagedorn an jenem Abend, an dem er Thomas aufsucht, nicht unkommentiert stehen lassen, auch wenn er dessen Aufregung verstehen kann, da ihn seine Frau Eva nach einem Streit verlassen hat. Aus Sorge um ihn erzählte er ihm die Erlebnisse eines Mannes, den er Lemmi nennt. Es sind die 1970er-Jahre, in denen sich jener Lemmi als junger Mann in einer ähnlichen Situation wie Thomas befindet. Nach dem Scheitern seiner Ehe hat auch Lemmi den Glauben an die Liebe verloren. Völlig aus der Lebensbahn geworfen, trifft er eines Nachts eine schicksalsschwere Entscheidung. Wie viele Träume hat die Nacht erzählt in einer ungeschminkten Sprache die ewig aktuelle Geschichte von der Sehnsucht nach der unvergänglichen Liebe. In diesem Roman greift der Zufall auf dramatische Weise in die Lebenslinien dreier unterschiedlicher Menschen ein, als wolle er beweisen, dass Liebe tatsächlich nur ein Wort ist. Aber ist es wirklich der Zufall, der die Lebenswege bestimmt? Holger Hagedorn ist inzwischen der Ansicht, dass es nicht der Zufall, sondern das Schicksal ist, dem sich das Leben nach einem großen Plan fügen muss.